# Les Châtaigniers du Désert

# DU MÊME AUTEUR

## CHEZ FLAMMARION

Un mari c'est un mari, *roman*
La vie reprendra au printemps, *roman*
La Chambre de Goethe (Prix Roland Dorgelès, 1981)
Un visage, *roman*
Le Mois de septembre, *roman*
La Citoyenne
Le Harem, *roman*
   (Grand Prix du Roman de l'Académie française, 1987)
Le Mari de l'Ambassadeur, *roman*
Félix, fils de Pauline, *roman*
Le Château des Oliviers, *roman*

## CHEZ JULLIARD

L'Île sans serpent, *récit*
Je vous aime (Idée Fixe, Jacques Chancel)
Barbouillet ou la Terre promise

## CHEZ J'AI LU

La Petite Fille modèle, *récit*
La Demoiselle d'Avignon, *roman*
   (en collaboration avec Louis Velle)

## CHEZ ALBIN MICHEL

Célébration de la Rencontre

## CHEZ PLON

Le Grand Batre, *roman*
La Protestante et le Catholique
   (en collaboration avec Louis Velle)
Esther Mazel, *roman*
Je vous aime... toujours
Le Goûter chez Dieu

Frédérique Hébrard

# Les Châtaigniers du Désert

*Roman*

Plon

ISBN : 2-259-20033-8

*À Nicolas,
mon camisard apostolique et romain*

*Nous nous sommes épousés une fois
pour toutes devant l'essentiel.*

René CHAR, *Feuillets d'Hypnos*

# Les Nuées

J'aurais dû me méfier quand je suis entrée dans le brouillard.

L'instant d'avant c'était l'été, la joie de la nature et des fleurs... il a suffi d'un tournant de la route pour que je pénètre dans une autre dimension.

Pour que j'entre dans ma vie.

*

Le hennissement du cheval qui me fait tressaillir, si proche dans le néant blanc, répondant à mon coup de frein aveugle, puis une voix d'homme invisible qui dit :

— Vous avez de la chance !

J'ai coupé le contact, je suis descendue de voiture. Sous ma main la portière, encore chaude de soleil, se couvrait d'une sueur froide.

D'abord, la grande tête noire qui encensait, secouant sa crinière comme pour chasser le brouillard. Le brouillard qui déjà s'effilochait, s'écartait du couple que formaient la bête et l'homme debout contre elle.

Un très bel homme à cheveux blancs, la distinction même.

— Merde ! dit-il en me découvrant.

Mais sur le ton de « Tudieu ! », sur le ton de « Peste ! », enfin sur le ton qu'on devait avoir pour s'exclamer *sur trois marches de marbre rose*.

Courtois. Ému. Galant. Rocaille !

Melchior. Qui disparaît brusquement derrière une nouvelle attaque blanche pour réapparaître avec précision dans une débauche de pixels, toujours aussi beau, héraldique, tandis que le cheval hennit à nouveau, joyeux, saluant sa victoire sur les nuées.

Passage fou d'une voiture en sens inverse. La terre bouge.

– Vous ne pouvez pas rester là ! Trop dangereux ! Suivez-moi !

Je l'ai suivi.

\*

Il allait à pied, menant son cheval à la longe comme un lad. Très chic.

Nous avions quitté la route pour un chemin privé. Ma voiture roulait au pas du cheval qui semblait inventer le paysage devant lui, tandis que les nuées, derrière nous, se figeaient en une barrière opaque qui rendait le reste du monde invisible.

*Il était une fois...* Il n'avait jamais été une fois aussi fort qu'en cet instant, aussi ne fus-je pas surprise de voir s'élever un petit château qui allait à mon guide aussi parfaitement que la pantoufle de vair au pied de Cendrillon.

Il se retourna pour me dire :

– Mon amie sera ravie de vous accueillir !

Enfin ce fut ce que je crus entendre car, au lieu de la charmante dame en fraîche robe Liberty que je m'attendais à voir venir à notre rencontre, ce fut un homme qui parut sur le perron.

Un homme plus jeune que le premier, mais tout aussi beau, tout aussi distingué.

– Merde ! dit-il en me voyant.

12

C'était une belle entrée dans les Cévennes.

J'avais envie de rire en descendant de voiture et, prenant mon sac sur le siège arrière, je vis le cadeau qu'elles m'offraient, les Cévennes : le paysage était revenu !

Superbe. Absolu. Total. Grand-angle. Magnifique !

J'étais pleine d'allégresse, de joie, de gratitude. Mes hôtes me tendaient la main, se présentaient, je n'écoutais pas, trop heureuse. Ah ! si ! j'entendis les prénoms : Melchior, et le plus jeune, Bob.

Je me nommais à mon tour, respirant la maison qui sentait bon la cire, le miel, la lavande et la sauge.

La pierre et le bois. La laine et le crin.

Chaleur des bêtes...

Sous la civilisation, la nature victorieuse. Écuries. Bergeries. Foin coupé. Pommes et champignons dans le grenier.

Je repérais le piano. Aussi luisant, aussi noir que le cheval qu'un homme avait emmené dès notre arrivée.

– Vous promeniez Tamerlan ? demandait Bob à Melchior.

– Heureusement ! C'est lui qui a deviné la voiture.

Ils me révélaient l'âge de Tamerlan, le plus vieux de leurs trois chevaux, Tamerlan qu'on ne montait plus mais qu'on aimait tant. Dans un verre tricentenaire ils me versaient le jus des pommes de la vallée. Leurs pommes. J'avais vu juste ! Ils me faisaient asseoir sur des toiles de Jouy rescapées du Temps, bref ils me dévoilaient les mystères. Normal, puisqu'ils m'avaient rencontrée au milieu des nuages.

Tous deux me regardaient avec insistance, ils échangeaient des regards comme des gens qui possèdent un secret indivis et sont sur le point de vous le révéler. Quelque chose d'heureux...

Ils n'avaient pas besoin de me dire qu'ils s'aimaient, je l'avais deviné dès que je les avais vus l'un près de l'autre.

Harmonie.

Je bus le jus de leurs pommes, il était bon, je dis « merci ! », merci pour les pommes, merci pour l'hospitalité et merci de m'avoir sauvé la vie. Mais non ! mais non ! Mais si ! mais si ! Alors il me sembla correct de leur apprendre ce que je venais faire dans ce village que le brouillard – maintenant évanoui – m'avait empêchée d'atteindre :

– Je viens retrouver le pasteur, ai-je dit. C'est une surprise !

Ils sont restés pétrifiés devant moi. Pourquoi ? Je ne m'expliquais pas ce mur de glace qui s'élevait soudain, infranchissable, trois cent quinze ans après la Révocation. Étais-je tombée sur des papistes à l'ancienne pour qui le protestantisme était toujours la Religion Prétendue Réformée ? Je ne pouvais le croire. À cause de Tamerlan. Des pommes. Des nuages d'été.

Et de l'harmonie.

Je les regardais et ce que je lisais sur leurs visages immobiles ce n'était pas de l'hostilité, non, c'était du chagrin.

– Le pasteur Wirth ? demanda Bob très doucement.

Je fis oui de la tête en posant avec d'infinies précautions le verre à moitié plein du jus de leurs pommes sur le dessus de marbre d'une console dorée.

– Vous ne savez pas ?

Melchior, lui aussi, avait baissé le ton.

J'avais froid brusquement. Comme si mon corps avait déjà su avant d'entendre les mots.

Déjà su que Johann était mort.

Johann c'était mon frère.

Pas un frère banal, né d'un même père et d'une même mère que moi.

Non. Ainsi que moi, Johann avait été conçu de façon moins classique dans l'esprit et le cœur de nos deux grands-pères, quand la croix gammée flottait sur la cathédrale de Strasbourg.

Johann...

Je ne me suis pas évanouie. Je n'ai pas pleuré. Je me suis absentée de moi. Immobile, debout sur mes longues jambes indécentes de hâle, j'entendais mes hôtes s'inquiéter à voix basse, je les voyais me tendre la main, me guider vers une bergère, me faire asseoir. J'étais fatiguée. Cassée. Qu'est-ce que je viens faire ici puisque Johann est mort ? Voilà un voyage qui n'a plus de sens.

J'ai demandé :

— C'est arrivé quand ?

— Hier soir.

Révoltant ! Il aurait eu trente ans en novembre. Un accident ?

— Non, à vrai dire on ne sait pas ce qui est arrivé à votre ami...

— Ce n'était pas mon ami c'était mon frère, ai-je dit.

Comme je m'étais présentée Marie de Walheim et non Marie Wirth, ils ont pensé que nous n'avions pas le même père. J'ai précisé que nous n'avions pas non plus la même mère.

Ils se sont regardés, franchement mal à l'aise. Alors j'ai essayé de leur expliquer les grands-pères et comment le mien qui était riche, et celui de Johann qui était pauvre s'étaient retrouvés derrière les barbelés au camp du Struthof *, puis à Dachau. Pour des raisons évidentes et inoubliables.

Du côté Wirth tout était simple. Ils étaient alsaciens depuis Germanicus.

Alsaciens avec tout ce que ça comporte de désagréments.

Et d'honneur.

De mon côté c'était plus compliqué. Pas du côté paternel mais du côté Bader. Par le grand-père du Struthof nous descendions d'une famille de réformés qui avaient quitté la France pour le Wurtemberg au moment de la Révocation. Les Chabald. Plus tard, après l'article X de la Déclaration des droits de l'homme et du citoyen, *nul ne doit être inquiété pour ses opinions, même religieuses*, ils avaient quitté leur village de Serres près Pforzheim, franchi le Rhin dans l'autre sens et étaient redevenus français.

– Le père de ma mère...

Je me tais brusquement, incapable de poursuivre, d'évoquer, d'expliquer, de raconter la mort de maman, le remariage de papa...

Je reste bloquée sur une image plus récente : Johann sortant de sa vieille R5 dans la cour de la maison, à Strasbourg. Ma joie de le voir rire, aller vers moi, heureux de sa farce : « Tu ne t'attendais pas à ça ! » dit-il.

C'était il y a dix jours.

La veille, Desmond et moi avions débarqué de Harvard, mon dernier diplôme à la main. Le *jet* de sa mère nous avait déposés à Entzeim. Le *jet* privé de Missis Eleanor Campbell, de la Campbell and Campbell International. Impressionnant. Mon père et Régine n'osaient pas demander si nous avions des projets d'avenir, Desmond et moi, mais ils étaient d'accord, c'était évident ! Desmond ! Le plus jeune

---

* Struthof : camp de concentration établi en Alsace par les Allemands de 1941 à 1944.

sénateur des États-Unis, pardon : des *States* ! comme disait Régine. Le plus jeune sénateur des *States* qui se déroute sur le chemin de la Chine où il est attendu, *officiellement*, pour me déposer chez mon père, y rester trois jours, y séduire tout le monde ! « Tu ne trouveras pas mieux ! » me dit Régine le jour où il s'envole pour Pékin.

Je la déteste, ma belle-mère. Encore plus que d'habitude. Je la déteste encore plus parce que Johann est mort.

Je me lève. Je veux le voir. Je vacille, et je me retrouve entre les bras de ces deux inconnus, Bob et Melchior. Ils sentent bon. Ils murmurent : « On va la conduire là-bas, elle n'est pas en état de prendre le volant. » Je me laisse faire. Pas question d'aller voir un mort avec une petite voiture rouge. Et puis j'ai les pattes qui tremblent. Je me laisse guider. J'ai confiance. Pourquoi ai-je confiance ? Parce qu'ils sentent bon ? J'ai si mal que je navigue à l'instinct. Je ne vois rien. Ni les pommiers, ni l'herbe des talus, ni les rochers, ni les fleurs, ni les châtaigniers, ni les premières maisons de Valdeyron. Valdeyron. Je viens voir le pasteur de Valdeyron. Mais je reste bloquée sur l'image de Johann sortant de la vieille R5.

« Tu ne t'attendais pas à ça ? »

Non Johann, je ne m'y attendais vraiment pas.

*

Dans la voiture j'ai ouvert mon portable. Besoin de Desmond. Besoin de lui dire l'horreur que je vivais. Besoin d'entendre sa voix. Je l'avais eu une heure plus tôt. Autrefois. Avant. Il allait monter à la tribune. Il allait prendre la parole pour l'ouverture du congrès international qui l'avait invité à Pékin.

Pékin.

Je me suis arrêtée à l'avant-dernier chiffre.

*

La première chose que j'ai vue en entrant chez Johann, c'est la photo dans le bain.

J'avais quatre ans et demi, lui allait sur ses sept ans. On riait tous les deux à chaque coin de la baignoire, dans un grand envol d'éclaboussures. Il me manquait deux dents. C'était maman qui avait pris la photo. Le bonheur.

– Vous êtes sa sœur ?

Une vieille femme vêtue de noir était venue à moi, avait saisi mes mains entre les siennes. Sarah.

J'avais toujours la jupette, les jambes bronzées, les bras nus. Panoplie de l'indifférence. Le bel été implacable entrait avec moi dans la maison de la mort.

Mais la vieille femme ne semblait pas étonnée, choquée ou surprise par ma tenue. Elle avait trop de peine pour voir le mal là où il n'était pas.

Elle ne lâcha ma main que quand je fus devant Johann.

La rage m'empêchait de pleurer.

Johann... qu'est-ce que tu me fais, Frère ? Tu m'as larguée, trahie, mutilée, abandonnée, et tu souris comme si tu étais content de la bonne blague.

Jamais je ne l'avais vu aussi bien que je le voyais là. Comme s'il se laissait enfin regarder. Comme s'il acceptait qu'on le voie, lui, l'enfant en trop, l'orphelin, le pauvre qui avait toujours l'air de s'excuser d'être là.

— On ne veille plus les morts, disait Sarah à voix basse, mais, monsieur le Pasteur, je ne voulais pas le laisser seul.

Elle hésita et ajouta, pleine de larmes :

— Maintenant que vous êtes là, c'est différent... Vous préférez peut-être que je m'en aille ?

Je lui ai demandé de rester.

J'avais déjà besoin d'elle.

\*

Il était mort la veille au soir sans crier gare. Il était rentré de bonne heure pour préparer son sermon du dimanche. Il avait d'abord fait du courrier. Il avait l'air heureux.

— Je venais de lui porter une tasse de chocolat... il aimait bien le chocolat. Celui-là, il n'a pas eu le temps de le boire. Il s'est levé pour prendre un papier dans sa sacoche. Il a porté la main à son front... et il est tombé !

Rupture d'anévrisme ont dit les docteurs. Les trois docteurs du village qui refusaient de croire à la mort d'un homme si jeune.

– Le docteur Teulon a appelé le docteur Puech et, même, ils ont fait venir Mme Perrier qui n'exerce plus. Ils ont tout essayé... les pompiers sont venus...

Johann sourit toujours sur son lit d'acajou. Bateau. Lit bateau. XIX<sup>e</sup> siècle. Il est endimanché. Costume bleu marine, chaussures vernies, cravate grise. Je ne l'ai jamais vu habillé comme ça.

Jamais.

Il est déguisé en mort.

Je baisse les yeux et je suis aveuglée par mes genoux brillants et lisses comme le cuivre.

Il faut que je trouve des vêtements de deuil. On enterre Johann jeudi...

On enterre Johann ?

Il faut que je prévienne papa.

– Je ne savais pas où vous joindre, disait Sarah. Dans l'émotion j'avais même oublié votre nom ! Marie, ça, je me souvenais, il parlait si souvent de vous ! Sa sœur...

Elle se tut avant d'ajouter dans un souffle :

– Tout le village est en deuil.

Tout le village, sauf moi.

J'ai sorti mon portable.

– Oh ! les portables, ici, c'est rare que ça passe !

Mais en me donnant le cellulaire que j'ai au creux de la main, Desmond m'avait dit : « Ce petit monstre te permettra de joindre la terre Adélie, de bavarder avec le *Very Large Telescope of Tololo* et, si tu as beaucoup de chance, d'atteindre la station MIR ! »

J'appelai papa.

Succès ! Si on peut dire, car, au lieu de papa, j'ai eu ma belle-mère.

– Ton père ? Mais ton père est parti pour la journée avec de gros clients ! C'est important ?

– Assez. Johann est mort.

Il y a eu un silence, puis elle a dit :

– Marie, tu n'es pas drôle !

J'ai répété :

— Johann est mort.

— Johann est MORT ? Un accident ?

— Non. Mort naturelle.

— À son âge ? C'est insensé !

J'étais bien d'accord. Une vraie faute de goût ! Il n'aurait pas dû.

— Excusez-moi, Régine, mais il faut que j'appelle papa tout de suite...

— C'est impossible, ma pauvre chérie ! Tu connais ton père, il a encore oublié son portable ! Je ne le verrai que tard ce soir, mais ne t'inquiète pas, le message sera transmis ! Sans faute !

Je la déteste.

*

Sarah s'était éclipsée pendant que je téléphonais. Je me sentais perdue. Je me levai et m'approchai de ce monsieur souriant et immobile qui avait été Johann. Je posai un doigt sur son front et la mort de maman fut là, toute neuve, et pleine de chagrin. Froid. Pierre. Pierre froide. La vie est partie. Emportant chaleur, rires et battements de cœur. Froid. Seul Desmond pourrait me réchauffer de toutes ces morts.

Mais Desmond est à Pékin.

Je regardais autour de moi l'austère chambre, les livres, les CD, une carte ancienne punaisée au mur « *Les Sévennes* ». Sur une étagère, une tasse. Une tasse de chocolat.

Sans doute celle qu'il n'avait pas eu le temps de boire. La pauvre Sarah, dans son chagrin, avait oublié de l'enlever.

Une mouche, une grosse mouche noire était tombée dans la tasse. Elle flottait, hideuse et velue, sur le voile de crème brune solidifiée à la surface du chocolat. Je l'ai enroulée dans le voile comme dans un lin-

21

ceul, avec la cuillère j'ai sorti délicatement crème et mouche de la tasse. Et j'ai bu le chocolat.

Il était froid comme le front de Johann.

J'ai bu. Et j'ai pensé que nous n'avions pas évolué depuis l'âge des cavernes.

À part le chocolat.

*

On ne veille plus les morts.

C'est Johann qui m'a veillée cette nuit-là. Je me suis endormie à son chevet. Sarah ne m'a pas quittée. Je frissonnais. Froid malgré l'été. Sarah a glissé mes bras dans les manches d'un gilet de laine, comme on le fait à un petit enfant. Un gilet de Johann. Neuf. « Tricoté avec de la laine d'ici », disait-elle en installant un oreiller sous ma tête, une couverture sur mes genoux. Elle me regardait, caressait ma joue. Elle disait : « Vous êtes aussi jolie qu'il me l'a dit, ma pauvrette... » Je me suis endormie. Mais je n'ai pas quitté la réalité dans mon sommeil. Je l'ai retrouvée dans une débauche de mémoire si précise que, parfois, je me réveillais dans un sursaut.

Sarah était toujours là, Johann était toujours mort et papa n'avait pas téléphoné.

*

Papa.

Mon papa merveilleux d'autrefois.

Mon papa du temps de maman, quand on était si heureux.

Mais les beaux souvenirs sont ceux qui font le plus mal. La photo dans le bain... Le bonheur !

J'ai dit : « On s'est toujours connus, Johann et moi », et Sarah a souri parce que Johann lui disait : « On s'est toujours connus, Marie et moi. » Bien sûr.

Mes parents l'avaient recueilli à la mort des siens. Accident de voiture. On a grandi ensemble dans la mémoire des deux grands-pères qui avaient gagné la guerre. On ne les a pas connus, bien sûr, mais maman les a fait vivre pour nous. Résistance. Alsace. France. Liberté.

Il m'appelait Marie, moi je l'appelais Frère. Comme si c'était un nom. Un nom de baptême. Et le baptême, pour moi, c'était très important. J'étais une petite fille pleine de Foi. Dieu m'avait tout donné, la moindre des politesses était de croire en Lui. Même quand j'ai compris que Johann était un orphelin. Je venais d'avoir cinq ans. Je pleurais mais papa m'avait consolée ; il avait dit : « Johann est mon petit garçon pour toujours. »

Certitude.

Il avait dit : « pour toujours ». Je ne doutais d'aucune promesse. Ni de celles de papa, ni de celles de Dieu.

La surprise ne devait en être que plus scandaleuse. Et la rupture terrible.

Tu te souviens, Frère, nous étions venus dans les Cévennes l'été de mes treize ans.

Maman nous faisait rire. Elle voulait absolument que ses ancêtres huguenots aient vécu à l'ombre de l'Aigoual. Elle cherchait partout le nom de jeune fille de son arrière-grand-mère Anaïs, persuadée que les Chabald descendaient des camisards. Chabald ? Chabalde ?

« Il doit y avoir des Chabalde quelque part ! » disait-elle.

Mais le nom de Chabalde, de même que le nom de Chabald semblaient n'avoir jamais existé. Ni dans les Cévennes, ni en Wurtemberg. Trop de guerres, trop d'incendies, de brûlements et de naufrages. Plus d'archives. Rien que des bribes de légende qui s'effilochent de génération en génération.

« Un jour je saurai ! » disait maman, et papa la serrait dans ses bras.

J'ai une photo d'eux prise cet été-là. Depuis près de quinze ans, elle est dans mon portefeuille. Je ne la regarde jamais. Je ne peux pas. Si je la regarde, je craque. Parce que, c'est la photo de l'amour, parce que trois mois plus tard, maman mourait et que, moins d'un an après, papa épousait Régine. Pardon : parce que, moins d'un an après, Régine épousait papa. C'est-à-dire une des plus grosses faïenceries d'Alsace, la Chabald et Bader de Strasbourg. À quel moment ai-je haï cette femme ? À l'annonce de leur mariage ? Le jour où elle a fait jeter le vieux peignoir de maman qui était devenu mon refuge ? Le jour où je devais faire ma communion, quand j'ai déchiré la robe blanche ridicule qu'elle avait fait broder pour moi ? Ce jour-là était un jour solennel puisque j'ai refusé d'aller au temple et que j'ai proclamé que je ne croyais plus en Dieu.

Je sais qu'elle aussi me déteste. Même – surtout – quand elle me fait des grâces devant papa. Comme le jour de notre arrivée à Strasbourg, quand elle m'a dit : « Tu es toujours aussi belle ! » sur le ton de : « Tu as toujours ton eczéma ! » Elle souffre quand elle me voit, car c'est ma mère qu'elle croit voir devant elle.

Quand maman nous a quittés, personne n'imaginait à quel point j'allais lui ressembler. Plus je grandissais, plus je devenais une femme, plus c'était éclatant.

Elisabeth était de retour.

Ce dut être une grande souffrance pour Régine. Je crois que j'aurais pu le comprendre, mais, tu vois, Frère, ce que je ne pourrai jamais lui pardonner c'est de t'avoir écarté de la maison. Elle a mis dix-huit mois pour arriver à convaincre papa qu'il n'était pas convenable de garder deux adolescents sans aucun lien de parenté sous le même toit. Ça pouvait me compromettre, nuire à ma réputation. Me faire manquer un beau mariage... je cite. Tant de bêtise illumina ma vie et confirma mon désir d'exister par moi-même. J'aurais dû dire merci. Je l'aurais fait si mon père n'avait pas brisé l'alliance des grands-pères, s'il s'était souvenu que tu étais son petit garçon pour toujours.

*

Noir. Silence. Vibration sourde soudain.
Je saute sur mon portable... Quelqu'un pleure au bout du fil.
Papa.
Je me suis levée, je me suis approchée de toi, Johann, comme si tu pouvais entendre sa voix, ses larmes. Il venait de rentrer à la maison, il venait d'apprendre, il pouvait à peine parler. Demain je lui dirais le jour, l'heure, le lieu des obsèques.
Il serait là. Bien sûr.
Papa.

*

Sarah était déjà réveillée quand j'ai ouvert les yeux.
Malgré les volets tirés et l'obscurité de la chambre que seule éclairait une petite lampe, j'ai senti que cette longue nuit allait prendre fin. Je l'ai senti à travers une métamorphose du silence autour de la maison. Quelque chose allait naître. Le jour. Le jour allait oser se lever sans mon frère. Ce scandale me révolta, je demandai :
— Il vous a dit pour moi, Johann ?
Sarah, déconcertée, se taisait.
— Il vous a dit que je n'avais plus la Foi ?
Elle a eu l'air rassurée. Elle s'est levée pour entrouvrir les volets, éteindre la lampe, puis elle a

regardé Johann avant de me répondre, comme si elle le prenait à témoin.

— Vous savez, la Foi des autres, c'est difficile de savoir ! Ça va, ça vient... Ça dépend des moments. Non, il ne m'a rien dit.

Elle est allée vers la cuisine.

— Je vous fais un Lapsang Souchong bien fort. Comme vous l'aimez, précisa-t-elle doucement.

Ça, il le lui avait dit.

*

Ils sont venus me chercher vers 9 heures.

Je les ai suivis comme si tout avait été convenu entre nous. Je ne me suis même pas étonnée de les entendre me proposer de loger ma famille si elle venait pour les obsèques. J'ai remercié. Bien sûr, mon père et ma belle-mère allaient arriver, sans doute demain, mais nous avions l'intention d'aller à l'hôtel tous les trois...

Ils ont ri doucement.

— Ni vous, ni vos parents n'irez à l'hôtel, a dit Melchior.

— Ni celui que vous avez cherché à joindre hier, dans la voiture, a ajouté Bob.

— Desmond ? ai-je demandé.

— Desmond ? Il s'appelle Desmond ? Raison de plus pour qu'il vienne !

— Il ne viendra pas.

— Pourquoi ?

— Il est à Pékin.

— Un Chinois ?

J'ai ri. La première fois depuis la mauvaise nouvelle.

— Desmond n'est pas chinois. Il est américain. Sénateur.

— Un vieux monsieur ?

J'ai ri encore.

— Non. Un beau jeune homme. Mais il ne risque pas de venir, je ne l'ai pas prévenu.

Je n'avais plus du tout envie de rire. J'aurais tant voulu l'avoir près de moi, le beau jeune homme.

Nous étions arrivés au château. Ma chambre était déjà prête, au premier étage. Mes bagages m'y attendaient, la couverture était faite...

— Il faut la laisser dormir, disait Melchior à voix basse, sinon elle ne tiendra pas le coup.

— Marguerite va venir vous aider à vous installer et vous faire couler un bon bain chaud. C'est notre femme de charge, elle est protestante et aimait beaucoup votre frère.

— Nous aussi, nous l'avons infiniment apprécié bien que l'ayant trop peu connu.

— Suffisamment pour savoir à quel point la musique comptait pour lui !

— Mais, autant vous l'avouer tout de suite, nous n'allons ni au temple, ni à l'église !

Ils avaient l'air confus, ne se doutant pas que cet aveu me soulageait. Je me sentais soudain moins seule, et je trouvai même des paroles consolantes pour la pauvre Marguerite qui pleurait son pasteur en déballant mes shorts cloutés de strass, mes tuniques transparentes, mes jupes superlongues et mes jupes supercourtes.

Immettables en la circonstance.

Je lui demandai s'il y avait un magasin de vêtements à Valdeyron. Il n'y en avait pas mais, le lendemain matin, il y aurait marché sur le quai. Je trouverais tout ce que je voudrais chez Marcel : *Au satin fermière*, dit Marguerite, qui ajouta, avant de me laisser : il a tout, Marcel !

Je faillis m'endormir dans le bain, repris conscience dans un sursaut...

Où étais-je ?

Dans le château inconnu de deux inconnus.

28

Que savais-je d'eux ?

Qu'ils s'aimaient, qu'ils sentaient bon, qu'ils ne croyaient pas en Dieu...

Et que j'avais confiance en eux.

À peine au lit je m'endormis.

*

Un rayon de soleil m'éveilla. Un rayon chaud, lourd, usé.

Usé comme tout ce qui m'entourait. Les tentures d'indienne, le boutis de fine soie éraillée, les rideaux de mousseline brodés de fleurs reprisées par les fées, la pendule arrêtée sur une heure obsolète.

Fin de journée. Fin de saison. Fin d'une époque de ma vie. L'époque Frère. Désormais les grands-pères du Struthof n'ont plus qu'un petit-enfant pour conserver leur mémoire.

Un flot de larmes brouilla le paysage de la chambre. Pour ne pas sangloter, je mordis mon poing si fort que la douleur tarit mes larmes.

Sur le portable, pas de messages.

Mais, sans doute prévenu par les fées aux belles reprises, Mozart se fit soudain entendre : *Mi, sol, fa, mi, fa, sol, mi, fa, sol, la, sol, fa, mi, ré, mi, si...* et je me mis à l'accompagner dans mon cœur.

Larghetto du concerto n° 27...

Nous l'avions partagé tant de fois, Johann et moi ! Il disait : « C'est la petite phrase qui console de tout ! »

*

J'avais mis mon jean bleu pâle et un tee-shirt blanc. Je me sentais moins indécente en descendant les retrouver.

Le larghetto était fini, mais Mozart était toujours là. Melchior, debout devant une porte-fenêtre, regar-

29

dait le jour perdre peu à peu sa clarté sur le parc. Bob était assis dans l'ombre, pensif.

D'abord ils ne me virent pas, puis ils se retournèrent ensemble pour venir vers moi d'un même mouvement. Lumière. Chaleur.

Ils me font asseoir entre les bras de la bergère qui me connaît déjà. Ils me disent de ne pas m'inquiéter pour la cérémonie de jeudi, tout est en ordre ; ils se sont renseignés auprès de Sarah, du maire et du pasteur Poujol qui vient de Montpellier pour le service.

Ils voient le portable que j'ai glissé à ma ceinture. Je ne peux pas me défaire de lui. Je suis comme ces malades qui vont à petits pas le long d'un couloir d'hôpital, accrochés à la perfusion dont dépend leur vie.

J'explique :

– J'attends des nouvelles de mon père...

– Sa chambre est prête, a dit Bob.

J'ai remercié avant de demander :

– Le concerto n° 27 ?

Melchior a expliqué :

– La dernière fois, c'est avec votre frère que nous l'avons écouté... La seule fois où il est venu à la maison. Il nous a dit : « La petite phrase du piano seul est une petite phrase qui console de tout... » Malheureusement...

Malheureusement ce n'est pas vrai.

La petite phrase ne peut consoler de tout.

Mais elle permet de souffrir.

*

Avant de passer à table, Melchior m'a versé un verre de vin d'Alsace. Rolly-Gassmann, vendanges tardives.

Évidemment. Quand on s'appelle Melchior Weisendorf, on ne peut être que de chez nous.

Je lui ai demandé : *Wo senn ehr gabora \* ?*
Il a répondu en dialecte.

Il était né à Tannenkirch, au-dessus de Bergheim. Pas loin des aigles et du terrifiant Haut-Kœnigsbourg. Pas loin de mes propres souvenirs...

– Le Bader qui était avec Nicolas Wirth au Struthof, puis à Dachau, demanda-t-il, c'était bien ?...

– Mon grand-père maternel, oui.

Mais je reste sur mes gardes. Ne pas trop parler de l'Alsace et des héros. Je me sens fragile.

Je baisse le nez sur mon assiette et j'y rencontre la fleur et le papillon qui furent les compagnons de mon enfance. La fleur, toujours différente, le papillon, toujours le même.

Un service de la vieille fabrique Chabald et Bader, le même service que celui dans lequel j'ai mangé toutes les soupes qui font grandir. La faïence de mes ancêtres. Melchior sourit :

– On sort rarement le service aux papillons, mais pour l'héritière des faïenciers, on était obligés... On vous montrera le poêle dans la bibliothèque, on a aussi un cartel. *Sehr scheen, wie álles wo so underschreewa n'esch \*\* !*

Pourquoi n'es-tu pas là, Johann, toi qui mangeais ta soupe avec moi sous la garde du papillon ? Pourquoi n'y a-t-il que trois couverts et pas quatre ? Tu devrais être là. On aurait ri, on aurait bu, trinqué, on se serait disputés une fois de plus à propos de l'existence de Dieu, Johann seul contre nous trois, on aurait...

Mon portable sonna, échantillon wagnérien, au moment où Marguerite posait des truites sur la table.

– Je suis désolée, disait la voix de Régine, et je sus que papa ne viendrait pas.

– Ton père a dû te téléphoner ?

Non, mon père ne m'avait pas téléphoné.

---

\* Où êtes-vous né ?
\*\* Très beau, comme tout ce qui a cette signature.

– En tout cas il a essayé ! Il est tellement navré de ne pas être auprès de toi après-demain, pauvre chou ! Et moi donc ! Mais il est horriblement fatigué, ces gros clients dont je t'ai parlé l'ont tué ! Des Japonais, en plus ! Il va t'appeler, mais je voulais te prévenir le plus vite possible, te dire qu'on était avec toi, ma chérie, qu'on t'embrassait fort ! J'espère que tu comprends ?

Bien sûr ! je comprenais très bien...

J'ai posé mon portable sur la table. Éteint. Ni Melchior, ni Bob ne bougeaient. Quand le téléphone avait sonné, ils s'étaient levés pour partir. Je les avais arrêtés d'un geste. Maintenant ils savaient. J'avais mis le haut-parleur. Exprès.

On était tous au courant.

Je suis restée immobile devant ma truite. Je me sentais seule. Abandonnée.

– Vous avez eu des nouvelles du beau jeune homme ? demanda doucement Melchior.

Non, justement. Je n'avais aucune nouvelle de Desmond et, de mon côté, je n'arrivais pas à le joindre. Le petit monstre électronique qui pouvait dialoguer avec Tololo et les étoiles semblait avoir un problème avec la Chine.

Bob se leva et sortit de la pièce en disant :

– Vous allez voir ! Rien de tel qu'un modeste téléphone d'autrefois pour abolir les distances !

Il revint avec un combiné qu'il déposa sur la table devant moi :

– Je suis sûr que vous allez le joindre tout de suite !

Pendant que je faisais le long numéro de Desmond, ils discutaient à voix basse ; ils n'étaient pas d'accord sur l'heure qu'il était, au même moment, à Pékin. 3 heures de l'après-midi ? 3 heures du matin ? Ce devait être la pleine nuit car, si j'obtins de suite la communication, je n'eus que la voix enregistrée de Desmond.

Je n'ai pas eu le courage de dire la vérité. Je dis seulement que j'allais bien. Que j'étais impatiente d'avoir de ses nouvelles. J'épelai le numéro où il pouvait me joindre. Celui de mes hôtes. Avant de raccrocher je dis à quel point il me manquait.

C'était vrai.

— On sera là, dit Melchior.

— On ne vous lâchera pas, dit Bob.

C'était bien.

J'ai même pu manger ma truite. Et j'ai repris deux fois du fromage. Du pélardon. Épatant.

J'avais dormi toute la journée, mais je tombais de sommeil.

Ils m'ont accompagnée jusqu'à ma chambre. Ils ont vérifié que je n'avais besoin de rien, posé une bouteille d'eau près du verre d'opaline, sur ma table de nuit, et fermé mes volets. Je leur ai demandé pourquoi ils étaient si gentils avec moi, parce que, au fond, on ne se connaissait pas, mais alors pas du tout ! Et Johann ! Ils l'avaient vu trois fois, quatre fois peut-être ! Ils avaient à peine eu le temps de le connaître.

Ils ont dit :

— La Musique...

— L'Alsace...

— Lui...

— Vous...

— Et puis..., a commencé Bob.

Mais il a rencontré le regard de Melchior, et il s'est tu.

J'aurais bien voulu entendre la suite.

J'aurais bien voulu prier, aussi.

Mais, depuis longtemps, je ne savais plus.

*

L'ensevelissement.

C'est comme ça qu'on dit, ici.

Je me suis habituée à la formule, mais la première fois que je l'ai entendue, j'ai cru voir la terre se fendre devant moi.

L'ensevelissement.

J'étais seule.

Non. J'avais Sarah, Melchior, Bob et Marguerite.

Quatre jours plus tôt je ne les connaissais pas. La mort venait de me les donner, miséricordieuse, pour me permettre d'affronter son visage.

Au moment de la mise en bière, je décrochai du mur la photo du bonheur, et la glissai sous les mains de Johann.

Après, on a fait du shopping. Bob et Melchior m'ont aidée à choisir deux robes en satin fermière noir et gris, chez Marcel, sur le marché. Une à manches courtes, et l'autre à manches longues, pour le temple.

Je ne les ai essayées qu'une fois rentrée chez eux, et j'ai bien vu à leur air consterné qu'ils les trouvaient hideuses.

Tant mieux !

Du moment que j'avais l'air convenable, ça m'était bien égal d'épouvanter les oiseaux.

Ce soir-là je n'ai pas pu dîner. Je n'ai pas pu parler non plus.

— Marguerite va vous monter un plateau léger, a dit Melchior.

— Et une infusion de fleurs de thym, breuvage souverain, a ajouté Bob.

Je ne sais pas si j'ai eu la force de dire merci.

Je suis restée immobile, muette, les yeux grands ouverts sur cette veillée d'armes. Comme avant un examen. Comme avant une opération.

Mais, cette fois, on n'allait pas m'enlever les amygdales, l'appendice ou les végétations... On m'enlevait le seul être qui avait partagé toute mon enfance, le seul être avec qui je pouvais encore parler de maman. Et des deux héros mythiques qui nous avaient unis bien avant notre naissance.

Je regardais la chambre qui m'avait accueillie comme si j'étais une fille de la maison, une parente proche, une amie très chère. Chaque objet, chaque meuble, chaque bibelot étaient chargés de souvenirs que je me sentais prête à faire miens.

Maman aurait aimé cette chambre, ce château, ces deux hommes qui recueillaient sa fille dans la détresse, ces deux hommes si raffinés, si courtois, si charmants, qui avaient dit merde en me voyant. Je n'osais pas leur demander pourquoi mais j'aurais bien voulu le savoir.

Ils avaient certainement une bonne raison...

J'ai bu l'infusion de fleurs de thym comme on boit un philtre. Mais le cellulaire se mit à vibrer et, le cœur battant, je faillis lâcher la tasse de la Compagnie des Indes — « dernière survivante d'un service défunt », avait dit Bob. Je la rattrapai en plein vol. Desmond ?

C'était Régine.

— Tu me diras si nos fleurs étaient bien, ma chérie !

Tu verras, j'ai vraiment commandé quelque chose de magnifique !

*

J'ai quand même bien dormi.
Le philtre, sans doute.

*

« On sera là... On ne vous lâchera pas... »

Ils avaient tenu parole.

Il y avait beaucoup de monde dans les rues.

J'ai demandé :

– C'est jour de marché, comme hier ?

Mais ce n'était pas jour de marché. C'était jour de Johann. Les gens se hâtaient vers le temple, et tous ces gens avaient visiblement perdu quelqu'un.

Devant la grande porte ouverte, face à la foule, le pasteur Poujol, un vieillard très droit, longue robe noire, crinière blanche, Bible à la main, nous attendait.

– Mademoiselle Wirth ?

Je fis oui de la tête. Cette erreur de patronyme me rapprochait encore de toi, Frère.

Après ? Après, j'ai mis longtemps à me souvenir, à recoller les morceaux, à combler les trous d'une mémoire lacunaire, à retrouver une douleur charitablement anesthésiée par la douleur même.

La seule chose dont je fus sur-le-champ consciente, ce fut l'odeur de cèdre que l'on sentait dans le temple. Elle montait des bancs de bois, comme l'odeur des foins monte d'un pré fraîchement coupé. Elle se mêlait à la musique des psaumes, aux voix des fidèles, à la parole du Pasteur. J'écoutais sans entendre, je regardais sans voir. Tout s'enregistrait à mon insu pour m'être révélé plus tard.

C'est en voyant les gerbes, les coussins, les couronnes et les bouquets que je m'aperçus que j'avais oublié de t'apporter des fleurs ! Régine et mon père avaient envoyé un buisson de roses rouges et moi j'étais venue t'accompagner sans même une violette à la main. Je ne t'apportais rien. Rien que des larmes.

Au dernier moment, quand tout le monde fut là, quand le vieux pasteur nous regarda tous avant de prendre la parole, deux jeunes filles déposèrent une merveille sur le cercueil.

Un Saint-Esprit.

Une colombe tissée de fleurs sauvages qui tenait un ruban dans son bec. En penchant la tête, je parvins à lire ce qui était écrit sur le ruban :

### Toutes les filles de l'*EM*

Sans doute une société sportive. Ou une chorale. Ce devait être le groupe que les deux jeunes filles avaient rejoint. Elles semblaient toutes très affectées. J'ai pensé : « Il faudra que je le dise à Johann », et j'ai frissonné.

Des pans d'Ancien et de Nouveau Testament tombaient sur moi, blocs virtuels et impalpables, sans me blesser ni me consoler.

Il y avait beaucoup de petits enfants. Anormalement sages.

Je ne me réveillai qu'après la sortie du cercueil, quand tout le monde et les fleurs eurent quitté le temple et que le pasteur en eut fermé la porte.

J'entends encore le bruit de la clef – énorme clef – tournant dans la serrure.

Un bruit à réveiller les morts.

Le pasteur resta un moment immobile, comme s'il attendait une réponse à ce bruit profond. Puis il soupira, et dit gravement :

– On ne l'entendra pas de longtemps, cette pauvre clef !

avant de la tendre à Sarah qui pleurait.

Et l'on se mit en marche vers le cimetière.

*

Une jolie promenade.

Derrière un vieux corbillard automobile qui avait visiblement beaucoup servi, une foule silencieuse traversait le village, franchissait le pont sur le torrent, avançait doucement au milieu de voitures arrêtées, de commerçants debout devant leurs boutiques, de vieillards accrochés à leurs balcons qui saluaient d'une main tremblante.

Je n'avais aucune idée de l'endroit où se trouvait le cimetière. Je ne savais même pas qu'il y en avait deux, à Valdeyron. Le catholique, et le protestant où nous nous rendions, bien sûr. Fille d'Alsace, habituée depuis l'enfance aux usages du *simultaneum* * et aux nécropoles militaires où fleurissent côte à côte la croix, l'étoile et le croissant, cette ségrégation au-delà de la mort me surprenait. Qu'en avait-il pensé, Johann ? Y avait-il seulement pensé ! Quand on croit à la vie éternelle, s'inquiète-t-on de tels détails ?

Noce noire et muette, nous approchions d'une rue en pente plus étroite, qui ralentit le mouvement. Sarah peinait, Bob lui offrit son bras et la soulagea du sac où elle avait serré la clef du temple. Lourde. Elle lui sourit.

Tout en haut de la rue, je me retournai vers tous ces inconnus. Le maire, les jeunes filles de ce mystérieux *EM*, le pasteur qui avait chaud, des gens de tous les âges, gens de la terre, retraités, bourgeois, bergers... Nous quittions les dernières maisons. On entendait le

---

* *Simultaneum* (du lat. fictif simultaneus). Convention en vertu de laquelle les cultes catholique et protestant peuvent être célébrés successivement dans un même édifice. – Larousse.

39

bruit du torrent dans la vallée, le chant des oiseaux. Le vent froissa les arbres. Nous étions arrivés.

Il est joli, le cimetière de Valdeyron.

En terrasses, en « traversiers » me dit-on. Il est plein de fleurs qui poussent là pour égayer les morts.

Je regardai tout jusqu'au bout, jusqu'à la dernière rose jetée sur le cercueil, jusqu'au bruit de la dernière pelletée, jusqu'au dernier de ces bouquets posés comme un tapis sur la terre meuble.

— Nous avons commandé une pierre toute simple, avec son nom et ses dates, dit le pasteur Poujol à mon oreille.

Je dis merci.

Mais je n'en pouvais plus. Ses dates !

1970-2000.

Quel scandale !

Comment aurais-je pu serrer toutes ces mains, parler à tous ces gens, essuyer toutes ces larmes !

Sarah m'a entraînée à l'écart.

Elle m'a fait asseoir sur un muret de pierres sèches, et elle est restée près de moi, immobile, silencieuse, longtemps après que tout le monde soit parti.

Je reprenais mon souffle.

De notre place on voyait bien la tombe et son tapis de fleurs... Surtout ne pas pousser la grille du cimetière dans les jours qui viennent, surtout ne pas être témoin de la pourriture des roses, des tulipes, des orchidées et de la colombe de fleurs sauvages.

À propos de la colombe, j'ai demandé à Sarah qui étaient les jeunes filles de l'*EM*.

— Ce sont les ouvrières de l'Esther Mazel *, m'a-t-elle dit.

— Esther Mazel ?

— Vous ne connaissez pas ? C'est ici que se trouve l'usine des « soupes de mémé ». Ça fait vivre le pays ! Mais, Esther Mazel, elle est surtout célèbre par ses

---

* *Esther Mazel*, Plon, 2000.

parfums, surtout *Seven*, celui qui est vendu dans le monde entier ! C'est pas possible que vous ne l'ayez jamais senti !

Non, en effet, ce n'était pas possible. *Seven*, c'était le parfum de maman.

— Ça s'écrit *Seven* pour que partout on le prononce de la même façon, mais ça veut dire *Cévennes,* parce qu'Esther Mazel, quand elle était petite, c'est ici qu'elle a grandi, on l'a cachée dans la montagne et elle ne l'a pas oublié, ça non ! Un autre jour je vous raconterai.

Dans le silence un merle dit quelque chose d'infiniment joli.

*Seven. Cévennes.*

Nous dominions les toits de Valdeyron. Tuile romaine. Un peu plus haut dans la montagne, les toits sont d'ardoise. Les plus anciens sont couverts de grandes lauzes plates qui luisent sous la pluie et brillent au soleil.

Versant méditerranéen. Versant atlantique.

*Seven. Cévennes.*

Le parfum de maman.

*

Nous sommes redescendues vers Valdeyron.

Chemin inverse. Nous n'allions plus vers la mort mais vers la vie.

Vie retrouvée d'un village que je découvrais pour la première fois depuis mon arrivée. J'avais posé les yeux sur le quai, sur le torrent, sur la place, les ruelles, les vieilles maisons, la mairie, le temple et l'église, mais je n'avais rien vu. Maintenant, touriste accompagnée d'un guide indigène, j'apprenais Valdeyron.

Fleurs, balcons ouvragés, portes centenaires, lampadaires neufs, filature désaffectée, salle des fêtes, hôtel des Voyageurs, mon guide savait tout de tout. Sur notre passage, les gens, repris par leurs affaires et le bruit, redevenaient graves et nous saluaient en silence.

— Il s'était fait aimer, disait Sarah qui s'arrêtait pour reprendre son souffle, serrant contre son cœur son sac trop lourd.

Elle accepta que je porte la clef.

Une tonne, la clef !

— Elle est vieille ! disait Sarah. Encore plus vieille que moi !

Sa maison était l'une des dernières du village. Une belle maison assez ancienne, avec un grand jardin où se côtoyaient l'hortensia, la salade et l'ancolie.

– Votre frère l'appelait son jardin de curé! dit-elle en poussant la grille.

– Vous ne la fermez jamais?

Ma question la scandalisa.

– Mais c'est le presbytère! Si quelqu'un a besoin de...

Elle ne finit pas sa phrase. Je la finis pour elle dans ma tête : « Si quelqu'un a besoin de Dieu, pas de problème! Il traverse le jardin de curé, il sonne à la porte du pasteur, et tout s'arrange par l'opération du Saint-Esprit! »

– Entrez, on va téléphoner à ces messieurs, ils m'ont dit qu'ils viendraient vous chercher en voiture.

Mais j'avais envie de marcher. Je demandai à quelle distance était le château.

– Trois bons kilomètres par la route.

– Il n'y a pas un raccourci?

– Si. Mais, par le raccourci, c'est plus long.

J'éclatai de rire.

Elle rit aussi, délivrance partagée, et m'expliqua :

– Le raccourci, lui, fait au moins quatre kilomètres, mais il est joli! Mais joli! Il suit le béal.

– Le quoi?

– Le béal. Un petit canal pour irriguer les prés. On l'ouvre et on le ferme avec de grosses pierres de rivière. À cette heure-ci, il se chauffe au soleil, vous n'aurez qu'à le suivre, il vous mènera droit aux Châtaigniers du Désert.

Châtaigniers? Désert? Antinomie!

Sarah poursuivait :

– C'est la combe derrière le château. C'est là qu'on se réunissait pour prier au temps des dragonnades. Au Désert... Désert avec un D majuscule, comme dans la Bible. Ces messieurs ne vous l'ont pas

43

dit ? C'est chez eux, maintenant. Hé ! Ne partez pas avec la clef !

La clef ? Ah ! oui, la clef !

Confuse, je lui tendis l'arme de poing qui avait tiédi contre moi.

– Vous ne voulez vraiment pas que j'appelle ces messieurs...

Non, j'avais besoin d'être seule. Seule avec la nature, le petit béal, les prés, le soleil.

Le Désert.

Sarah m'accompagna jusqu'au pont de bois qui franchissait la rivière derrière chez elle. Là, elle m'embrassa puis elle attendit que je sois sur le sentier, le long du béal.

Elle ne m'avait pas menti. C'était joli, mais joli !

– Faites quand même attention aux vipères ! me cria-t-elle les mains en porte-voix.

Je fis signe que j'avais entendu. Je poussai un profond soupir parce que j'avais honte de me sentir si bien, et je me mis à suivre le béal.

*

L'eau est tiède sous le soleil. Je l'ai tâtée de la main en sortant une sauterelle qui se noyait. J'avance doucement pour ne pas les écraser, les sauterelles. Elles jaillissent sous mes pas dans un envol gris, révélant des éclairs rouges, bleus ou verts. Au repos, elles sont toutes grises, en sautant elles avouent des couleurs différentes, violentes.

Énigme.

Les libellules semblent plus à l'aise, demoiselles aériennes volant au-dessus de l'eau qui court, vive, gaie. Les grosses pierres de rivière ne s'opposent pas au flux, ne le détournent pas vers les prés, il est encore trop tôt pour arroser le trèfle et la luzerne. Elle court, elle court, l'eau de la montagne.

Il y a des genêts, de la bruyère, des fougères, des herbes velues, odorantes, des ronces et des œillets de poète qui bordent le béal. Parfois des rochers affleurent, parfois des escaliers de pierres montent vers nulle part. Parfois un châtaignier isolé se penche sur l'eau comme pour la veiller.

Aïe ! J'ai marché sur l'enveloppe piquante, hérissée, agressive d'une châtaigne. Je m'arrête pour enlever l'aiguille blonde de mon pied, nu dans la sandale ouverte, et je reste figée, immobile, pétrifiée par un bruit. Un bruit d'écailles glissant sur des feuilles sèches.

– Faites quand même attention aux vipères ! a dit Sarah.

Je ne l'ai pas vue, la vipère, mais je sais qu'elle était là. Je sais qu'elle a disparu sous les genêts. Elle est peut-être loin, elle est peut-être près. J'attends. Je pense à Eurydice. Je pense aux Enfers. Je pense à la Mort.

Énigme.

L'eau chante toujours, le soleil brille encore, la nature est de plus en plus belle.

Je continue la promenade.

\*

Le chemin du béal borde le bas de la montagne comme l'ourlet borde le bas d'une jupe. Tracé irrégulier, mouvementé, la montagne a des volants ! Parfois un pré s'étend, vert et velouté, jusqu'au torrent invisible à la voix assourdie ; parfois le sentier frôle un à-pic dominant l'eau qui roule, tumultueuse, pressée de rejoindre la plaine et la mer.

Soudain le sentier abandonna le béal et s'enfonça sous les châtaigniers. Ce qui frappe, dans une forêt de châtaigniers, c'est l'élasticité, l'épaisseur végétale du sol. À l'abri des arbres, les feuilles mortes ne sèchent ni ne pourrissent, mais, tapis permanent qui assourdit les pas et prépare les champignons, elles demeurent à la place où elles sont tombées. Peut-être depuis des siècles.

Le sentier montait à travers les arbres et soudain, au détour d'un rocher, j'ai découvert la combe.

Je ne l'avais jamais vue et pourtant tout m'y était familier. L'odeur de l'herbe rase, le souffle du vent, les affleurements du granit, le cri de l'épervier, le grand rocher qui dominait comme une chaire la vaste clairière, si vaste qu'on s'étonnait à peine d'y voir un hélicoptère.

Stupeur.

M'étais-je perdue? J'étais sortie de la forêt, je descendais le long des arbres vers la combe en admirant le mystère qui entourait cet ancien lieu de prière devenu un héliport. Les dragons du Roi avaient dû avoir beaucoup de mal à franchir la barrière de châtaigniers qui, aujourd'hui encore, rendait la combe invisible. Il n'y avait plus de chemin, mais un hennissement m'indiqua la route.

Je ne devais pas être loin du château. Encore un hennissement et j'arrivai à un enclos où paissaient quelques bêtes.

Je reconnus Tamerlan qui vint aimablement vers moi. Une fois de plus le cheval noir m'avait guidée. Il n'était pas seul dans le pré. Un poney nain, roux et chevelu, un camargue, une ânesse et une jument baie s'approchèrent de la barrière avec cette tranquille familiarité des bêtes qui n'ont pas peur des hommes.

— Je reviendrai avec du sucre, promis-je à la petite troupe qui eut la bonté de me croire et retourna à ses affaires.

Les châtaigniers étaient derrière moi. J'avançais maintenant au milieu de lauriers d'Apollon, de buddleias, d'arbres de Judée, de massifs d'hortensias, de buissons de romarin et de lavande, et aussi d'espèces inconnues de moi qui portaient leur nom joliment écrit sur une planchette installée contre un tronc ou une branche. Une sorte d'arboretum. Qui me mena, comme Tamerlan me l'avait dit, jusqu'à la façade du château.

*

J'émergeais des fleurs roses d'un *naegestremia* *, j'avais lu son nom sur l'arbre même, quand je vis Bob et Melchior sortir de la maison. Ils raccompagnaient un couple à une 2 CV qui avait dû connaître des jours meilleurs. Un couple comme on n'en voit plus. Lui était très vieux, elle était si terne, si effacée, qu'on avait du mal à lui donner un âge. Hors du temps. Comme les vêtements informes et grisâtres qu'elle portait. On ne pouvait les qualifier de démodés, car ils n'avaient jamais dû appartenir à aucune mode.

Elle paraissait très affectée, et Melchior avait entouré ses épaules d'un bras protecteur. Il la serrait contre lui avec une tendresse presque amoureuse. Quand il déposa, lui si magnifique, un baiser sur les cheveux sans éclat de la demoiselle, j'espérai le miracle.

Qui n'eut pas lieu.

Elle resta laide. Vraiment laide. Plus j'approchais d'elle, plus je le constatais. En revanche, elle était beaucoup plus jeune que je ne l'avais cru de loin. Plus jeune que moi, même !

Ce fut elle qui me vit la première et signala ma présence aux autres.

Nous échangeâmes un sourire. Mais c'était un de ces sourires tremblants qui fleurissent au bord des tombes. Un sourire de deuil. Puis elle leva sur moi des yeux très beaux, si pleins de larmes que le chagrin m'envahit à nouveau, intact, absolu.

* Plus communément appelé lilas des Indes.

47

— Mélanie... Marie..., dit Melchior.

Elle essaya de me dire quelque chose, sans y parvenir. Melchior finissait les présentations. Le vieux monsieur était un curé. Mélanie devait être sa nièce.

Condoléances... condoléances...

Douleur... douleur.

La 2 CV disparut en pétant de rage, visiblement furieuse de quitter un si bel endroit.

— Allez, Marie, venez....

Bob et Melchior m'avaient prise par la main, ils glissaient leurs bras sous les miens, et m'entraînaient vers le perron, protecteurs, rassurants, solides.

*

Marguerite, de noir vêtue, les yeux rouges, empilait des assiettes et des verres sales sur un plateau. Un buffet avait été dressé sur la table de la salle à manger.

Un repas de funérailles ?

— Nous avons reçu quelques amis de votre frère, dit Melchior, comme s'il avait lu mes pensées.

Et il ajouta, comme s'il avait continué sa lecture :

— Nous ne vous en avons pas parlé. Vous vous seriez sentie obligée d'être là, et nous ne voulions pas ajouter la contrainte à votre chagrin.

Bob m'avait déjà préparé une assiette, coupé du pain, versé un verre. Il posait tout ça sur un guéridon, m'avançait une chaise.

Ils me regardaient.

Je m'assis. Je mangeai une olive. Je bus une gorgée.

Ils s'étaient installés en face de moi et me regardaient toujours.

Entre deux bouchées, je demandai :

— Et vous croyez que je vais pouvoir continuer à vivre sans vous ?

– On espère bien que non ! dit Bob.

– On fait tout pour vous rendre absolument dépendante !

Je vidai mon verre, me tournai vers la bouteille restée sur la table. J'eus à peine le temps de lire l'étiquette : « Château Fortia 1999 », que mon verre fut à nouveau plein.

– Tous les moyens nous seront bons pour vous enchaîner aux Châtaigniers, poursuivit Melchior. Le vin, la gelée de framboises, le pélardon, la tisane de fleurs de thym, la musique... Ah ! la musique !... Nous ne reculerons devant aucun sortilège pour vous garder !

Puis, brusquement, il cessa de plaisanter et prit ma main.

– Rude journée, Marie !

Oui, rude journée, Melchior. Mais, grâce à vous, je lui tordrai le cou.

Une abeille entra par une fenêtre ouverte. Affairée, bruyante, importante, elle fit une halte sur mon assiette, n'y trouva pas ce qu'elle cherchait, et repartit, rapide, décidée, par la même fenêtre.

Mais cette visite minuscule avait remis la nature en scène. Comme le jour de mon arrivée, je la respirais, la nature, à travers les odeurs de la vieille maison, et je racontai ma découverte du béal, mon avancée parmi le vol des sauterelles et des libellules, ma rencontre avec l'armée de châtaigniers qui veillait sur la combe...

– ... et sur l'hélicoptère ! ajouta Bob. Vous avez vu l'hélicoptère ? N'est-ce pas que ça fait un peu *Tintin au pays des dragonnades* ? Non ?

– Il est à vous, ce beau joujou ?

– Oui, mais ne vous fiez pas aux apparences. Il a l'air d'un objet de luxe, mais, en réalité, c'est un chien de berger volant.

– Et puis c'est le plus beau moyen de voir le pays, de le comprendre, avec ses gorges, ses avens, ses îlots de verdure, ses océans de pleires, ses apparentes incohérences. Survoler les chevaux de Prjevalski qui réapprennent la vie sauvage avant de retrouver la Mongolie de leurs origines, lire depuis le ciel la même carte posée sur le même Causse, blanche l'hiver, blonde l'été, mauve au temps des bruyères, c'est...

Melchior baissa la voix pour dire :

— On avait promis à votre frère de lui montrer tout ça.

— Vous l'avez connu comment, Johann ?

Ils l'avaient connu par le curé.

— Le vieux monsieur qui est parti en 2 CV avec sa nièce ?

Mon erreur les amusa. J'avais tout faux ! L'abbé Duplantier, quatre-vingt-six ans, ne faisait que remplacer le curé de Valdeyron qui était en mission au Burkina pour quelques jours encore. Michel. Michel Peiridier. Et Mélanie n'était pas la nièce de l'abbé, mais la sœur de Michel. Elle était venue exprès de Paris pour assister aux obsèques, puisque son frère ne pouvait être présent. Après le cimetière, l'abbé l'avait emmenée aux Châtaigniers, où ils avaient retrouvé le maire, les médecins, et, bien sûr, le pasteur Poujol.

J'étais perplexe. Je leur demandai si la présence de tant d'ecclésiastiques autour d'eux, ces pasteurs, ces curés, cet abbé, ne les inquiétait pas.

— Ils ne vont pas essayer de vous convertir ?

— Ils sont sans illusion, grâce à Dieu ! dit Melchior.

— On peut aimer une danseuse sans, pour autant, faire partie du corps de ballet ! dit Bob.

— Et Mélanie ? Que fait-elle dans la vie, Mélanie ?

— Mélanie ? Oh, Mélanie, c'est un drame... On vous racontera plus tard...

— En tout cas, si on a eu le bonheur de connaître votre frère, c'est grâce à Michel et à Mélanie.

Mélanie. Je pensais à ses larmes, à la colombe de fleurs des filles de l'ℰ𝑀, aux petits enfants si sages dans le temple, à la peine de Sarah, à ce village en deuil. Pas à pas, je suivais la trace lumineuse que Johann avait laissée dans les cœurs.

— *Un ehr, Maria? Redda m'r jetz emol von ejch, Maria vo Wáhla*\* *!* Nous savons si peu de choses de vous! Que vous êtes née à Strasbourg, que vous êtes fille unique, que vous descendez de huguenots chassés par la Révocation, et, plus près, d'une célèbre dynastie de faïenciers, les Bader, dont le dernier, votre grand-père, fut un héros de la Résistance alsacienne. Nous savons aussi que votre père s'est remarié après la mort de votre mère, qu'un beau jeune homme pense à vous à des milliers de kilomètres, que vous venez de finir vos études... Mais des études de quoi?

— De théologie.

Je leur aurais dit : je suis recherchée par Interpol, j'ai eu une liaison avec le Saint-Père et un enfant de Ben Laden, ils n'auraient pas été plus sidérés.

— Théologienne!

Bob me regardait comme si j'avais été un extraterrestre.

— Théologienne, répéta-t-il lentement. Mais vous n'avez pas du tout le physique!

Tous deux éclatèrent de rire.

— Où avez-vous fait vos études?

— À la Faculté de Strasbourg, comme Johann. Puis j'ai un peu bougé... Genève, Heidelberg... et j'ai passé ma dernière année à la *Harvard Divinity School*.

Nouvel éclat de rire.

— « *Harvard Divinity School* », comme c'est joli!

— Ça vous va si bien ! « *Harvard Divinity School* »! Quel nom ravissant pour accueillir une jeune fille au service de la Religion!

— Ah, mais je suis contre!

Ils ne riaient plus.

---

\* Et vous, Marie? Parlez-nous de vous, Marie de Walheim!

51

– Contre quoi ?

– Contre la Religion.

– Contre Dieu ?

– Non. Pour être contre Dieu, il faudrait d'abord qu'il existe. Je suis contre la Religion, contre l'idée qu'on se fait de Dieu, si vous préférez... J'ai du reste écrit ma thèse là-dessus... « Controverse sur l'Impénétrable Volonté. » *La volonté de Dieu ! Que ta volonté soit faite !* La soumission à Dieu ! Dans toutes les religions ! Depuis que le monde existe ! Depuis la Création : *et Dieu vit que cela était bon* ! Qu'est-ce que ça m'agace ! Mais ce qui m'exaspère le plus, c'est l'interdiction de goûter à l'Arbre de la Connaissance ! Ça, alors, ça me met hors de moi ! Je l'explique très clairement dans ma thèse. J'espère que la *Harvard Divinity School* la fera publier dans quelques mois, bien que tout le monde, là-bas, ne partage pas mes opinions ! Loin de là ! Il y a quand même quelques professeurs qui le souhaitent, surtout le docteur Mel Yoken qui voudrait aller plus loin dans le sens de cette recherche. Il m'a même proposé de travailler avec lui à la rentrée prochaine. Ça risque de faire des vagues !

Silence.

– Mon objectif, c'est d'enseigner l'Histoire des Religions. Pas pour les célébrer. Non. Pour les dénoncer. Éveiller les consciences... les rendre libres...

Ils ne bougeaient plus, ne parlaient plus, ne riaient plus. Étaient-ils moins mécréants qu'ils ne le disaient ? Les avais-je choqués ?

– Non ! Non ! Non ! jurèrent-ils.

Non, rien ne les avait choqués, ils étaient seulement sidérés. Ils ne comprenaient pas.

– Mais pourquoi ? demanda Melchior. Pourquoi tout ça : neuf ans d'études austères, neuf ans de préparation au service d'un Dieu dont vous niez l'existence ? Et, en fin de vos études, une thèse destructrice que vos maîtres qui, eux, ne partagent pas tous votre intime conviction, vont tout de même vous laisser publier ?

– Ils me trouvent brillante...

Ça m'avait échappé, je devins rouge vif, honteuse et furieuse contre moi.

Mais ma remarque imbécile avait détendu l'atmosphère et rendu leurs moyens à Bob et à Melchior.

J'entendis le bruit d'un bouchon quittant sa bouteille. Bruit heureux qui me rappela – va savoir pourquoi – le bruit de détresse de la clef du temple tournant dans la serrure de la porte monumentale.

– Vous n'avez jamais eu la Foi ?

– Si. Mais maman a tout emporté avec elle. Papa s'est remarié trop vite avec Régine... J'ai dû me reconstruire. J'étais si malheureuse entre un père que je ne comprenais plus, une belle-mère...

Je soupirai.

– Régine, c'est une vraie marâtre de conte de fées ! Elle n'a jamais osé s'en prendre à moi ouvertement, elle est trop lâche. Mais elle a été très cruelle avec Johann... Elle l'a fait partir de la maison quand il est entré à la faculté. C'est peut-être pour ça que j'ai voulu faire de la théologie... Mais pas seulement... Honnêtement, j'adore apprendre, savoir, réfuter, débattre, controverser ! Et puis je voulais échapper à Régine. Ne plus voir papa lui obéir. Il n'a jamais su lui résister. C'est quand même énorme qu'ils ne soient pas venus aux obsèques !

– Oublions la méchante reine et abordons le chapitre du Prince Charmant ! Nous savons qu'il est jeune, américain, chinois de passage, sénateur... beau !

– Beau ? Desmond ? Non ! Il est TRÈS beau ! Athlétique. Champion universitaire de natation. Cavalier superbe. Merveilleux pilote. Redoutable juriste. Il parle cinq langues ! Il a du cœur, de l'esprit, des manières, de la répartie, de l'humour...

– Quelle horreur ! s'écria Bob avec ravissement.

– C'est l'homme à abattre ! dit Melchior, extasié. Allez, Marie, rassurez-nous ! Trouvez-lui un défaut ! Même tout petit ! Un défaut, s'il vous plaît, avant qu'on ne le haïsse pour l'éternité !

Ils voulaient un défaut ? Eh bien ils allaient être servis. Desmond en avait un ! Un défaut de taille !

Il avait une mère.

*

– Une mère ? répéta Melchior. C'est assez fréquent, vous savez ! Et que fait-elle, cette mère ?

– Des confitures.

Je tentai de brosser un portrait juste et honnête d'Eleanor Campbell, cette mère qui faisait des confitures.

Elle en faisait 170 000 tonnes par an.

*Campbell & Campbell limited.*

Trente-septième fortune des États-Unis.

Eleanor était monstrueusement riche.

Elle ne l'avait pas toujours été. Jeune veuve avec un petit garçon, elle avait vécu dans la gêne avant de se souvenir d'une recette qu'une aïeule avait apportée de France en Irlande au XVII$^e$ siècle. De la confiture de gratte-cul.

– Pardon ? demanda Bob.

– Cynorhodon, fruit de l'églantier, haegebutten, rosa canina, gratte-cul, quoi ! dit Melchior sans hésitation.

Pour bien leur faire comprendre cette femme hors norme, plus WASP* que WASP, avec son courage, ses vertus, son autorité, son orgueil, sa dureté, sa piété insupportable, il me fallait évoquer son unique point faible, son amour démesuré pour son

---

* WASP : White, Anglo-Saxon, Protestant. Désigne les premiers colons de la Nouvelle-Angleterre.

fils. Il me fallait remonter à ma rencontre avec Desmond.

Ça commença par un Duel. Une idée de Yoken.

Le jeune sénateur était un remarquable orateur. On l'invitait partout à prendre la parole, surtout dans les Universités où il enflammait d'abord les étudiantes, bien sûr, mais aussi les étudiants qui croyaient tellement à ce beau garçon à peine plus âgé qu'eux, à son avenir, à sa chance, qu'ils se mettaient à croire à leur propre réussite.

Desmond était un habitué de la *Divinity School*. Il y faisait salle comble et s'y rendait toujours avec plaisir. Moi, je venais de débarquer et, déjà, je ne passais pas inaperçue. J'étais couverte de diplômes, j'étais imbattable sur les pères de l'Église ; la littérature pseudo-clémentine ou l'ecclésiologie de saint Augustin, la théodicée et l'occasionalisme n'avaient plus de secrets pour moi. Je savais par cœur le livre d'Esaïe...

Et, miracle, je n'avais pas la Foi !

J'arrivais trop tard pour Barnum mais mon cas restait intéressant, aussi proposa-t-on à Desmond d'affronter dans un Duel la *french girl* athée qui finissait la rédaction d'une controverse aussi scandaleuse que bien documentée.

Il accepta et, un soir, nous nous trouvâmes face à face comme un rétiaire qui rencontre un mirmillon.

Nous nous massacrâmes courtoisement devant un public délirant. Au bout de deux heures d'un parfait désaccord, nous savions que nous ne pourrions plus nous passer l'un de l'autre.

Suivirent des semaines de bonheur.

Nous étions d'accord sur tout, sauf sur Dieu. Mais comme nous étions au courant, aucune mauvaise surprise ne nous attendait. Le pire était derrière nous. Je le crus, jusqu'au jour où Eleanor dit à son fils qu'elle voulait me connaître. Elle avait vu la cassette du Duel, elle souhaitait rencontrer la *french girl* qui avait tenu tête à son fils.

– Et alors ?

Ils ont parlé en même temps. J'éclate de rire. Perdue dans mes pensées, j'avais oublié à qui je racontais mon histoire.

Alors ce fut le début des problèmes. Desmond, quand il était question d'Eleanor, cessait d'être le gladiateur qui m'avait séduite. Il redevenait un petit garçon obéissant à sa mère. Il lui devait tout. La vie, la santé, la fortune. Trente-septième fortune des États-Unis ! C'est terrible la fortune ! Comment dire ? Ma famille est ce qu'on appelle une famille riche. On peut voyager en première classe, avoir des domestiques, faire une croisière, commander du champagne... Pour beaucoup de gens, c'est le luxe, l'opulence, tout ce dont ils rêvent et qu'ils n'auront jamais. Pour eux, nous sommes des nantis, des richards. Mais pour des gens comme Desmond, enfin, pour des gens comme sa mère, nous sommes des smicards. Être riches comme eux, c'est effrayant. Ça fait peur. Ça asservit, surtout quand on doit cette fortune au courage d'une maman pleine de principes, qui transforma un pot de confiture en multinationale, en expliquant à son petit garçon que telle était la volonté de Dieu.

*American preserve à la française.*

C'est le nom de la firme.

Le week-end à Cape Code, dans la magnifique résidence où Desmond passa son adolescence, avait été une autre forme de duel.

Eleanor et moi n'étions pas compatibles. Elle me regarda comme elle avait dû regarder les chevaux de son écurie quand on les lui avait présentés. Ça n'alla pas jusqu'à l'inspection de la denture ni des sabots, mais je me sentis scannée à mort. Eleanor Campbell est une grande femme hautaine et fière, qui n'a recours à aucun artifice, et restera toujours belle.

Le maintien. L'élégance. Une élégance somptueusement sobre. Tweed, cashmere, pashmina, platine lunaire et diamant éternel.

Desmond me jura que je lui avais plu. Elle n'en laissa rien paraître, fut charmante et froide, me questionna sur les origines de ma famille huguenote dans un français distingué, ne fit pas de réflexions sur mon absence au service du dimanche matin dans l'église baptiste dont elle était la bienfaitrice, dit une courte prière avant le frugal repas qui nous fut servi dans d'authentiques « jaspes » de Wedgwood, me proposa de revenir aussi souvent que je le voulais...

Je ne suis pas revenue. Nous en sommes restées là. Je sais qu'elle ne dit pas de mal de moi à Desmond, elle est beaucoup trop intelligente. À mon avis, elle attend que je change. Je pense même qu'elle me veut !

– On la comprend, dit Bob.

La lumière avait baissé, il se leva pour allumer une lampe et choisir un disque. Dans le silence une voix de femme s'éleva. Une voix sublime. Je cherchai le nom de la cantatrice. Une grande... Kathleen Ferrier ? Non, je connaissais tous les disques de cette merveille, partie trop tôt, non ce n'était pas sa voix. Soprano. Soprano coloratur. Mais qui était-ce ?

– C'est Mélanie, dit Melchior.

*

Mélanie ! La voix que j'entendais était celle de la fille si ingrate, si terne, si gauche, qui avait essayé de me parler. Elle avait levé sur moi des yeux pleins de larmes, des yeux aussi beaux que sa voix.

Un piano discret l'accompagnait, un piano discret qui semblait vouloir l'offrir, toute nue, cette voix, à ceux qui l'écoutaient.

À la dernière note j'applaudis.

– Il faut qu'elle passe des auditions !

Elle en avait passé, des auditions, et chacune avait été un désastre. Parfois même, au dernier moment, elle n'avait pas eu le courage de se présenter.

– Elle se sent tellement laide qu'elle perd tous ses moyens en public.

– Mais c'est idiot !

Mon cri du cœur les fit sourire.

– Vous ne pouvez pas comprendre, dit doucement Melchior.

– Enfin, cet enregistrement que je viens d'entendre, elle l'a bien fait quelque part ?

– Ici. Parce qu'ici, elle a confiance. Elle sait que nous sommes des amis, mais quand nous lui avons dit que des gens de métier étaient emballés par sa voix, qu'ils voulaient la rencontrer, elle s'est dérobée. Elle a peur de son image.

Je n'osais pas leur dire que, lorsque Melchior avait déposé un baiser sur ses cheveux, j'avais espéré qu'elle deviendrait belle. Je demandai seulement :

– Et si quelqu'un était amoureux d'elle ?

– Personne n'a jamais été amoureux de Mélanie.

– Mélanie est une fille que tout le monde adore, aime beaucoup, de tout son cœur, énormément...

– Ce n'est pas suffisant, vous le savez bien, Marie.

– Et comment gagne-t-elle sa vie ?

– Elle fait des petits boulots, en ce moment elle est intérimaire dans une agence de voyages ; elle a travaillé à la Poste, chez un marchand de chaussures, chez un vétérinaire... quand on pense au don qu'elle a, quel gâchis !

J'étais révoltée. Je n'acceptais pas. Je dis :

– Je suis sûre qu'un jour elle aura sa chance ! Pourquoi souriez-vous ?

– Parce que vous venez de prononcer la phrase que votre frère a prononcée la dernière fois que nous l'avons vu.

Depuis combien d'heures n'avais-je pas pensé à Johann ? Il allait commencer sa première nuit dans la terre. Il allait pourrir sous la garde du Saint-Esprit de fleurs, qui pourrirait lui aussi, à même le sol. L'odeur délicieuse des fleurs sauvages deviendrait hideuse, écœurante, immonde.

J'eus envie de m'en aller. Tout de suite. Loin. Mais où? Strasbourg? En aucun cas! Mais où? Je n'avais aucune nouvelle de Desmond. Il ne m'avait pas rappelée et je n'avais pu joindre que son répondeur. *Hello! Please, leave your phone number, I shall call you A.S.A.P.* *!* C'était bien sa voix, mais ce n'était pas sa voix à moi.

– Demain, il va falloir que je...

Melchior me coupa la parole :

– Demain, il va falloir dormir, vous reposer. Demain on parlera de l'avenir.

– Il ne faudra pas vous affoler si vous entendez Tintin.

– L'hélicoptère?

– Oui. Nous avons un vol prévu de bonne heure, mais nous serons de retour avant le déjeuner. Vous verrez, ça décoiffe quand il passe au-dessus des toits!

– Allez, bonne nuit, Marie! À demain. Promettez-nous que vous serez toujours là quand nous reviendrons.

Je promis.

*

C'est vrai qu'il décoiffe, Tintin, quand il passe au-dessus des toitures. On a l'impression qu'il va tout arracher, déraciner les arbres qui dansent sous le souffle, emporter les cheminées... puis tout rentre dans l'ordre, les toits sont toujours là, les arbres ne dansent plus, Tintin est déjà haut dans le ciel.

---

* Hello! S'il vous plaît, laissez votre numéro de téléphone. Je vous appellerai aussi vite que possible! (A.S.A.P. : As soon as possible.)

J'ai paressé, fait une immense toilette, mis l'autre robe de chez Marcel, celle à manches courtes.

Pas belle.

Mais je ne voulais choquer personne, et j'avais décidé de faire une visite à Sarah pour la remercier.

Je suis descendue prendre mon petit déjeuner à la cuisine. Je n'avais encore jamais regardé les portraits qui ornaient l'escalier. Des portraits de famille plutôt austères. De quelle famille ? Celle de Melchior ? Celle de Bob ? Quelques pasteurs, robe noire, rabat blanc, Bible en main, me regardaient d'un air sévère ; deux magistrats n'étaient guère plus affables, et on voyait tout de suite que les rares femmes qui les accompagnaient avaient été vertueuses.

En me servant le thé, Marguerite me dit que c'était la famille de Mademoiselle.

Mademoiselle ?

— Je devrais dire Madame, mais je dis toujours Mademoiselle parce qu'elle était déjà très âgée quand l'oncle de Monsieur l'a épousée !

J'avais remarqué que Melchior était Monsieur, et que Bob était Monsieur Bob.

Marguerite préparait des sacs et des cageots, elle descendait à Valdeyron chercher des raïolettes.

— Des quoi ?

— Des raïolettes ! Des oignons doux, tout sucrés, qui font pas pleurer ! On en fait des compotes, des pommades, des gâteaux... Je vous en ferai goûter !

Je lui demandai si elle pouvait me déposer à l'entrée du village.

— Pas de problème, mais vous ne serez pas confortable parce que je prends la commerciale ! Ça ne vous ennuie pas ? Ce serait dommage de salir votre belle robe !

Je rassurai Marguerite et la suivis dans la commerciale qui sentait le diesel, la pomme, l'ail et l'oignon.

Pour la première fois je regardais la route qui menait des Châtaigniers à Valdeyron. Pour la première fois je découvrais le paysage, comme j'avais découvert, le matin même, les ancêtres de Mademoiselle dans l'escalier du château.

Je croyais me souvenir que le presbytère protestant était un peu à l'écart du village. Marguerite me le confirma.

– Vous allez chez Sarah ?

– Oui.

Marguerite soupira :

– Sarah, la pauvre, elle a eu sa part de malheur, comme tout le monde.

Elle ralentit, mit son clignotant et alla arrêter la commerciale devant le portail, jamais fermé, de la maison du pasteur.

*

Sarah m'a présenté sa chèvre.

Pardon ! Sarah m'a présentée à sa chèvre. Radieuse. C'est le nom de la chèvre. Johann m'en avait parlé dans une lettre, et je crois bien qu'elle avait essayé de le mordre.

Radieuse a été charmante avec moi. Visiblement, elle préfère les femmes.

– Ce qui la vexe, m'a dit Sarah, c'est quand on passe devant elle sans la saluer. Ça, elle ne supporte pas ! Elle aime qu'on la considère.

On a laissé la chèvre dans son enclos, et Sarah m'a fait entrer dans la maison.

– Vous venez chercher les affaires de monsieur le Pasteur ?

– Non ! Je viens vous voir, vous remercier.

– Me remercier ? Et de quoi, grand Dieu ?

De tout, Sarah. D'avoir été là. Pour lui. Pour moi. Pour le béal. Pour la chèvre. Pour le rayon de soleil qui fait briller la table où vous posez ces deux tasses et cette boîte de biscuits...

– Vous avez une belle maison, Sarah !

– Oui, dit-elle tristement, et elle ajouta, baissant la voix comme si elle me confiait un secret d'état : c'est une maison catholique.

Jusqu'à ce jour, je n'avais jamais demandé à une maison de quelle religion elle était, mais, dans un pays où les cimetières affichaient leurs croyances, on ne pouvait s'étonner de rien.

J'aurais quand même bien voulu savoir pourquoi le pasteur habitait dans une maison catholique ?

– Vous êtes descendue comment ?

– Avec Marguerite, dans la commerciale.

Elle me versa du café, ouvrit la boîte de biscuits et dit :

– Marguerite, la pauvre, elle a eu sa part de malheur... comme tout le monde.

« Elle a eu sa part de malheur. » Cette phrase semblait être le dénominateur commun applicable à toutes les femmes de la vallée.

Sarah n'entra pas dans les détails, pas plus que Marguerite ne l'avait fait. Elle revint aux affaires qu'avait laissées Johann, elle n'avait pas encore eu le temps d'y mettre de l'ordre, elle comptait le faire aujourd'hui.

– Vous voulez qu'on fasse le tri ensemble, ou vous préférez tout emporter chez vous ?

Chez moi ? Mais c'était où, chez moi ? Je ne savais que répondre. Chez moi ? Mais je n'avais pas de chez moi ! Heureusement Tintin vint à mon secours dans un grand vent de pales, très haut dans le ciel.

– Ils ont encore rendu service à quelqu'un, dit Sarah. L'air de rien, ils en ont sauvé des gens ! Et des bêtes ! Vous savez qu'avec leur hélicoptère, il y a quinze jours, ils ont sorti un berger qui était tombé dans les éboulis en dessous de l'Hort de Dieu ? Les pompiers étaient pris par un incendie de forêt en Lozère, la protection civile emportait un cardiaque, le gendre Pierredon, à Montpellier, eh bé, eux, ils ont sorti Félix des éboulis !

Je me levai, l'embrassai.

– Alors, qu'est-ce qu'on fait pour les affaires ?

Je dis que j'allais réfléchir, que je lui téléphonerais et, comme la veille, je pris le chemin du béal.

*

Où était l'enchantement de la veille ? Où étaient les sauterelles, les libellules, l'invisible vipère et la chanson de l'eau vive ?

J'avançais sans rien voir, rien entendre, rien sentir, maussade, triste. Je n'avais jamais été aussi vide. J'avais toujours su ce que je voulais. Je ne savais plus... Je m'assis sur un de ces petits escaliers que j'avais admirés la veille, un de ces petits escaliers montant vers nulle part.

Vers nulle part, comme moi.

Les marches dominaient un très beau pré, plus bas on apercevait le torrent bouillonnant entre les rochers, on entendait le bruit du courant par saccades selon la direction du vent.

Je restai un long moment sur la marche de pierre, le temps de me reprendre. Pas question de me faire plaindre. Allez, debout ma fille !

Je repris le chemin en chantonnant, j'entrai dans la forêt de châtaigniers, et la chanson s'arrêta sur mes lèvres quand je le vis, devant moi, souriant.

Desmond !

Je criai : « Qu'est-ce que tu fais là ? Tu ne PEUX pas être là ! Tu es en Chine ! » avant de tomber dans ses bras, ses bras qui se refermèrent sur moi. Ce n'était pas une apparition, c'était Desmond, c'était nous !

*

– Si tu m'avais prévenu plus tôt, j'aurais tout lâché pour être près de toi ! Pourquoi ne m'as-tu rien dit ? Il fallait me dire, Marie !

Tout est devenu simple.

Chez moi, c'est là. Chez moi, c'est contre ce cœur que je sens battre avec le mien. Chez moi, c'est l'odeur de cet homme, sa voix, ses lèvres...

– Mais COMMENT peux-tu être là ?

– Ah ! Ah ! tes amis formidables ! Ils sont venus me chercher à Montpellier ce matin. Le *jet* venait de se poser sur le Fréjorgues, ils m'attendaient déjà, avec le Tintin ! On avait tout trafiqué ensemble en se cachant de toi !

– Vous vous connaissiez ?

– Pas du tout ! Mais on avait les téléphones ! Ils sont très forts, tes amis ! Ils ont tout noté, tout combiné ! Très forts ! Et ils t'aiment beaucoup, Bob et Melchior, ils avaient une peur terrible que tu veuilles partir, ils auraient été obligés de tout te dire et, alors, adieu la surprise !

La surprise elle est là. Avancer sous les châtaigniers en tenant la main de quelqu'un que, cinq minutes plus tôt, on savait être à des milliers de kilomètres.

Desmond s'arrêta, me reprit dans ses bras.

– Je suis heureux que Johann soit venu à Strasbourg pendant qu'on y était. Je suis heureux d'avoir pu le connaître, c'était quelqu'un de bien, ton frère.

On n'a plus parlé, on est descendus vers la combe où Tintin se reposait de ses exploits. En passant devant lui, Desmond a salué et dit :

– *Thank you, boy ! Thank you le Tintin !*

64

Mes deux farceurs, triomphants, nous attendaient auprès de l'enclos des chevaux.

– On vous a bien eue !

Je les embrassai. J'aurais embrassé le Tintin comme disait Desmond, j'aurais embrassé Tamerlan et ses camarades, mais on me poussait vers le château. On me faisait traverser l'arboretum au pas de charge, courir vers le perron devant lequel ma voiture attendait, prête à partir avec, déjà, le sac de voyage de Desmond sur la banquette arrière.

On s'en allait ? Comme ça ? Tout de suite ? Desmond, à peine arrivé, me faisait, en guise de remerciement, quitter mes hôtes comme s'ils avaient été pestiférés ? Mais ça n'allait pas, ça ! Ça n'allait pas du tout ! J'avais encore des choses à leur dire, moi ! Je ne voulais pas quitter les Châtaigniers sans leur avoir dit merci !

Ils riaient tous les trois de ma colère. Il ne leur avait pas fallu beaucoup de temps, à ces hommes, pour devenir complices. Je m'arrêtai au pied de l'escalier, sous le regard sévère des ancêtres de Mademoiselle. J'étais furieuse.

– Si quelqu'un veut bien m'expliquer ?

– Tout va bien, Marie, dit Melchior. Rassurez-vous, nous ne vous chassons pas et vous ne nous abandonnez pas non plus. Simplement, Desmond vous emmène deux jours avec lui, vous le suivez avec une toute petite valise, vous laissez vos autres bagages ici, et vous nous revenez très vite. D'accord ?

J'avais monté quelques marches, j'étais plus grande qu'eux qui me regardaient, tous les trois, les yeux levés vers moi. Tout ça était un peu précipité, un peu confus dans ma tête. Cette arrivée, ce départ, ce retour annoncé. Je ne comprenais pas tout, mais je comprenais que tous les trois voulaient que nous nous retrouvions seuls, Desmond et moi. Et que je le voulais aussi.

— D'accord ? répéta Melchior.

— D'accord ! répondis-je,

et je courus préparer ma toute petite valise.

\*

Je conduisais, Desmond me guidait, carte à la main, tout en m'expliquant ce qu'il avait fait et ce que nous allions faire.

— Je suis parti de Pékin deux jours plus tôt que prévu, mais j'ai rempli là-bas tout mon programme. Et même plus ! Pour ma mère j'ai fourgé la confiture !

— Four*gué* !

— C'est ça, fourgué. Fourgué la confiture. 145 000 pots de gratte-cul. Elle est très contente. Les Chinois aussi.

Il avait posé sa main sur moi et la promenait doucement sur le satin fermière de ma jupe.

— Je ne connaissais pas cette robe...

— Comment la trouves-tu ?

— Bandante.

Desmond ne mentait jamais.

\*

Nous avions quitté les Cévennes, nous avions franchi le Rhône, nous roulions vers le Luberon.

Aucun guide, aucune chaîne hôtelière, ne mentionnait *La Folie du Roy* où une suite nous avait été réservée. La suite de la Favorite. Pour entrer dans *La Folie du Roy* il fallait appartenir à un club aussi international que fermé. Eleanor en faisait partie. Je crus comprendre qu'elle y avait investi quelque argent.

Domaine immense, nature enchanteresse. Chênes blancs, chênes verts, chênes-lièges, arbousiers, daladers, grands pins et cyprès laissaient deviner des vignes et des champs de lavande à perte de vue. De loin, le château semblait sortir d'un rêve ; de près, c'était un condensé de l'histoire de France revue par des faussaires.

Même le gravier de la cour d'honneur avait l'air faux ! Ma robe de chez Marcel ne sembla pas surprendre le personnel somptueux, et les créatures liftées et d'âge indéterminable que nous croisâmes dans la galerie des armures me regardèrent avec admiration. Il est vrai que j'étais avec le plus jeune sénateur des *States*. Desmond souriait, saluait, serrait des mains comme s'il descendait de la tribune. Il tapa même dans le dos d'un parfait inconnu comme dans celui d'un ami d'enfance. Sa mère m'avait dit à quel point, tout petit, il savait déjà être *popular*. Je l'avais senti à Harvard, j'en avais là une nouvelle preuve, et ce que j'admirais le plus dans son attitude, c'est que nul ne pouvait deviner que, derrière ce sourire chaleureux, il ne pensait qu'à une chose.

M'enlever ma robe.

*

Faire l'amour peu de temps après avoir perdu quelqu'un de très cher demande de l'inconscience, de l'indifférence ou du courage.

Parce que, brusquement, la vie efface la mort.

La vie est la plus forte.

C'est très troublant. Parce qu'on a honte. Ou peur.

Desmond ne m'en laissa pas le temps.

Je ne ferai pas l'inventaire des gestes, des mots et des caresses, qui tissèrent ce moment de bonheur. Je veux seulement me souvenir de l'essentiel.

Desmond me guérit.

J'ouvris les yeux, il était penché sur moi et disait : « Tu es belle, Marie ! très belle et je t'aime. »

Puis nous avons regardé la chambre de la Favorite autour de nous, et nous avons éclaté de rire. Tant de brocarts, de verdures, de dentelles, d'aubussons, de tapis fleuris et de faux Fragonard ne pouvaient que nous mettre en joie.

Nous sommes descendus très tard pour dîner.

Nous étions absolument magnifiques.

Desmond me dit que je méritais des acclamations. Je lui dis que lui aussi. Quand nous entrâmes dans la salle à manger – rocailles, orangers, girandoles –, il n'y eut pas d'acclamations, mais un tel silence se fit soudain que Desmond distribua à nouveau les sourires et les poignées de mains, ce qui permit aux clients de retourner à leurs assiettes et de retrouver l'usage de la parole.

Très fort, Desmond. Aussi je lui demandai de me traduire la carte qui était écrite dans un français que, seuls, des étrangers pouvaient comprendre.

Il ne la comprit pas plus que moi. Aucune importance, c'était délicieux.

Le directeur vint nous saluer et se présenta :

– Marquis de Carabas !

Je ne suis pas sûre d'avoir bien entendu. En tout cas il était très distingué, très élégant, et, heureusement, très discret.

Desmond me racontait ses rapports avec les Chinois. Un triomphe. À Pékin aussi il avait été très *popular*. Mais là où je vis une fois de plus à quel point il était fort, c'est quand il me parla de Bob et de Melchior. Il en avait plus appris sur eux durant le vol de Tintin que moi pendant tout le temps que j'avais passé aux Châtaigniers !

– Le plus jeune des deux, je savais bien que j'avais vu cette tête-là quelque part. Mais avec le casque, le micro, les écouteurs... pas facile de mettre un nom ! C'est quand on a atterri que j'ai su que c'était le pianiste ! Tu sais, celui qui ne joue plus depuis des

68

années, celui qui a eu un accident à un doigt ! Robert-Olivier Dumont !

J'étais sidérée ! Bob était Robert-Olivier Dumont ! J'avais tous ses disques, je l'admirais depuis toujours, j'avais vécu plusieurs jours près de lui... et je ne l'avais pas reconnu !

— Quant à l'Alsacien comme toi, c'est aussi un grand monsieur. Tu as vu l'arboretum, les espèces rares ; il a dû te parler de ses recherches ?

J'avais vu l'arboretum, bien sûr ; j'avais remarqué les petits panneaux affichés sur le tronc des arbres, mais je n'avais rien deviné, rien demandé...

— Tu avais d'autres préoccupations, Marie, dit-il doucement en sortant de la poche intérieure de sa veste un objet plat, avec un écran et des touches. Un de ces petits gadgets électroniques non encore commercialisés dont il faisait collection.

— J'ai tout noté, disait-il tandis que des images et des textes défilaient à toute allure sur l'écran. J'ai tout noté parce que c'est trop beau ! Ah, voilà ! Ça y est : « Génie rural des Eaux et Forêts ! Gestion de l'eau ! Foresterie tropicale ! Grandes Écoles du Vivant ! Maîtrise de la faune sauvage ! » C'est tout ça, ton ami ! Il m'a dit votre rencontre, le nuage blanc, le cheval noir...

J'étais éblouie. Par ce que j'apprenais sur Bob et Melchior, bien sûr, mais peut-être plus encore par ce que j'apprenais sur Desmond.

Desmond était à l'écoute de tout. De la vie. Des arbres. Des Chinois. Des pianistes. De l'eau. De la faune sauvage. Des mots ! Des jolis mots !

Mais, ce soir-là, il était à l'écoute de moi.

— Quelques fariboles !

Le maître d'hôtel déposait une assiette de mignardises entre la tasse de café de Desmond et la tasse d'infusion que j'avais choisie sur la carte.

*La Passion de la Favorite.*

Il y avait de moins en moins de monde dans la salle à manger.

Je demandai :

– Dis-moi ce que nous allons faire maintenant, toi et moi ?

Il prit mes mains dans les siennes :

– Nous allons passer la nuit ensemble, nous allons passer la journée de demain ensemble, puis une nouvelle nuit... ensemble ! Là, je serai obligé de partir pour Bruxelles, j'y passerai trois jours, et après...

– Après ?

– Les vacances ! Ensemble !

C'est à ce moment-là que son portable sonna la fin de la récréation et la fermeture provisoire du Paradis terrestre.

*

Comme il est très bien élevé, Desmond s'excusa, se leva et quitta la salle à manger, le cellulaire collé à l'oreille.

Je mangeai une faribole. Un chocolat. Il ne restait plus que deux tables parmi les rocailles, les orangers et les girandoles.

Je mangeai un calisson.

Desmond ne revenait pas.

Je bus une gorgée de *Passion de la Favorite*, et mangeai un nougat.

Je regardai l'heure. Le dernier couple se leva et sortit en riant sur la terrasse pour aller s'asseoir sous des oliviers illuminés.

Je mangeai une pâte de fruits.

Puis je partis à la recherche de Desmond.

*

Je le trouvai devant la réception. En compagnie du marquis de Carabas il attendait les résultats d'un coup de fil que donnait le concierge, et semblait impatient.

Enfin le concierge raccrocha et dit :

— *Everything's in order, Senator. The car will be there at six o'clock sharp and your pilot will be ready in Fréjorgues* *.

Desmond se retourna et me vit.

— Il y a un petit changement, chérie. La réunion de Bruxelles a été avancée de 24 heures...

— Politique ou gratte-cul ? demandai-je.

Le concierge disparut derrière son desk de palissandre, le marquis de Carabas sous une tenture représentant Mars et Vénus.

— Tu n'es pas drôle, me dit Desmond.

— Parce que, toi, tu l'es ?

Ça démarrait mal.

Dans l'ascenseur capitonné de velours fuschia, un couple d'Américains âgés l'assura de leur fidélité aux valeurs essentielles qu'il défendait depuis qu'il siégeait au Sénat. *Popular.* Ces deux fidèles aux valeurs essentielles étaient, visiblement et également, fidèles au rosé de Provence, mais leur enthousiasme nous avait permis de nous reprendre avant d'entrer dans la chambre.

— Je te demande pardon !

Nous avions parlé en même temps et nous étions déjà dans les bras l'un de l'autre. On ne va pas se disputer quand il reste si peu de temps à passer ensemble !

Il était minuit dix, une voiture serait devant la *Folie* à six heures *sharp*, il fallait profiter de chaque minute, de chaque seconde...

— Je suis désolé, disait Desmond, je suis désolé mais c'est une chance extraordinaire qui se présente pour moi !

* Tout est en ordre, monsieur le Sénateur. La voiture sera là à six heures précises, et votre pilote sera prêt à Fréjorgues.

La réunion de Bruxelles prenait soudain beaucoup d'importance parce que le gouverneur Mc Kinley avait accepté, aujourd'hui même, de s'y rendre.

– Tu te rends compte, chérie !

On le sollicitait depuis des semaines. Il avait toujours refusé. Il était coriace, le vieux Mc Kinley ! Et puis, aujourd'hui, il avait enfin cédé ! Seulement, pour des questions d'agenda, ce ne pouvait être que demain. Il était déjà en route.

– Et qui l'a décidé ?

– Devine !

J'ai deviné.

Eleanor Campbell.

– Tu connais maman, disait Desmond, radieux, quand elle a une idée derrière la tête il faut qu'elle gagne ! Et je te raconterai bientôt l'idée qu'elle a ! Je pense à une chose : après Bruxelles il est possible que je sois obligé de rentrer directement à Washington et que je ne puisse pas venir te chercher, alors, ce que je te propose, c'est que tu viennes à Cape Code, tu y seras tranquille, avec maman, il fera encore beau, je viendrai le week-end, vous ferez vraiment connaissance en vivant ensemble parce qu'il va bientôt falloir qu'on envisage l'avenir d'une façon plus sérieuse... Non ?

Mais comme il envisagea très vite le présent sans aucun sérieux, il ne fut plus question du gouverneur Mc Kinley, de Bruxelles, ou d'Eleanor.

\*

J'accompagnai Desmond jusqu'à la limousine qui l'attendait, à six heures précises, devant le château.

Le marquis de Carabas, tôt levé, lui exprima le désir de le revoir bientôt à la *Folie*, lui souhaita une bonne route, puis nous laissa nous embrasser une dernière fois. C'était un peu triste.

Je regardai la limousine devenir de plus en plus petite, puis disparaître au bout de la longue allée de chênes blancs, de chênes verts, de chênes-lièges.

Sous mon peignoir de moelleuse éponge rose pâle brodé d'une couronne royale en fils d'or, j'avais mis un maillot de bain.

Je plongeai dans la piscine.

Tout le monde dormait encore. J'étais bien. Je nageai longtemps. Puis je m'installai au bord de l'eau, sous le soleil tout neuf et tout doux.

Les yeux fermés, immobile, j'entendis le jardin se peupler peu à peu. Quelques ploufs ! Un éclat de rire. De stridentes voix de femmes. Une odeur de pain chaud. Le petit déjeuner.

Au centre du plateau qu'une jeune fille en costume provençal venait de déposer près de moi, toute la déclinaison des minipots *american preserve à la française*. Mirabelle, reine-claude, framboise, cerise, et l'incontournable gratte-cul.

Je pensai à la proposition de Desmond. Je me vis à Cape Code, seule avec Eleanor dans la grande maison superbe et froide. Je me vis faisant la prière avec elle devant les Wedgwood :

« *God bless this sacred, disgusting meal* * ! »

C'était une vision au-dessus de mes forces.

Je me levai, remis mon peignoir, et décidai de retourner le plus vite possible chez le pianiste et l'ami des arbres.

En traversant la galerie des armures, une créature tirée à mort, bronzée à la bombe et cloutée de bijoux, m'aborda en s'excusant de son audace, mais elle brûlait du désir de connaître le nom du couturier qui avait signé la robe que je portais la veille. Je crus qu'elle parlait de la robe que j'avais mise pour le dîner : un petit Kenzo hors de prix. Mais non ! Il

---

* Dieu bénis ce saint et dégoûtant repas !

s'agissait de la robe grise, dans une matière exquise, que je portais en arrivant avec le sénateur Campbell.

— *Oh! please!* implora-t-elle en joignant les mains.

Une fille qui souhaite devenir *popular* ne garde pas pour elle ses bonnes adresses. Elle en fait profiter les autres. Ce que je fis.

— Marcel, de Valdeyron, *Au satin fermière*.

Desmond aurait été fier de moi.

\*

J'avais quitté *La Folie du Roy* avec les honneurs, raccompagnée à ma voiture par le marquis de Carabas en personne. Il regrettait de ne pas me garder, mais il comprenait que, sans le sénateur, je me sente un peu seule dans la suite de la Favorite.

Oui, je me sentais un peu seule, mais il faisait si beau que je l'oubliai très vite. Je franchis à nouveau le Rhône, frontière solennelle entre l'Empire et le Royaume *. J'entrai dans le Gard, j'aborderais les Cévennes par le sud-est. Il faisait si beau que le ciel méritait de la musique. Je saisis une cassette au hasard et, sans la regarder, la glissai dans le lecteur.

*Les Quatre Saisons*, joyeuses, saluèrent les montagnes encore invisibles.

Je pense que c'est au-dessus d'Anduze que j'ai pris la mauvaise direction. J'ai roulé plus d'une heure sans jamais voir le nom de Valdeyron sur un panneau, mais tout était si joli autour de moi que je ne regrettais pas mon erreur.

C'était la basse Cévenne, celle qui regarde encore la Méditerranée, celle des oliviers, des vignes, des mûriers de Chine, celle qui osa planter des palmiers dans ses jardins pris sur les dernières garrigues. Sur les

---

* Survivance des temps où le royaume de France, sur la rive droite, et le Saint Empire romain germanique, sur la rive gauche, se faisaient face.

pentes rebrodées de thym, les arbousiers, les arbres de Judée, les myrtes et les mauves semblaient sortir des Écritures pour permettre la compréhension du pays, pour annoncer doucement les hautes terres et leur rigueur. Parfois un cyprès isolé dont je ne connaissais pas encore la signification, signait le paysage de sa flamme noire.

À un carrefour, je vis que j'étais vraiment perdue. J'étudiai la carte, parvins à me situer et découvris que, par une petite route bordée de vert, je pouvais rejoindre Valdeyron en passant par un col où la circulation était qualifiée de « difficile », et les croisements de « dangereux ». Ça me plut !

Je partis à l'assaut de la montagne par la petite route. Elle était soulignée de vert sur la carte, donc « route pittoresque », et le méritait bien.

Les premiers châtaigniers apparaissaient, bordaient la route, formaient soudain une voûte, dérobaient la lumière du soleil, m'obligeant à allumer mes phares en plein jour... mais il n'y avait plus de jour quand j'émergeai de la voûte de feuilles.

Je sortis de la voiture, ahurie devant cette nuit soudaine. Un éclair déchira le ciel sombre, aussitôt suivi par le tonnerre et la pluie. Le temps de dire, comme saint Luc : « Le soleil s'obscurcit et il se fit des ténèbres sur toute la terre », j'étais plus trempée qu'au fond de la mer. Je rentrai dans la voiture en claquant des dents, remontai la capote qui m'aspergea d'eau froide en reprenant sa place... J'avais toujours mes lunettes de soleil, je me crus aveugle, les enlevai, n'y vis guère plus clair, mis le chauffage et attendis que ça passe.

Mais ça ne passait pas.

Petite voix courageuse, Vivaldi adressait toujours son hymne sous le tonnerre triomphant.

Mes essuie-glaces travaillaient à fond. Sans eux j'aurais été coupée du monde. Bientôt ils furent impuissants à cause du chauffage qui épaississait la buée sur le pare-brise. J'ouvris la vitre de ma portière.

C'était beau !

Un nouveau monde naissait sous la lumière de mes phares. Des sources inconnues dévalaient des talus, traversaient la route, charriaient des feuilles et des branches, se rejoignaient, devenaient fleuves de boue, se jetaient dans le vide.

Les roulements du tonnerre s'éloignaient en grondant, mais la pluie redoublait.

Je ne pouvais pas rester là. Je décidai de continuer ma route. On roule bien la nuit, alors je n'allais pas me laisser impressionner par un orage ! Je grelottais malgré le chauffage, les yeux fixés sur la route qui me parut soudain encore moins large, plus glissante. J'allais doucement... jusqu'au moment où la voiture refusa d'avancer. Je m'étais embourbée.

Je descendis et ne pus que constater les dégâts. Il pleuvait toujours, on n'y voyait pas à deux mètres, ma roue avant gauche était prise dans une bouillie jaunâtre et, en voulant voir la situation de la roue droite, je glissai dans la boue et m'étalai de tout mon long dans la bouillie qui n'était pas seulement jaunâtre, mais gluante.

De dégoût, le lecteur vomit sa cassette.

Je décidai de rire de ma mésaventure, mais je n'en eus pas le temps, une haute silhouette noire qui semblait flotter dans la tempête s'approchait de moi.

\*

– Vous êtes blessée ?

L'apparition parlait notre langue, se penchait sur moi, me tendait une main ferme, tentait de me relever, perdait à son tour l'équilibre, se rattrapait à la carrosserie de ma voiture, se penchait à nouveau sur moi qui rampais dans la boue, me tirait de la fange et me maintenait debout d'une poigne de fer.

Je suis grande, mais face à la haute silhouette de noir vêtue et de noir coiffée, je me sentis minuscule.

77

À peine lui arrivais-je à la barbe ! Une longue et large barbe grise qui s'arrêtait juste au-dessus d'une croix d'argent.

Un moine !

Un moine orthodoxe dans les Cévennes, un moine sombre qui sortait des ténèbres comme Melchior et Tamerlan étaient sortis des nuées blanches...

— Vous n'êtes pas blessée ? répéta-t-il.

Je fis non de la tête. Je ne savais plus parler, je grelottais, je parvins à dire : « ... perdue... » tandis qu'il m'entraînait à sa suite, dans la pluie et le brouillard.

Je ne vis la maison que quand elle fut si près qu'on pouvait la toucher.

Je traversai une cour. Le moine tenait toujours ma main. Des ruisseaux de pluie dévalaient des murs en cascades et noyaient nos pas. Nous montâmes trois marches glissantes, le moine ouvrit une porte et me fit entrer dans une pièce qui sentait la pomme et le foin. Je vis un lit, une table, une chaise.

— C'est la chambre de l'hôte de passage, dit le moine. Vous trouverez des serviettes dans la salle d'eau, ajouta-t-il en désignant une porte. Lavez-vous, réchauffez-vous, nous dînons à sept heures précises.

— Mais..., dis-je comme il allait sortir.

— Vous ne pouvez pas partir. Il faut attendre la fin de la tempête. Votre voiture est prisonnière.

Il sourit.

— Vous aussi vous êtes prisonnière, mais, surtout, vous êtes la bienvenue ! À tout à l'heure !

Une flaque s'agrandissait autour de mes pieds, mes vêtements étaient collés à ma peau, et moi j'étais pétrifiée. Soudain une branche de pin gifla la fenêtre qui s'ouvrit violemment. Je me précipitai, tentai de la fermer en luttant contre le vent et la pluie. Je crus que je n'y arriverais jamais quand, brusquement, le vent tomba et, dans le silence, on n'entendit plus que la pluie.

Bien sûr, dans la chambre il n'y avait pas de miroir. J'allai dans la salle d'eau. Douche, toilettes, lavabo. Je m'approchai du lavabo, curieuse de voir la tête que j'avais. Face à moi, je ne vis que des tuyaux. Un vrai Magritte! La chambre de l'hôte de passage n'avait pas été prévue pour une coquette. Et si la tempête m'avait métamorphosée en tuyauterie? J'étais prête à accepter tous les sortilèges.

Je passai sous la douche encore habillée, et le Paradis fondit sur moi sous forme d'eau chaude. J'étais tellement sale que j'eus peur d'avoir bouché l'évacuation de la douche. Je regardais fondre la boue jaunâtre sous mes pieds. Le limon originel... il disparut enfin, aspiré par l'invisible, dans un horrible bruit de succion.

Je me déshabillai, m'étrillai jusqu'à ce que le sang revienne dans mes veines, me séchai, me drapai dans une vaste serviette râpeuse, et m'aperçus avec épouvante que je ne pouvais pas remettre les vêtements trempés que je venais de laver, que j'étais nue, et que, dans l'obscurité et la pluie, j'étais incapable de retrouver ma voiture.

Je revins dans la chambre pour m'enrouler dans une couverture.

Mes bagages étaient déposés au pied de mon lit.

Je souris et, voulant partager le sortilège avec quelqu'un, je sortis le cellulaire de mon sac.

Mais le sortilège continuait.

L'écran restait noir, muet.

Tracé plat.

Merveilleux.

*

J'ai mis la robe que la milliardaire de *La Folie du Roy* avait tant admirée.

La robe de Marcel.

Je la privai de ses pouvoirs en la cachant sous un long gilet de fil d'Écosse boutonné jusqu'aux genoux.

Une cloche sonna. De ces cloches de moines, dans la tempête, qui sauvent le voyageur égaré dans la neige au milieu des loups.

Je regardai l'heure. Ma montre marchait. Il n'était pas encore sept heures. Précises. Mais bientôt il serait temps de rejoindre mon hôte. Mon hôte ? Mes hôtes ? Combien de moines vivaient-ils ici ?

Avec mes bagages, on avait déposé un immense parapluie noir. Un parapluie de berger assez vaste pour se mettre à l'abri avec des agneaux contre le cœur.

J'ai ri parce que, naturellement, automatiquement, quand on quitte sa chambre pour aller dîner avec quelqu'un, on se regarde dans la glace. Mais j'étais devenue invisible à mes propres yeux. Je pris le parapluie et sortis de la chambre sans un regard pour moi.

*

Il pleuvait moins mais les murs ruisselaient toujours. Des lumières étaient allumées en plusieurs endroits de la cour. Des voix assourdies me parvenaient du haut d'un escalier. Je me dirigeais vers les voix et commençais à gravir les hautes marches, quand je vis le chien.

C'était un berger pyrénéen.

Il me regardait. Il n'avait pas aboyé. Il remuait la queue en me voyant approcher. Il me souriait.

Il était assis devant une porte surmontée d'une croix. Probablement la chapelle car c'était de là que venaient les voix. Je pris place à côté du chien, sur une marche, la dernière, protégée par un auvent et miraculeusement sèche. Le chien posa sa tête sur mes genoux, petite bouillotte tendre et poilue, et nous attendîmes ensemble la fin de l'office.

Amen.

Le chien se leva, joyeux, comme la porte s'ouvrait.

– Je vois que Tutsi vous a adoptée, dit le moine, et je m'en réjouis.

Il me regarda longuement, avec attention, ce qui était normal étant donné l'état dans lequel j'étais lors de mon arrivée, puis il me présenta à l'unique moine qui vivait au monastère avec lui, le frère Léon, et se présenta lui-même : frère Jean. Nous descendîmes l'escalier pour gagner l'autre côté de la cour, grimper de nouvelles marches, et entrer dans une vaste cuisine où un feu était allumé.

Le chien alla s'asseoir devant la cheminée, l'œil fixé sur les braises comme s'il lisait en elles un message essentiel.

– Nous vivons presque en autarcie, dit le moine. J'espère que vous aimerez la soupe de châtaignes et l'omelette aux cèpes.

Je faillis m'asseoir à la place qu'il me désignait, mais je vis que tous deux se tournaient vers une icône sur le mur et s'inclinaient pour la bénédiction du repas.

Poliment, j'attendis la fin de la prière pour m'asseoir.

Avant d'attaquer leur soupe, ils me regardèrent manger la mienne avec beaucoup d'attention.

À la fois breuvage et nourriture solide, elle était rose, sucrée mais aussi salée, à base d'un lait au goût étrange dans lequel nageaient des châtaignes moelleuses.

– Alors ?...

Je ne répondis pas mais je tendis mon assiette en souriant pour être servie à nouveau.

– Bien ! dirent-ils ensemble, si heureux que je me sentis prête à manger des châtaignes toute la nuit.

Mais j'eus du mal à finir ma deuxième assiettée.

– Eh oui ! C'est une nourriture roborative ! dit le frère Jean. Pendant des siècles elle a permis aux gens de ce pays de subsister, mais les étrangers ont parfois du mal à l'apprécier et à supporter le goût rustique du lait de chèvre.

Il se leva pour aller battre les œufs de l'omelette, y renonça quand je lui eus dit que je ne pouvais plus rien avaler, insista pour que j'accepte une feuille de salade : « De la romaine du jardin ! », précisa-t-il, et une miette d'un pélardon fait avec le lait de la chèvre de la soupe.

Je faillis m'endormir sur la table, arrivai à me tenir debout, face à l'icône, pendant la prière de fin de repas, et à leur dire bonsoir. Ils me raccompagnèrent à ma chambre tous les trois, les moines et le chien. Le frère Léon posa une couverture de plus sur le lit ; ils vérifièrent qu'il n'y avait pas de gouttière, pas de souris, et que la fenêtre était bien fermée, puis ils s'en allèrent.

– Vous avez vu ?

Mon sauveur s'était retourné sur le pas de la porte :

– Vous avez vu ? Le vent est tombé, la pluie est partie et les étoiles sont revenues !

*

La chambre était à l'est, la lumière fut sur moi avant le jour.

Je me levai, fis ma toilette dans la salle d'eau sans miroir, remis ma robe en satin fermière, bouclai mes bagages... Quand la cloche des moines sonna, j'étais prête depuis longtemps. J'avais vu le paysage depuis la fenêtre. Il était beau. Et le jour était beau. Comme lavé par les fureurs du ciel. Neuf.

La cloche sonna à nouveau et je me hâtai de rejoindre le chien au sommet des marches qui menaient à la chapelle.

Il était là, toujours souriant. Il m'attendait, fidèle au poste, mais ce matin-là j'entrai dans le sanctuaire et j'osai assister à la prière, à défaut de la partager.

Après les nuées blanches et les ténèbres profondes, je découvrais les vapeurs d'or et de pourpre de l'iconostase parfumé d'encens. Le sol, couvert de grandes dalles grises, était la seule chose qui prouvait que nous étions toujours dans les Cévennes. Le reste était peut-être du domaine de la vision...

Amen.

— Je vous ai fait du thé, dit le frère Jean en ouvrant la porte de la cuisine. Vous avez vu, Marie, comme la nature est belle ?

Je dis oui. Que la nature était belle, que le monastère — maison-forte plantée sur le roc et tournée vers le ciel — était beau, que le ciel était beau, et que le thé était la chose dont j'avais le plus grand besoin.

De nouveau on se tourna vers l'icône et je me demandais, tandis qu'ils s'inclinaient devant la Vierge, je me demandais comment le frère Jean savait que je m'appelais Marie. Je n'avais pas souvenir de lui avoir dit mon nom.

— Nous allons prendre une photo de vous, dit-il après la prière des grâces.

Une photo ?

Je m'attendais à tout sauf à ça. Une photo, alors que je ne m'étais pas vue dans une glace depuis la tempête ?

— C'est Tutsi qui insiste ! Il veut garder un souvenir de votre passage.

Je ne pouvais pas dire non à Tutsi. Nous posâmes ensemble sur les marches de pierre où nous avions fait connaissance, puis je me levai pour prendre congé.

*

Ils avaient sorti ma voiture de l'ornière, l'avaient tournée dans le bon sens. Le frère Léon posait mes bagages dans le coffre, partait en courant vers le téléphone qui sonnait dans la maison. Le frère Jean me tendait mes clefs, gardait ma main entre les siennes :

— Au revoir, Marie.

— Merci pour tout, frère Jean. Je suis heureuse de m'être perdue !

Il sourit dans sa barbe grise :

— Vous savez, les héros qui se perdent ne se perdent jamais que par la volonté des Dieux. Ou de Dieu, ajouta-t-il pendant que je démarrais.

*

Il m'avait dit : première à droite, deuxième à gauche, montez vers le col, circulation « difficile », croisements « dangereux » et après, pas de problème, ça descend direct sur la vallée de Valdeyron.

Avant la montée vers le col le téléphone vibra :

« Vous avez trois nouveaux messages. »

C'étaient trois textos. Mon premier disait : JE. Mon second : VOUS. Mon troisième : AIME.

Et mon tout était Desmond.

Je retrouvai Valdeyron avec émotion. Là aussi il avait dû pleuvoir, la rivière était grosse et on balayait des feuilles et des branches mortes dans les rues.

Je m'arrêtai à la sortie du village devant la maison de Sarah, poussai la grille toujours ouverte et allai frapper à la porte. Personne. Mais un mot de sa main était punaisé dans le bois.

*Je suis allée promener ma chèvre.*
*Je ne serai pas longue.*

Je retournais vers ma voiture quand, dans mon dos, une voix joyeuse a dit :

— Bééééééé !

Radieuse et Sarah revenaient de leur promenade, la première tirant l'autre.

— Elle vous a reconnue ! Elle est contente ! Et moi aussi parce que, justement, je voulais vous voir !

Rituel du retour de promenade avec la chèvre, on accompagne Radieuse à son enclos, on la grattouille entre les cornes en lui disant qu'elle est jolie, on détache la corde de son collier, et on ne s'en va que quand elle est à table devant un *ramas* de feuilles de châtaigniers.

– Elle a eu très peur cette nuit! Elle ne supporte pas les orages, expliquait Sarah en ouvrant la porte du presbytère. Entrez, ma belle!

Des cartons étaient posés sur la table du bureau.

– Le pasteur Poujol a téléphoné ce matin pour dire que vous pouviez garder toutes les affaires de votre frère. Je n'ai pas touché à ses papiers, mais j'ai commencé à ranger les vêtements. Si vous le voulez, on pourrait les donner à la mairie. Ça ferait des heureux.

Bien sûr que je le voulais.

– Par contre, ça, j'aimerais que vous le gardiez...

Elle me tendait le gilet dans lequel j'avais dormi la nuit où nous avions veillé Johann.

– Ça, ne le donnez pas, Marie, ça me ferait peine.

Je serrai contre moi le gilet « tricoté avec de la laine d'ici », je fis oui de la tête, incapable de parler.

– Merci, dit Sarah.

Puis elle poussa un grand soupir et regarda autour d'elle la pièce privée de vie.

– Quand je pense que la maison va rester vide maintenant...

– Un autre pasteur va venir.

– Pensez-vous! C'est comme chez les curés! Il y en a de moins en moins! Ici, pour un pasteur qui a des enfants, c'est loin de tout! Vous me direz que les curés n'ont pas ce problème, mais ils en ont d'autres, les pauvres! Le pasteur Duplan qui était là avant votre frère, ses enfants avaient l'âge des grandes études, c'est pour ça qu'il est parti!

Sur le bureau, la clef du temple reposait, énorme, inerte, noire.

– Celle-là – Sarah avait suivi mon regard –, celle-là, elle n'est pas près de tourner dans la porte!... Mais ne m'écoutez pas, je rampèle!

– Vous... quoi?

– Je rampèle ! C'est du patois. Ça veut dire je radote, je repapie ! Ça vous fait rire ?

– Non, c'est joli !

– Vous êtes comme votre frère. Il aimait que je lui parle patois, il me répondait en... chose... là... comment vous dites ?

– Dialecte.

– C'est ça ! Mais là, alors, je comprenais rien ! Allez, je vous laisse regarder ses papiers !

*

Je n'avais jamais ouvert les tiroirs de personne. Je n'avais jamais connu cette horrible sensation de violer les pensées secrètes, balbutiantes, inachevées, d'un mort.

Je trouvai des lettres de moi. Toutes mes lettres. J'osai à peine les lire. Elles ne m'appartenaient plus.

C'était magnifique, quand même !

Ni le temps, ni l'espace n'avaient réussi à nous séparer.

Je jetai un rapide coup d'œil sur les dates... Tout était là. La découverte de Harvard, la rencontre avec Desmond, la visite à sa mère... la Controverse !

Moi aussi j'avais gardé les lettres de Johann. Je les avais même mises dans une grande enveloppe avant de quitter Strasbourg pour Valdeyron. J'avais l'intention d'en parler avec lui. Elles étaient toujours, les pauvres lettres, au fond d'une valise, dans ma chambre des Châtaigniers. Avec la Controverse.

Je continuai mes recherches.

Des livres, beaucoup de livres, des Bibles, des revues, des photos, un agenda très chargé avec des noms, des adresses, des numéros de téléphone... J'ouvris un cahier d'écolier sur lequel Johann avait collé une étiquette.

# Journal.

– Il le tenait tous les jours, dit Sarah.
Je m'assis.

*

*Ça y est!*
*J'ai cessé d'être comme le Fils de l'Homme qui n'a pas de toit pour poser sa tête.*
*Me voilà plus verni que Jésus!*
*Je suis pasteur de Valdeyron.*
*Pas pasteur remplaçant, pas intermittent du Seigneur, comme je le fus à Saint-Hippolyte ou à Quissac.*
*Non, je suis LE Pasteur de Valdeyron.*
*C'est mon premier vrai ministère.*
*Dimanche va être mon grand rendez-vous.*
*Peur de ces gens simples qui attendent de moi ce que j'espère pouvoir leur donner. Ils portent une histoire que je ne connais que de l'extérieur. Celle des Cévennes. Leurs Cévennes. Je suis pour eux un étranger. Je ne descends pas des camisards. Je ne parle ni n'entends la langue d'autrefois, la vieille langue qui permet aux bergers et aux bûcherons d'abolir le Temps, de se reconnaître, enfermés dans leur mémoire, au hasard d'une rencontre sur la montagne.*
*Moi j'ai l'accent alsacien.*
*Je le lis dans les yeux des enfants. Limite rigolade.*
*Mais gentils.*
*Les premiers contacts avec les paroissiens ne sont pas désagréables. Moins faciles qu'avec le « collègue », Michel, le curé! Paradoxal, non? Oui, mes coreligionnaires ne sont pas toujours chaleureux... Je pense à ce professeur retraité qui « tient » le conseil presbytéral d'une main de fer. Arriverai-je un jour à le faire sourire?*
*Heureusement, il y a BLG; breton né lui aussi sur de très anciens granits, il ne se sent pas dépaysé sur*

*ces montagnes. Il y a les petites de l'E.M. et la vieille Sarah.*

*Sans elle je serais perdu, voué aux chaussettes trouées, aux chandails feutrés, aux chemises déchirées. Elle est ma propriétaire et s'est faite ma servante comme si elle attendait de toute éternité la joie d'entrer à mon service.*

*Elle a un secret. Je vois une douleur cachée sous la tendresse de son sourire.*

*Qui est-elle ?*

*Veuve sans alliance, toujours de noir vêtue, elle veille sur moi comme si j'étais un petit-fils tombé du ciel...*

*Elle a la clef du temple.*

*496 grammes.*

*Une arme d'archange !*

*Je l'ai appelée « Madame ». Elle m'a répondu : « On dit Sarah, monsieur le Pasteur. »*

*Pas question de discuter, pas plus que lorsqu'elle m'apporte un gratin d'aubergines ou un pélardon de sa chèvre. Radieuse. Radieuse, c'est le nom de la chèvre. « Elle est gentille, mais elle mord », m'a prévenu Sarah.*

*Je vais écrire à Marie.*

*À qui d'autre que Marie pourrais-je confier les grandes dates de ma vie ? Je n'ai que Marie avec qui partager à la fois l'enfance perdue, l'avenir espéré et l'attente des morsures éventuelles de Radieuse.*

J'ai refermé le journal. Je me suis levée. J'ai demandé à Sarah :

— Je peux le prendre ?

Elle a ri.

— Bien sûr ! Il est à vous !

Je suis partie avec les lettres et le journal.

Dès la première marche du perron, je reconnus la sonate numéro 29.

*Hammerklavier*. Une des dernières sonates de Beethoven.

J'entrai tout doucement dans le salon. Seul dans la pièce, Bob était au piano.

Ce que j'entendais était si beau que je m'assis sans faire de bruit.

Quand ce fut fini, quand le silence fut de retour, j'osai applaudir.

Il se retourna, surpris, me découvrit.

– Marie ! Vous étiez là depuis longtemps ?

– Depuis l'*adagio sostenuto*. Pourquoi ne jouez-vous plus, Robert-Olivier Dumont ? C'était magnifique.

Il secoua la tête sans tristesse, regarda sa main droite. Un jour, le vent avait fermé une porte sur cette main. Blessure invisible. Accident au petit doigt. Oh ! très peu de chose. Mais ce très peu de chose était suffisant pour interrompre une carrière de pianiste.

Bob regardait toujours sa main, puis il la posa sur le clavier pour une petite note joyeuse.

– Oui, aujourd'hui ce n'était pas mal. Mais je ne peux plus être sûr de moi. Je sais qu'elle peut me trahir sans prévenir. Ici, ce n'est pas grave, mais, devant le public, ce serait terrible : je ne le supporterais pas.

Toujours souriant, il rabattit le couvercle sur les touches puis, s'apercevant que j'étais un peu triste, il se leva et vint s'asseoir près de moi.

– Allons, Marie, la vie est belle !

C'était lui qui me consolait.

– Les dieux ne m'ont frappé que dans mon métier !

J'avais bien compris. Les dieux s'étaient contentés de l'essentiel.

– Je dis : « les dieux » parce que j'ai toujours vu l'aspect « mythologique » de l'aventure. On pense à la petite clef d'or, à la boîte que l'on ne doit pas ouvrir, à la porte que l'on ne doit pas pousser... J'ai dû transgresser quelque loi et « les dieux » m'ont repris le pouvoir qu'ils m'avaient donné. Mais ils m'en ont laissé d'autres, Marie ! Je peux toujours conduire, changer une roue, voler ! Et voler, ça veut dire être capable d'entretenir le Tintin. Ce qui n'est pas rien ! Je peux aussi pitonner une roche, descendre en rappel, ramper sous la terre, nager dans les gouffres ! Je ne connais ni le vertige des hauteurs, ni l'angoisse des profondeurs. Je n'ai jamais eu peur dans le noir... et je peux toujours jouer du piano ! Mais en secret. Ou pour une amie, conclut-il en me baisant la main.

*

Depuis le matin, Melchior était dans l'arboretum. L'orage de la veille avait fait des dégâts parmi les espèces les plus rares et les plus fragiles. Melchior relevait doucement les branches que la colère du ciel avait froissées, pansait les blessures d'où la sève s'écoulait comme du sang frais, empilait le bois cassé qu'on brûlerait plus tard, en respirant son parfum venu d'ailleurs.

Sa passion des arbres datait de la fin de l'Occupation. Il avait dû se cacher dans la forêt alsacienne pendant des semaines. Il avait quatorze ans. Tout le monde était mort chez lui. Représailles.

– Plus de famille ?

– Rien que les arbres.

Petit héros mythologique, le jour de la victoire, Melchior sort de la forêt pour redevenir un écolier et troque son fusil contre des livres et des cahiers.

Quelques années plus tard, il entrait à Polytechnique.

Bob parlait de lui avec vénération.

Carrière exemplaire. Cursus de seigneur des Eaux et Forêts. Très vite, Melchior se dirige vers la coopération internationale. On pense à lui pour des postes de direction, des présidences, mais il reste un homme de terrain, il a besoin de la sylve, de la sève, du bois, des feuilles et de l'humus pour exister. On l'invite à Davis and Berkeley en Californie, à Joensuu en Finlande, à Oxford, à la J.F. Kennedy School de Harvard, il y prend la parole, y fait autorité, mais retourne toujours à sa famille.

Les arbres.

— On ne compte plus les espèces qu'il a sauvées ! Sa communication sur les fourmis Azteca en Guyane ! Vous savez, ces fourmis qui protègent leur arbre, le Cecropia ? Il les loge, les nourrit, en échange elles le défendent contre l'agression d'autres insectes... formidable ! On lui doit aussi la survie de...

— Ma parole, c'est ma nécro que j'entends ?

Depuis la terrasse Melchior nous regarde en riant tandis qu'il enlève des gants lourds de terre et des bottes de caoutchouc trempées. Puis il vient vers moi, à pattes de velours, silencieusement, et me pose une devinette : dans quelle partie du monde se trouve actuellement le Sénateur ? Je réponds : Europe, Belgique, Bruxelles. Mais je n'en suis pas sûre. Tout va si vite avec lui ! À propos, merci d'être allés me le chercher avec le Tintin !

— Ce fut un plaisir car le Sénateur est *presque* tel que vous nous l'aviez décrit !

— Presque ?

— Oui, il est encore mieux !

À son tour, Melchior me baise la main.

— Pour en revenir à ma nécro, poursuit-il gaiement, sachez que je suis à la retraite depuis des années, que j'ai reçu ce château en héritage contre toute attente, et que le modeste arboretum que vous avez déjà traversé n'est que le début d'un vaste projet qui me tient à cœur, et dont je vous parlerai... Que faites-vous, Bob?

Bob avait tiré d'un secrétaire une enveloppe pleine de photos et commençait à les étaler sur une table de marqueterie.

— Vous m'empêchez de parler de vous à la demoiselle, alors je vais lui montrer des images!

Melchior, plus jeune, cheveux bruns, le même sourire... On le voyait sur le bord de fleuves à crocodiles, au milieu de villages déshérités, devant des termitières géantes, posant, minuscule, au pied d'un séquoia, veillant, immense, sur une petite feuille verte sortie des pierres d'un désert. Sur une photo, très belle, il ne souriait plus. Il tenait, grave, une poignée de terre entre ses mains, on devinait un drame... puis Bob apparaissait près de lui sur les photos. Les cheveux étaient devenus moins bruns, le temps avait passé. On voyait les deux hommes dans la jungle, ou voguant dans des pirogues sous des voûtes de lianes. On les retrouvait, vêtus de blanc, assis dans des vérandas à vastes ventilateurs. Apparition de l'hélicoptère.

— Le Tintin?

— Non, son prédécesseur.

Puis il y eut une série de photos avec des filles splendides. Des mannequins. Un reportage de mode au Kenya.

— Bravo! dis-je.

— Ce n'était pas pour nous, précisa Melchior en souriant.

— C'était pour le photographe. Tiens, le voilà!

Je sifflai d'admiration. Beau spécimen!

— C'est le frère Jean, dit Melchior.

— Le frère Jean?

J'avais crié.

— Oui. Vous le connaissez?

— J'ai passé la nuit dernière chez lui!

— Dieu, que la vie est belle ! dit Bob. Je vais chercher quelque chose à boire ! Quelque chose de fort !

*

Je tenais entre mes mains la photo de celui qui était devenu le frère Jean. Il avait douze ou treize ans de moins, les cheveux courts, le teint hâlé... mais je le reconnaissais. C'était bien lui. Je comprenais pourquoi il m'avait regardée d'un regard qui n'était pas celui d'un moine ; c'était le regard d'un photographe. Il n'y avait pas que Tutsi qui voulait un souvenir de mon passage au monastère. Il y avait un photographe caché derrière les habits noirs du moine.

— Vous savez que c'est un vrai moine du Désert ? Il a passé quatre ans dans la vallée du Cédron, au monastère Saint-Sabba, lieu magique à trois cents mètres au-dessous du niveau de la mer...

— Mais comment est-il allé de l'état de photographe à celui de moine ?

— C'est arrivé au mont Athos, il y a dix ans. Un choc pour tout le monde !

— Surtout pour lui, dit Bob en entrant avec un plateau.

— C'est un très grand photographe... Vous avez vu la photo de la terre sèche que je tiens dans ma main ? C'est lui qui l'a prise. C'est une photo très triste, elle annonce la mort d'un village. Il savait dire la douleur, comme il savait dire la beauté d'un paysage, d'une femme... Il sait toujours, du reste !

— Il a pris une photo de moi ce matin.

— Elle sera magnifique !

J'éclatai de rire, me désignai :

— Vous avez vu l'allure que j'ai ? Je ne me suis même pas regardée dans une glace depuis mon arrivée au monastère !

— Eh bien, regardez-vous ! dit Bob en me menant devant la glace un peu piquée, au-dessus de la cheminée, la vieille glace usée par le temps, la vieille glace qui avait dû voir tant de jeunes filles, de jeunes femmes et de moins jeunes, lui demander :

« Miroir, mon beau miroir... ? »

Je me vis, entre eux deux. Avec ma robe de chez Marcel et mes cheveux en désordre, je me serais donné deux sous.

— Vous savez, dis-je en riant, l'autre jour, une dame américaine m'a demandé l'adresse de mon couturier après m'avoir vue dans cette robe.

— Normal !

— Pourtant, quand j'ai essayé devant vous les robes de Marcel, vous avez eu l'air consternés...

— Mais nous l'étions !

— Pourquoi ?

— Parce qu'avec les robes de Marcel, dit Melchior, vous êtes pire !

— Pire ?

— Je dis « pire » parce que je veux rester convenable. Ah ! ma pauvre Marie, poursuivit-il, une fatalité pèse sur vous ! Même avec un rhume de cerveau, un compère-loriot, une crise d'urticaire et un début de varicelle, vous resterez toujours belle ! Je ne sais pas si vous en êtes vraiment consciente...

J'en étais très consciente.

Je savais aussi qu'en me voyant, la plupart des gens pensaient, ou espéraient, que j'étais idiote. J'avais toujours voulu prouver le contraire. C'est pour ça que j'avais fait ces études démentes, que j'avais appris l'hébreu, que j'avais écrit la Controverse, que j'avais lu Aristote et Maïmonide...

À vrai dire, non, je l'ai déjà confessé, ce n'était pas seulement pour ça. J'aimais apprendre. J'aimais Aristote, j'aimais Maïmonide, j'aimais l'étude, les livres, l'exégèse, le silence des bibliothèques et le fracas du choc des idées...

Je nous regardais tous les trois, toujours au garde-à-vous devant le miroir.

Pire... Fatalité. Destin.

Je pensais à la main qu'un coup de vent avait blessée. Je pensais au petit garçon qui avait dormi sous les arbres, à côté de son fusil. Je pensais à Marguerite et à Sarah qui avaient eu leur part de malheur.

Comme tout le monde.

Je pensais à Johann qui nous avait quittés.

À Mélanie, qui était laide.

– Comme vous êtes belle ! dit Bob à mon reflet dans la glace.

*

Je vais partir. Tout à l'heure. Dès que j'aurai bouclé ma valise.

Je dois partir. Pour Strasbourg d'abord : je veux voir mon père. Je veux savoir pourquoi je n'arrive jamais à l'avoir au téléphone. J'ai des choses à régler avec lui, avec Régine...

Elle m'a laissé un message : « Tu ne m'as rien dit de mes fleurs ! Elles étaient bien ? »

Je ne m'attarderai pas à la maison. Desmond m'attend. Mais avec lui aussi j'ai des choses à régler. Je ne veux pas vivre avec sa mère : je ne veux pas tomber de Régine en Eleanor. Le professeur Yoken m'a dit en me remettant mon diplôme en juillet qu'il avait des projets pour moi. Chargée de cours, assistante... on verra. Je ne m'inquiète pas pour l'avenir. Au besoin, je referai une année d'études... Ce que je veux éviter c'est la grande maison WASP de Cape Code, le face-à-face et les prières baptistes dès le petit déjeuner.

Bob vient de se mettre au piano.

*Mi, sol, fa, mi, fa, sol, mi, fa, sol, la...*

Magnifique.

« Tous les moyens nous seront bons pour vous enchaîner aux Châtaigniers », avait dit Melchior un soir de larmes.

La musique fait partie des moyens.

Mais il faut que je parte.

Comme tout a été vite, cruel, dans ce voyage. Comme j'ai de la peine au moment de quitter ces deux hommes que je connais depuis si peu de temps...

Ils m'ont tout raconté, sur eux, sur les Châtaigniers. Je sais tout. Ils m'ont tout dit sans rien me dire. Je les adore !... C'est la sœur de Bob qui les a présentés l'un à l'autre. Il y a seize ans. Depuis ce jour, ils ne se sont plus quittés et, depuis ce jour, la sœur est fâchée à mort avec eux.

Comment peut-on être fâché avec son frère ?

Ça ne doit pas être si rare, puisque le père et l'oncle de Melchior ont été fâchés eux aussi.

Eux, c'était à cause de la religion.

Le père n'en avait plus. L'oncle en avait trop. Il était plus protestant, à lui tout seul, que Luther, Calvin et Zwingli réunis. Il épousa, fort âgé, une personne de qualité encore plus vieille que lui, la fameuse Mademoiselle dont m'avait parlé Marguerite. Valentine Campredon, la propriétaire des Châtaigniers.

L'oncle traversa la vie sans se manifester à son neveu orphelin, méritant, brillant. Mais dut cependant garder un œil très lucide sur le polytechnicien ami des arbres car, si jamais Melchior ne reçut de son oncle la moindre lettre, le moindre mot, il eut la surprise de se retrouver son héritier.

— De son vivant, je n'ai pas existé pour lui. J'étais le rejeton du frère qui avait trahi la Foi. Il ne m'a rien donné... Jamais ! Pas même un bonbon ! Mais il m'a tout laissé ! Un château, un patrimoine à déchiffrer, de l'argent... et, par-dessus le marché, un cimetière camisard !

Je sais maintenant pourquoi on voit s'élever des cyprès isolés dans les vallées et sur les pentes.

Ils veillent, depuis la Révocation, sur les tombes de ceux qui n'ont pas eu droit à la terre chrétienne.

Peut-être ai-je des ancêtres qui dorment sous ces flammes noires depuis plus de trois siècles ?

Je ne le saurai jamais.

Et je ne saurai jamais ce que mon frère a pensé de sa rencontre avec Desmond. Son journal s'arrête au moment où il partait nous rejoindre à Strasbourg.

Je te revois, sortant de ta R5 dans la cour de la maison.

« Tu ne t'attendais pas à ça ? »

Non, Johann, je ne m'attendais à rien de tout ce que je viens de vivre. Au moment de partir, j'ai l'impression d'abandonner tous ces gens que j'ai découverts en te lisant. Ils vont me manquer ! Sarah, les petites de l'*EM* et ce BLG mystérieux que tu estimes tant... Il me semble que je pars avant la fin de la pièce.

Michel – je dis Michel parce que tu en parles si souvent et si bien, de Michel, que, sans l'avoir jamais vu, j'ai l'impression de le connaître. Michel. Celui que tu appelles : « mon curé camisard ».

Comme vous avez été proches ! Comme vous aviez besoin l'un de l'autre... Comme il va se sentir seul ! Il doit revenir dans quelques jours, moi je serai loin. Je ne le verrai pas, et je ne reverrai pas Mélanie dont on trouve souvent le nom sous ta plume. Tu penses comme moi qu'un jour elle cessera d'être laide. Sur une page, tu as écrit ces mots :

« Mélanie a de très jolies jambes. »

Simplement.

J'aurais aimé revoir Mélanie et ses jambes. Connaître Michel. Retourner chez le moine ! Je sais pourquoi il m'a appelée Marie : tu lui avais parlé de moi.

Voilà, je suis prête.

*Mi, sol, fa, mi, fa, sol, mi...* De nouveau Mozart. Piano seul.

J'ai de plus en plus de peine.

« Ne pars pas ! » dit la petite phrase bien-aimée.

Je pars.

Quand j'aurai pris congé de mes amis, quand j'aurai quitté les Châtaigniers, j'irai saluer mon frère une dernière fois, en espérant que je ne trouverai pas de fleurs agonisantes sur sa tombe...

Je lui dirai adieu.

Mais avant je m'arrêterai chez Sarah, cette « veuve sans alliance, toujours de noir vêtue » dont je ne connaîtrai jamais le secret.

\*

Tout était prêt. Les cartons de vêtements avaient disparu, partis faire des heureux. Les cartons de livres, bien ficelés, m'attendaient par terre, dans l'entrée du presbytère. Peu de choses pour résumer une vie. Traces. Résidu. Ce qui reste au fond du creuset quand l'œuvre au noir est accomplie.

– Peut-être que ça aussi vous voudrez le prendre ?

Sarah désignait une mandoline posée sur un carton. Ma mandoline. Ma vieille mandoline du temps où je dansais dans le temple, du temps où je chantais joyeusement des cantiques en m'accompagnant.

« *Oh ! happy days !...* »

Je l'avais oubliée. Je l'avais donnée à Johann le jour où il avait quitté la maison. Elle l'avait suivi ici, elle allait repartir avec moi.

« *Nobody knows the trouble...* »

Je passai ma main sur les cordes. Son grêle. Aigre. Comme un reproche.

– C'est la première fois que je suis pas contente de vous voir, dit Sarah, sombre.

Moi non plus, je ne suis pas contente, Sarah. Aussi vais-je m'en aller très vite. Le plus vite possible. Je soulève le premier carton, je le cale entre mes bras.

Je regarde autour de moi. Je cherche... Quoi ?

« Veillez et priez car vous ne savez ni le jour ni

l'heure », dit une œuvre d'art protestante d'une grande laideur, sur le mur de l'entrée.

J'ai demandé :

— Sarah, pourquoi avez-vous dit l'autre jour que votre maison était une maison catholique ?

Elle a eu un petit rire triste, elle a dit :

— Ça, ma belle, ça ne se raconte pas dans un courant d'air.

J'ai remis le carton par terre. J'ai suivi Sarah à la cuisine. J'ai posé mes coudes sur la toile cirée de la table et je l'ai écoutée.

*

L'histoire de Sarah commençait comme une bergerie de Florian.

Deux enfants s'aimaient au bord d'un ruisseau en gardant leurs bêtes.

Deux enfants qui, d'abord, se regardent avec méfiance, comme leurs chèvres, de chaque côté de l'eau.

Ils sont bien petits, mais, déjà, chacun règne sur son troupeau.

— Qui tu es, toi ? demande le garçon.

— Sarah. Et toi ?

— Christian. Tu es la Sarah du mas Bourély ?

— Oui.

— Tu es protestante.

— Oui.

— Alors je peux pas te parler.

— Eh non ! Tu es catholique !

— Mais tu es trop jolie, je te parle !

— Eh oui !

La petite fille éclate de rire. Elle a neuf ans, il en a douze, ils s'aimeront toujours.

— Dans ce temps-là, c'était pas possible ! On achetait son pain chez le boulanger qui avait votre religion. Mon père me disait : « Que je ne te prenne pas à mélanger nos chèvres avec celles des Fournier ! » Nos chèvres étaient protestantes, celles des Fournier catholiques. On ne plaisantait pas avec ça ! Pendant des années, mon pauvre père ne s'est douté de rien. Mon frère Élie était de notre côté. Il savait que nous ne faisions rien de mal. Mais, même lui, on n'aimait pas qu'il parle trop à Christian – il s'appelait Christian... Ma mémé, elle, depuis toujours, elle avait compris. Christian, elle l'aimait bien. Elle le regardait tel qu'il était. Pas seulement comme un catholique. Elle me disait : « Un jour les curés ouvriront la Bible, et plus personne sera fâché ! » C'est elle qui m'a consolée le soir du 15 août 1939, quand mon père m'a empêchée de danser avec Christian pour la fête votive ! Après ce 15 août-là, il s'en est passé des années avant que la jeunesse ne se remette à danser les soirs d'été dans les villages !

Sarah se tait. L'horloge, qui connaît l'histoire, prend le relais dans le silence. Sarah soupire, sourit :

– Christian m'avait invitée... Une valse ! Il avait une main autour de ma taille, on se regardait dans les yeux... On n'a pas fait trois tours. Mon père m'a prise par le bras : « À la maison, malheureuse ! » Eh oui, c'était comme ça ! Un mois plus tard, ils étaient tous à la guerre. Sauf M. Fournier qui était boiteux de 14...

– 14-18, m'explique-t-elle.

Et elle me prend les mains dans les siennes, me dit que tout ça, elle l'a raconté à monsieur le Pasteur, et qu'il lui a dit ce que les grands-pères avaient souffert en Alsace, le camp, les misères...

– Pendant la drôle de guerre, un matin, maman m'a dit : « Sarah, quand tu mènes nos bêtes dans la montagne, tu passes devant chez Fournier. Prends leurs chèvres, ma fille, ils n'ont personne pour les garder. » Je l'ai fait. On s'est toujours donné la main, dans la vallée, quand quelqu'un était dans la peine.

Mais c'était pas ça qui ferait changer d'avis les uns ni les autres pour le mariage. En juin 40, Christian m'a trouvée au bord de notre ruisseau avec toutes les chèvres. Il était encore en soldat, il a dit : « Je t'aime toujours, Sarah ! On se marie quand tu veux ! » La colère de mon père !... De son père à lui !... Intraitables, ils étaient. Je n'avais pas dix-huit ans. Que de larmes ! Vous voyez, Marie, ce que je regrette le plus, c'est d'avoir été sage. C'est que Christian m'ait respectée... Pensez : si on n'avait pas été aussi bêtes, j'aurais eu un petit ! Et ce petit, il aurait soixante ans aujourd'hui... Allez !

Elle balaye de la main l'enfant à cheveux blancs qui devrait être là. Elle raconte maintenant la naissance de la Résistance dans la montagne, la lente communion invisible et muette qui change le cœur des choses et des gens. La montée vers des lieux qui furent camisards où vont se retrouver, non seulement celui qui ne croit pas au ciel, mais ceux qui y croient de différentes façons. Pour Christian et Élie, la fraternité existe depuis toujours. Mais d'autres, qui se sont toujours ignorés en vivant dans le même village, d'autres vont se découvrir. S'accepter.

– Comme si, là-haut, dans le maquis, le Seigneur leur avait parlé, dit Sarah aussi simple que si elle me passait une recette de cuisine.

Après ? Christian et Élie ont été tués ensemble deux jours avant la libération de Valdeyron.

– Ils sont enterrés là-haut. On n'a pas voulu les séparer. Il y a un monument... avec la croix de Lorraine... Si vous aviez vu les pauvres parents ! Ils n'avaient pas que de la peine, ils me demandaient pardon de n'avoir pas compris. Moi, ce qui m'a sauvée, dans mon chagrin, c'est que j'ai toujours su qu'on s'aimerait au ciel. Toujours su que Dieu ne me l'avait pas montré pour me faire bisquer aux siècles des siècles. Pauvres parents, répéta-t-elle, les miens sont morts très vite, puis ce fut le tour de la maman de Christian. Quand elle est partie, je vivais déjà ici. Je n'avais plus personne à la maison. M. Fournier m'appelait sa fille... « Ma fille, où est ma fille ?... Vous avez vu ma fille ?... » Ils m'ont tout laissé. Tout leur bien. Moi, fille d'un pauvre ménager, je me suis trouvée riche. C'est pour ça que cette maison est une maison catholique. Mais je n'y ai jamais rien fait sans leur accord. Ils ont su que, quand je serais seule, la maison qui aurait dû être celle de Sarah et de Christian, deviendrait la maison du pasteur. Bon !... vous savez tout. Vous pouvez partir, maintenant...

J'ai retenu sa main sur la table, je l'ai empêchée de se lever, et j'ai simplement dit :

— Pas si vite !

\*

# La Clef

« Je viendrai comme un voleur. »
Exact.
Et moi je me suis laissée prendre au piège...
À quoi ça t'a servi d'être savante, ma fille ? À quoi
ça t'a servi d'avoir appris par cœur les textes fonda-
teurs ? À quoi ça t'a servi de t'être promenée dans les
Écritures comme chez toi ? Tu étais prévenue, pourtant !
Je serrais encore la main de Sarah dans la mienne
quand la sonnette a retenti. Une sonnette grêle, rien
d'électrique, un simple fil de fer qu'on actionne en le
tirant.
— Une visite ? a dit Sarah.
J'ai laissé partir sa main. Je pensais à la tombe perdue dans la montagne, la tombe où dormaient Christian et Élie. Par la fenêtre, je voyais Radieuse dans
son enclos, j'entendais le bruit du torrent bientôt couvert par des voix fraîches.
— C'est pour la clef !
La clef ?
Je me levai à mon tour, quittai la cuisine pour aller
voir qui avait parlé.
La clef ?
— La clef du temple ! Pour dimanche ! Tu sais,
tante Sarah, qu'on voulait faire un hommage à

Johann ? On attendait seulement que Michel soit rentré de son Sahel. Eh bien, ça y est depuis hier et, ce matin, M. Bourgade nous a permis de faire notre hommage dans le temple !... On n'en revenait pas ! Oh ! mais, qui je vois là ?

C'était moi qui étais là. Moi, vers qui elles venaient comme si elles avaient rêvé de cette rencontre. C'était moi qui regardais en silence ces deux filles de l'*ƐM*, intimidée par ce que je devinais de leur amitié pour Johann, amitié qui avait besoin de s'exprimer au-delà de la mort par cet hommage annoncé qui n'attendait que le retour du curé pour célébrer le pasteur.

Johann parlait souvent d'elles dans son journal. Il les faisait répéter, elles le faisaient rire : « On n'est pas toutes protestantes, monsieur le Pasteur, mais on aime toutes chanter ! Et puis, on s'aime bien ! Et on est toutes folles de vous ! »

Grâce à lui, je reconnaissais ces deux-là.

« La Celte et la Sarrazine », avait-il écrit.

Une blonde tirant sur le roux, peau très blanche, regard bleu rivière, une brune dorée qui, plus de mille ans après le départ du Maure, avait gardé des yeux d'Orient.

Je dis :

— Bonjour Clémentine, bonjour Magali !

Ce qui les troubla terriblement et troubla plus encore Sarah.

J'expliquai :

— Johann racontait très bien !

Et les yeux de rivière et d'Orient brillèrent de larmes contenues, tandis qu'elles m'embrassaient et s'exclamaient :

— *Seven* !... Vous portez *Seven* !

Cette découverte sembla les enthousiasmer. Elles se regardèrent et Magali dit :

— Je crois que Clémentine et moi on vient d'avoir la même idée...

L'idée, c'était que je lise des passages de la Bible entre deux de leurs chants.

– On dansera aussi un peu, mais mollo, à cause de M. Bourgade ! M. Bourgade, c'est le président du conseil presbytéral...

– Et M. Bourgade, c'est plutôt le genre strict !

– Tu veux dire pisse-vinaigre ! dit Sarah. Cet homme, je crois que je ne l'ai jamais vu sourire !

Ça aussi, Johann me l'avait raconté dans son journal.

– Mais si on lui dit, à M. Bourgade, que la sœur du pasteur va lire la Bible pour notre hommage, ça fera sérieux !

– Et il nous embêtera moins !

Elles me regardaient en retenant leur souffle.

– Dites oui, murmura Sarah.

Elle était allée chercher la clef sur le bureau, et la brandissait dans l'entrée sombre de sa maison catholique...

... *Après cela je vis descendre du ciel un ange, qui avait la clef de l'abîme, et une grande chaîne à la main...*

Je poussai un soupir qui fut pris pour un acquiescement. Je savais l'Apocalypse par cœur, mais ça me faisait une belle jambe.

Le piège venait de se refermer sur moi.

*

Après, tout est allé très vite.

La Celte et la Sarrazine m'avaient ensorcelée. Avant qu'elles ne partent avec la clef, j'étais déjà cuite : j'avais rendez-vous avec elles au temple, le dimanche prochain, à onze heures moins le quart, Bible en main.

Comme elles se retournaient, joyeuses, pour nous saluer depuis la route, elles furent dépassées par un homme âgé qui semblait agité par une grande fureur.

— Effrontées ! rugit-il.

Les deux filles pouffèrent. Sarah sourit et m'expliqua :

— C'est le marquis ! Manquait plus que lui !

— Le marquis ?

— À vrai dire, il est pas marquis, mais on l'appelle comme ça parce qu'il se croit le seigneur et que ça fait rire le monde. Remarquez, il est pas marquis, mais c'est quand même un noble !

Elle me fit rentrer et referma la porte sur le jardin. Le passage du « marquis » l'avait rendue mélancolique.

— Il fait rire, le pauvre, mais quand il était jeune, tout le monde le respectait, Monsieur Damien... La famille d'Escandieu de la Fage, c'était la grande famille de Valdeyron. La plus belle maison sur la rivière, avec le parc, la terrasse avec ses colonnes... et lui, le fils unique, les demoiselles lui faisaient les yeux doux. Il s'est fiancé en août 39...

— Et puis ?

— La guerre. Il l'a faite en Afrique. Il est revenu avec des décorations que sa poitrine était pas assez large pour les accrocher tant il s'était bien battu pour la France ! Mais la jeune fille ne l'avait pas attendu... Alors il est devenu pénible. Il est fâché avec toute la terre : les curés, les pasteurs, le maire, l'instituteur, les enfants, les jeunes, les vieux ! Et il dit que tout ça, c'est plus que des communistes... ça fait peine de le voir. Allez ! parlons de vous... Qu'est-ce qu'on fait de tout ça ?

Elle désignait les paquets de livres et de documents posés par terre. J'ai dit :

— On attend.

Elle était contente. Moi aussi.

— Je vous proposerais bien de vous installer ici les jours qui viennent, mais ces messieurs se fâcheraient si vous les quittiez pour moi avant dimanche...

J'étais bien d'accord. Je devais retourner aux Châtaigniers, mais, avant de m'y rendre, je devais m'acquitter d'une promesse non tenue.

Pas celle que j'avais faite à Johann, non, je lui dirais adieu plus tard, après l'hommage des jeunes filles. Non, il s'agissait de la promesse que j'avais faite à un cheval noir, un camargue blanc, une ânesse grise, un poney roux et une jument baie.

J'allais acheter en ville le sucre que je leur avais promis, et que je ne leur avais jamais donné.

*

J'avais laissé ma voiture devant le presbytère. C'était la première fois que je marchais seule sur la route nationale qui entrait dans le village pour devenir la rue principale.

J'allais, nez au vent, respirant tous les indices, comme un chien qui part à la chasse. Chaque porte devant laquelle je passais était une question que je me posais. Chaque porte était porte d'une vie. Petite vie ou destin confortable, misère ou prospérité, mystères qui se cachent derrière les portes fermées.

Je reconnus de loin la belle demeure du « marquis ». Hauts murs, vigne vierge, nobles arbres, élégante façade sur rue... Mais, plus j'approchais, plus je découvrais les blessures de la maison. Elle portait sur elle, la maison, tout ce qui avait été infligé à son maître. Elle refusait, la maison, la vie qui animait son voisinage. Elle s'en allait, la maison, perdant son crépi, ses pierres d'angle, ses tuiles romaines, sa force... On sentait beaucoup de souffrance derrière ces volets clos comme des paupières et derrière les moulures écaillées de sa porte à double battant, sculptée par un artiste du xviiie siècle.

J'entrai dans la première épicerie qui se présenta.

– Une belle journée encore ! me dit une femme brune qui rangeait des pélardons frais sur une assiette.

– Très belle ! dis-je avec entrain.

– Ça fait plaisir ! Et alors, qu'est-ce qu'elle veut ?

Je voulais du sucre. Non pas du sucre en poudre, pas du cristallisé, pas du sucre glace, pas de la cassonade. Des morceaux.

– Quelle taille ?

Je réfléchis... La plus grande taille. Et je confiai à l'épicière que ce sucre était un cadeau que je voulais faire à des chevaux.

– Ça y est ! Je vous remets ! C'est pour les chevaux de ces messieurs ! Vous êtes la demoiselle qui habite aux Châtaigniers ! Marguerite m'a parlé de vous... Ça vous ennuie pas de lui monter de la Javel ? J'en manquais, hier, quand elle est venue faire ses courses. Avec Marguerite, on est cousines par Isaac, son mari... Donnez-leur le bonjour de la part de Pauline, l'épicerie.

Je payai le sucre et voulus payer la Javel, mais elle refusa en disant : « Ça me brouillerait dans mes comptes ! », me rendit sept centimes d'euro, et déclara, en montrant le ciel bleu au-dessus du toit d'en face : « En tout cas, vous, on peut dire que vous avez réussi d'un temps ! »

Réflexion qui me troubla et dont je ne devais percer l'opacité que quelques semaines plus tard, quand je compris que cela voulait dire :

– Comme il fait beau !

*

J'avais cinq morceaux de sucre dans chaque poche. Assez pour leur faire plaisir. Pas assez pour leur faire mal.

Je laissai la voiture devant le château et me hâtai vers l'enclos des chevaux.

C'est là que je découvris la part de malheur de Marguerite.

Son fils. Abel.

Il était au milieu des bêtes. Il me tournait le dos et leur parlait. Si l'on peut qualifier de paroles les sons qui sortaient de ses lèvres. Une mélopée tendre et rieuse, avec, parfois, des cris douloureux.

Tamerlan me vit et vint vers moi au petit trot. Abel se retourna, sourit, et suivit le cheval, aussitôt encadré par les autres.

J'avais devant moi un de ces êtres qu'on appelle *un anormal* et, en même temps, j'assistais au vieux rêve laissé au paradis perdu : l'union avec la Création.

Abel et son escorte se parlaient, se comprenaient, s'aimaient.

Je lui tendis la main au-dessus de la barrière. Il la saisit dans les siennes. De grosses mains, étonnamment douces. Il avait l'air heureux de me voir et, ouvrant le portillon, me fit signe d'entrer.

Je dis, en articulant lentement :

— Je leur ai promis du sucre...

Il se mit à rire et m'expliqua quelque chose de compliqué et de très gai. Je sortis un sucre et le plaçai sur ma paume, bien à plat.

Les chevaux étaient très sages. Les naseaux frémissants et les lèvres de soie m'effleuraient à peine. Caresses, communion, serments, amitiés, douceur. Promesse tenue.

— Hé bé ! vous savez, pour qu'il vous laisse entrer dans l'enclos de ses bêtes, il faut qu'il sache qui vous êtes !

Marguerite nous avait rejoints. Appuyée à la barrière, elle nous regardait, sans doute depuis un moment. Son fils s'adressa à elle dans sa langue mystérieuse. Elle sourit.

— Il dit que vous êtes gentille, et qu'il le savait déjà... par Tamerlan.

Puis, tandis qu'il se détournait pour enlever des herbes piquantes dont les barbes s'étaient prises dans la crinière du poney, elle ajouta :

– Vous l'avez vu, mon pauvre Abel... Tout petit, on a su qu'il serait jamais comme tout le monde. Et puis on a compris comme il aimait les bêtes... et comme les bêtes l'aimaient ! C'est Mademoiselle qui l'a vu la première. Enfin, « Mademoiselle », je veux dire : Madame. Elle a été bonne, elle nous a gardés. Elle disait : « Marguerite, c'est pas *malgré que* ton petit soit comme il est que je vous garde... c'est *parce que* il est comme ça ! Dieu nous commande de l'aimer ! » Elle nous a gardés... Et pourtant, côté religion, ça n'allait pas fort entre nous !

Là, j'étais larguée. Je demandai :

– Côté religion ?... Mais je la croyais protestante ? Et vous aussi ?

– Oui. Mais on n'était pas protestants comme elle et le vieux monsieur ! Nous : Élie, Abel et moi, on est Église Réformée de France. Eux : Mademoiselle et Monsieur, on n'a jamais bien compris de quelle église ils étaient !

– Méthodiste ? Évangélique ? Baptiste ? Adventiste du septième jour ? Darbyste ? Pentecôtiste ?

À chaque nom, Marguerite secouait la tête.

– Je ne sais même pas si Monsieur l'a jamais su, lui ! Il n'a jamais vu son oncle ni sa tante. Ils n'ont jamais pu en parler ensemble... mais, pour être protestants, ça, ils l'étaient ! Plus que tout le monde. Ils allaient jamais au temple et faisaient le culte au château, tous les deux, ou avec de vieux amis venus exprès de loin. On les entendait chanter des cantiques, le dimanche, en rentrant de Valdeyron... C'était bien des cantiques comme les nôtres. Puis les amis sont morts, puis Mademoiselle, puis Monsieur...

Elle soupira :

– Si vous saviez comme on a eu peur en voyant arriver monsieur Bob et monsieur Melchior ! On a eu peur qu'ils nous chassent ! À cause d'Abel ! Mais, eux aussi, ils ont voulu le garder...

Elle regarde son fils, et sourit.

– Oui... on a eu de la chance.

*

Ce soir-là, on a mangé les premiers cèpes de la saison. C'est Abel qui les avait ramassés au-dessus de la Combe.

– Il a un don pour les faire sortir de terre! disait Melchior en les faisant revenir dans l'huile d'olive.

J'avais tout raconté : Sarah, Christian, la Celte et la Sarrazine, la cousine de Marguerite, l'eau de Javel, le sucre, Abel, les chevaux...

– En résumé, dit Bob, Mozart a fini par gagner!

– Non. *Vous* avez gagné!

Nous étions dans la cuisine. Marguerite faisait mon lit. Une fois de plus. J'avais l'impression d'être rentrée à la maison.

– Vous aimez faire la cuisine, Marie? demanda Melchior.

– Pas du tout!

C'était vrai.

– Je suis nulle!

Ça leur fit plaisir.

– Enfin!

– Une discipline où notre Marie est nulle!

Ce n'était pas le cas de Melchior. On s'est régalés, sur la table très vieille, entre l'évier de grès bicentenaire et l'armoire frigorifique design. J'ai essayé de savoir quelle église avait été celle de l'oncle et de la tante, mais Melchior avait encore moins d'indices que Marguerite. Tout ce qu'il pouvait dire, c'est que, de leur temps, la vie avait été sévère aux Châtaigniers.

– Quand nous sommes arrivés, dit Bob, nous avons cru que nous étions invités à dîner chez Calvin, le soir du vendredi saint. Il n'y avait pas la moitié des meubles que vous voyez aujourd'hui...

113

– Où les avez-vous trouvés ?

– Dans le grenier ! Ils y étaient en pénitence, pour crime de légèreté et d'élégance !

– Ils vous attendaient ?

Ils se regardent, échangent un sourire comme ils l'ont fait le premier jour, quand je suis sortie des nuées. Ma question les amuse visiblement. J'ai envie d'en savoir plus, mais une part de tarte fine aux pommes caramélisées atterrit dans mon assiette. Je mange, et ma curiosité s'endort dans les délices. J'ai dit :

– C'est délicieux !

et Melchior a dit :

– C'est très simple, je peux vous apprendre.

– Surtout pas ! J'aime mieux manger qu'apprendre !

Ils ont ri et nous sommes allés boire un verre de liqueur des Camisards (40 degrés), assis sur les marches de l'escalier. Et, là, ils m'ont présenté les sinistres aïeux de Mademoiselle, leurs Bibles, leurs perruques, leurs épouses.

Puis le téléphone a sonné. C'était Michel qui leur disait qu'il était rentré, débordé déjà, tellement désolé d'avoir manqué de peu la sœur de Johann...

Ils n'ont pas dit que j'étais toujours là. Peut-être parce qu'ils voyaient que la liqueur des Camisards commençait à me faire de l'effet, peut-être, tout simplement, parce qu'ils aiment faire des surprises...

– Bien sûr ! Dimanche, au temple, on sera là, cher Michel. Heureux de vous savoir de retour !

J'ai demandé d'une voix pâteuse, en désignant la famille Campredon sur le mur de l'escalier :

– Ça ne vous inquiète pas, vous, les mécréants, d'être entourés de pasteurs ? De prendre rendez-vous au temple avec le curé ? Vous n'avez pas peur d'une descente de l'Esprit saint ?

– Mais si ! C'est pour ça que nous prions chaque jour, afin de ne pas être frappés par la grâce !

114

— Et ça marche ?

— Jusqu'ici, oui !

Je suis allée me coucher, ronde comme une queue de pelle, mais j'ai quand même entendu Bob qui demandait à Melchior :

— On lui dit ?

Et Melchior qui répondait :

— On attend.

\*

J'étais arrivée très en avance avec Bob et Melchior, et pourtant il y avait déjà beaucoup de monde devant la porte du temple.

Les petites étaient là, toutes vêtues de même.

Jupe-culotte beige, chandail et serre-tête blancs, bottes courtes à revers. Élégantes. Très.

Elles s'approchèrent de moi avec cette ferveur retenue de ceux qui vont se produire en public, et qui meurent de peur derrière un sourire.

Un homme très grand, visage sévère sous des cheveux grisonnants, vint me saluer :

— Monsieur Bourgade, président du conseil presbytéral...

Avant qu'il ne se présente je l'avais reconnu. Il n'était pas seulement lugubre, mais il semblait plus furieux que si on l'avait contraint, à son corps défendant, d'assister à une rave-partie.

Les gens arrivaient, se saluaient, me regardaient... Sarah vint m'embrasser au milieu des murmures. « C'est sa sœur ! Peuchère... – Sa sœur ? – Du pauvre pasteur ! – Oui, elle va parler. » Ils se pressaient devant la porte derrière laquelle les petites avaient déjà disparu dans leur jolie tenue.

C'était Bob qui avait défini la mienne.

Blanche. Les pantalons, le tee-shirt, les ballerines. Je lui avais demandé : « Faites que je ne sois pas " pire " ! » et il avait bien choisi ces vêtements innocents qui, sans qu'il l'ait su, s'harmonisaient avec ceux des petites.

La porte s'ouvrit sur le temple.

Jean-Sébastien Bach se répandit sur nous, grâce à un CD prêté par Bob. Et, brusquement, j'eus plus peur que je n'avais eu peur à Harvard, avant le Duel où j'avais affronté Desmond.

M. Bourgade, d'un geste sans réplique de la main, m'invita à entrer et nous avançâmes lentement, au milieu des rangées de bancs encore vides.

Les petites s'étaient groupées au fond, entre le lutrin et la chaire. Elles regardaient les bancs se remplir rapidement. Une très vieille dame était assise devant l'harmonium, lunettes au nez, un peu bossue, un homme, debout dans l'ombre, tenait un luth contre lui, une des filles serrait une flûte traversière sur sa poitrine, une autre était armée d'un tambourin.

La *Suite anglaise n° 5 en mi mineur* s'arrêta.

Dans le silence, M. Bourgade me poussa vers les jeunes filles, passa derrière le lutrin et s'adressa à l'assistance.

— Aujourd'hui, nous allons célébrer la mémoire de notre regretté pasteur, Johann Wirth. Nous écouterons d'abord quelques passages des Écritures lus par sa sœur, puis les jeunes filles de l'Esther Mazel chanteront un choix de psaumes et de cantiques. Ce sont elles qui ont eu l'idée de cette manifestation et, après nous être dûment concertés...

Je n'écoutais plus ce qu'il disait. Je regardais l'homme qui venait d'entrer dans le temple et se hâtait, visiblement à bout de souffle, vers la place que Bob et Melchior lui avaient gardée au premier rang. Lui non plus n'avait pas besoin de se présenter à moi. Même sans le col qui ne laissait aucun doute sur son état, je le reconnaissais, le curé camisard de mon frère.

Nous nous sommes souri...

Aller l'un vers l'autre, se prendre les mains, se regarder au fond des yeux pour sceller une alliance...

Nous n'avons pas osé.

– ... et nous terminerons cette rencontre par la prière d'intercession que Notre Seigneur Jésus-Christ nous a apprise...

Il y eut un silence. Je ne quittais pas Michel des yeux.

– Mademoiselle ?... C'est à vous, mademoiselle !

La brutalité de ton du président chassa la peur hors de moi. Je les vis tous, attentifs, concernés, si nombreux que beaucoup avaient dû rester debout dans le fond ou le long des murs, et, soudain, tout fut facile.

– « Mes très chères sœurs, mes très chers frères, ce qui frappe, ce qui m'a d'abord frappé la première fois que je suis entré dans ce temple, c'est la puissante, la glorieuse odeur de cèdre qui monte de ses bancs. C'est l'odeur de Jérusalem, message aérien qui traverse le Temps et l'Espace, véhicule muet de la Parole, très saint parfum consacré au Seigneur... »

C'était le début du sermon inachevé de Johann. J'avais l'intention d'y ajouter les trois textes qu'il avait notés en marge : la rencontre d'Élie avec l'Éternel (Rois I, 19), la montagne sainte du Livre d'Ésaïe, « le loup séjournera avec l'agneau... », et le magnifique passage de Jean où Marie répand le parfum sur les pieds de Jésus et les essuie avec sa chevelure, quand Jésus répond à Judas qui aurait voulu qu'on vende ce parfum pour les pauvres : « Laisse-la. Elle a gardé ce parfum pour le jour de ma sépulture. Vous aurez toujours des pauvres avec vous, mais vous ne m'aurez pas toujours. »

Je pensais m'en tenir là.

Mais le souffle des Écritures est un vent puissant qui vous pousse où il veut.

J'ai parlé longtemps.

C'était un dialogue. D'un côté, ma voix ; de l'autre, « le son subtil d'un silence ».

Celui-là même qui fait sentir à Élie la présence de Dieu.

Brusquement, je me suis arrêtée. J'avais été entendue. Je ne me sentais plus la force de continuer.

Mais les petites étaient là.

« À Toi la gloire », « C'est un rempart que Notre Dieu ! », « Compte les bienfaits... », les cantiques défilèrent, repris sagement en chœur par l'assistance, jusqu'au moment où, tambourin à la main, Clémentine parla :

– Johann n'aurait pas voulu que ce jour soit triste ! Il nous disait toujours : Aimez la vie ! Soyez joyeuses ! Dieu n'est ni fâché, ni sinistre, et, parfois, Il a bien besoin qu'on Lui change les idées. Faites-Le rire, les petites ! Faites-Le éclater de rire ! poursuivit-elle, les yeux pleins de larmes. Il faut obéir à Johann ! Il faut obéir à Dieu ! Aussi, allons-nous vous chanter :
*Oh, happy day !*

Explosion d'énergie et d'allégresse. Elles chantaient et dansaient, les diablesses. La vieille dame bossue, le joueur de luth chantaient avec elles et, bientôt, nous chantâmes à notre tour frappant dans nos mains... *Oh ! happy day !*

Comme il aurait aimé !

\*

– Comme il aurait aimé ! me dit Michel quand nous pûmes enfin nous serrer la main à la sortie du temple. Pardon pour le retard !... Vous me voyez à la poursuite du don d'ubiquité ! C'est ma vie !

Nous nous regardions, bouleversés de nous découvrir. Réels.

Il était désolé, il devait partir dire sa messe qui avait été retardée pour l'hommage, il ne pouvait pas déjeuner aux Châtaigniers car il devait courir ensuite à Saint-Martial. Il espérait une rencontre le plus vite possible... Nous avions tant de choses à nous dire...

Déjà des groupes se dirigeaient vers l'église. Déjà les petites les suivaient, gracieuses, lui faisaient signe. Il devait les rejoindre... me quittait, courait vers elles...

— Bande de gauchistes !

Le marquis, sorti d'une ruelle, invectivait les fidèles et poursuivait son chemin en haussant les épaules.

— *Parlo soulet, lou pauro omo* *, dit Sarah en le regardant s'éloigner, toujours agité de fureur.

Les gens me saluaient, me souriaient, s'approchaient déjà de moi, arrêtés net par la voix glaciale du président.

— J'ai des reproches à vous faire, mademoiselle !

— ...?

— À vrai dire : un reproche. Où avez-vous été pêcher cette phrase dans les Rois ? Je ne me souviens plus... En tout cas, on ne la trouve ni dans Ostervald, ni dans la TOB, ni dans Segond... Vous savez : « le... la... le bruit... » ?

— « Le son subtil d'un silence » ? Si, monsieur, on trouve cette traduction en note dans la nouvelle version révisée de Segond. C'est le sens littéral. J'ai vérifié et c'est, à mon avis, beaucoup plus beau que « le bruissement d'un souffle ténu », « un son doux et subtil », ou « un murmure doux et léger », que préfèrent d'autres traducteurs.

Comme me le fit remarquer Bob quand nous nous retrouvâmes un peu plus tard tous les trois, nous bénéficiâmes à ce moment-là du « son subtil d'un

* Il parle seul, le pauvre homme.

120

silence ». Mais la dernière manche devait revenir au président quand, toujours aussi glacial, il me dit :

— Restez avec nous, mademoiselle. Assurez le culte tant que votre frère n'aura pas de remplaçant. Nous avons besoin de vous... Téléphonez-moi, je suis dans l'annuaire.

Il salua, raide comme un officier prussien, s'éloigna, se retourna brusquement, presque aimable :

— Vous aviez appris les textes de ce matin par cœur, ou vous en savez beaucoup d'autres ?

Je lui souris :

— Mettez-moi à l'épreuve, monsieur.

— Inutile, dit-il sèchement. Inutile, répéta-t-il, mais téléphonez-moi ! Vite ! Mademoiselle... Messieurs...

Cette fois il partait vraiment.

Nous le regardâmes jusqu'à ce qu'il disparaisse derrière le café du Siècle.

J'étais sonnée. K.-O. debout.

— Venez, Marie, dit Melchior. La journée n'est pas finie !

*

Une sérénité inconnue. Un apaisement tombé du ciel.

Nous nous sommes tus pendant le retour au château. Absorbée par mes pensées, je ne m'étonnais pas de leur silence, mais, au cours du déjeuner, je sentis qu'ils étaient tous deux la proie d'une violente émotion.

Après le pélardon au miel, ils ont parlé.

— Chère Marie, nous avons un aveu à vous faire...

— Et nous avons à vous montrer...

— ... quelque chose...

— ... qui vous expliquera...

— ... bien des choses !

Ils ont ri. Complices. Heureux. Troublés.

Ils se sont levés de table et sont venus me prendre chacun une main.

— Ça se passe dans la bibliothèque, a dit Bob.

— Mais, d'abord, il vous faut fermer les yeux, a dit Melchior.

J'ai obéi. Je les ai suivis, paupières closes. J'ai entendu une porte qui s'ouvrait... Ils me tenaient toujours par la main... J'avançais comme à colin-maillard.

— Préparez-vous à avoir un choc !

— Ouvrez les yeux !

J'ai ouvert les yeux.

Et je me suis vue !

\*

Un grand portrait en pied.

Peint il y a quelques siècles.

Une jeune femme. Mon âge. Ma taille. Mes yeux... Moi.

Au bas du tableau, dans une coquille dorée, le nom de la jeune femme :

*Marie Révolte.*

Et, en plus petit : *D'après la miniature de la profétesse phanatique du Mazaribal.*

À part la robe retroussée sur des bottes de cavalière et le justaucorps de coupe militaire, j'avais l'impression de me regarder dans la glace.

Ils avaient trouvé le portrait dans le grenier de la vieille Mademoiselle. On l'avait mis à l'écart avec tout ce qui était gracieux, aimable, et, à ce titre, risquait d'offenser la vertu.

Marie Révolte... Qui était-elle ?

— Le jour où nous l'avons découverte, nous l'avons trouvée si belle que nous avons remercié les dieux de ne pas avoir vécu à la même époque qu'elle !

— Parce que, celle-là, elle nous aurait posé plein de problèmes !

– La peinture, probablement une copie fin XVIII<sup>e</sup>-début XIX<sup>e</sup>, était en piteux état, visage miraculeusement intact ! et nous venions de la donner à un restaurateur de Nîmes quand vous êtes sortie des nuées pour venir à nous !

– D'où le choc !

– Et la façon peu courtoise dont nous vous avons saluée !

– Pardon pour notre grossièreté !

– Vous faisiez partie de notre vie avant même que vous ne soyez venue à nous !

– Plusieurs fois nous avons failli vous en parler !

– Surtout vous, Bob ! dit Melchior.

– C'est vrai, j'ai eu du mal à garder le silence ! Particulièrement quand vous êtes partie...

– Mais c'est tellement mieux de ne rien vous avoir dit et d'avoir pu vous la montrer !

– Elle est revenue de Nîmes hier !

Je répétais :

– Mais qui est-elle ?

Ils n'en savaient rien. Ils avaient fait des recherches. En vain.

Si, au moins, elle s'était appelée Chabalde, j'aurais été sûre de descendre d'elle.

Marie Révolte... Jamais entendu parler de cette *profétesse*...

– Nous avons autre chose à vous montrer. Regardez !

Melchior me tendait une photo. Une photo de moi. La photo prise par le moine.

– Il était au temple, ce matin. Il est parti très vite et n'a pas osé vous déranger...

Je me souvins d'une haute silhouette noire aperçue debout contre le mur du fond. Un flash dans ma mémoire.

La photo prise loin des miroirs était superbe.

Une photo de *profétesse*.

*

Ils disaient qu'il n'y avait aucun doute. J'étais de ce pays.

Et, pour fêter ma rencontre avec Marie Révolte, ils voulurent me le montrer, ce pays. Me faire survoler les terres où elle naquit.

Pour la première fois je montai dans le Tintin. S'élever au-dessus des toits, au-dessus du faîte des arbres, apprendre une autre lecture du paysage... D'abord griserie du vol ascendant, puis peur délicieuse de se trouver dans le ciel. Comme les oiseaux.

Cap sur le Mazaribal, le Pompidou, la Corniche des Cévennes... Bob s'élevait très haut quand il apercevait un troupeau de moutons pour ne pas effrayer les bêtes. Melchior me disait le nom des merveilles : la vallée Borgne, la vallée Française, le pont des Camisards. Sur l'immensité des causses, je devinais des avens et les mystères du monde noir. La faille du Bonheur, les anciennes tours de feu, le Lingas, la Luzette avec le tombeau de l'Écrivain... les bois de la Dauphine et, sous l'Aigoual souverain, le Camp de l'Éternel et le Jardin de Dieu.

Je cherchais l'invisible ligne de partage des eaux, où la goutte tombée du ciel hésite entre deux mondes. Je découvrais les rochers où se cachent les mouflons, les sources, les abîmes, les prairies, les drailles et les champs de fleurs...

Le soir même j'ai dit oui au vilain président.

*

Pour ma première rencontre avec Michel, ils ont sorti le service au papillon, celui des grandes occasions.

Bœuf en daube signé Melchior, dans la faïence des miens.

Tout de suite, Michel me demanda :

— Il paraît que vous nous restez, Marie ? Voilà une grande nouvelle ! Mais alors, que devient la Controverse ?

J'expliquai que je n'avais dit oui, en dehors des raisons affectives qui me liaient à la mémoire de Johann, que pour découvrir le côté « travaux pratiques » de mes études de théologie, et partager avec la paroisse ma connaissance de la Bible.

— Vous nous avez sidérés avec le Livre des Rois, l'autre jour ! Johann m'avait prévenu... Il me parlait souvent de votre effrayante mémoire ! Il me disait : « Chaque fois que j'ai un doute, allez ! je vais feuilleter ma sœur ! »

C'était vrai. Je me souvins d'un coup de fil en pleine nuit pour préciser les dates de l'Évangile concordant de saint Ephrem, d'une longue conversation, un dimanche, sur le grand concile d'Arles de 314...

— Il vous disait imbattable sur les donatistes et les petits prophètes, est-ce vrai ?

J'ai fait la modeste. On était bien. La daube était grandiose, le vin généreux, il y avait des flambeaux sur la table, la flamme dansante des bougies nous transformait en personnages d'un autre âge.

Je regardais Michel. Il était simple, ouvert, plein de vivacité. Plein de curiosité aussi... Mon « oui » à M. Bourgade l'avait laissé perplexe...

— Mais heureux ! s'empressa-t-il de préciser. Je suis surpris... et pas étonné !

— Pourquoi ? demanda Bob.

— Surpris parce qu'il s'agit d'une jeune femme qui a écrit une thèse *contre* l'Impénétrable Volonté ; pas étonné parce que Johann me disait : « Marie a un faible pour Jésus, et un autre faible pour Dietrich Bonhöffer *. Je fais confiance à ces deux-là pour s'occuper de la petite ! » Je cite !

On était bien.

J'ai dit :

— La frustration suprême, c'est évidemment de ne pas pouvoir poser de questions à Jésus ! Ni à Bonhöffer, du reste ! Pas de questions, pas de réponses !

Michel me regardait en plissant les paupières, comme un enfant qui prépare une farce :

— Dimanche prochain, Marie, après votre prestation autour des Écritures, vous allez pouvoir dire « Que la Paix de Notre Seigneur Jésus-Christ soit avec vous » ?

— Certainement pas ! Je l'ai précisé au président quand je lui ai donné mon accord. Je ne suis qu'une assistante culturelle. Je ne bénis, ne marie, ne baptise ni n'enterre. Je ne romps pas le pain et ne verse pas le vin de l'Alliance. Je ne tricote pas non plus pour la vente annuelle et, surtout, je ne ferai jamais de gâteau pour la kermesse ! Parce que, côté cuisine, je suis nulle et dangereuse !

* Pasteur allemand résistant, pendu par les nazis le 9 avril 1945 sur ordre spécial de Hitler.

– Ce qui n'est pas le cas de Melchior ! dit Michel. Inoubliable, la daube ! Vous y avez mis de la ventrèche ?

– Et un peu de pièce noire, ça donne du goût, du moelleux, de la souplesse...

– Et, comme ma grand-mère le faisait, un petit zeste d'orange juste après les olives dénoyautées.

Deux Chinois se filant la recette du canard laqué en dialecte mandarin ne m'auraient pas été plus impénétrables.

On était bien.

Je demandai des nouvelles de Mélanie.

Elles n'étaient pas bonnes. Elle avait fini son intérim à l'agence de voyages. Elle était sans boulot et pointait à l'ANPE. Et, surtout, elle était découragée.

Michel cessa de manger. On sentait un vrai chagrin chez cet homme créé pour aider les autres, et incapable d'aider sa sœur.

– Elle y arrivera, Michel ! lui dis-je avec conviction. Vous verrez, elle y arrivera !

Je n'osais pas lui dire : « Et un jour elle sera belle !... » mais je le pensais.

Pourquoi les traits de Michel, qui ressemblait à sa sœur, étaient-ils agréables, et pourquoi ne l'étaient-ils pas chez elle ? Je répétai : « Elle y arrivera ! » et ça le fit sourire.

– Vous parlez comme Johann, dit-il. Lui aussi croyait en l'avenir de Mélanie.

*

Il n'était pas au courant pour le portrait.

– Mon Dieu ! dit-il en le découvrant.

Son regard allait d'une Marie à l'autre.

– Incroyable..., disait-il.

Bob et Melchior étaient heureux. Ils racontaient mon arrivée, la stupeur qui leur avait fait dire « merde ! » de saisissement.

127

Michel nous regardait toujours toutes les deux...
Marie Révolte?... les Chabalde?... Chabald?...
Non, aucun de ces noms ne lui disait rien.

— Mais pourtant, vous êtes cévenol depuis bien avant le passage des légions de César! Vous savez tout de ces montagnes, curé camisard ! disait Melchior. Voyons : Chabald?...

— Chabald?... Ah oui, je me souviens... Johann recherchait ce nom sur tous les monuments aux morts de nos vallées. En vain. Et pourtant, la lecture sur le granit ne manque pas, hélas! Tous ces morts...

— Et Révolte?

— Aucune idée. Mais on va se renseigner. La ressemblance est effarante...

De nouveau tous trois me regardaient, cherchant une réponse à l'énigme. Le grain de la peau, la couleur des lèvres, les boucles de la chevelure, la taille, le sourire, les mains... Moi.

Nous restions figés devant la *profétesse phanatique* qui n'allait pas tarder à nous changer en statues de pierre ou en pourceaux, à voir son air malicieux. Je secouai mes compagnons sous le charme, et les entraînai hors de la bibliothèque pour leur montrer ma vieille mandoline.

— Pensez-vous qu'on puisse la réparer?

— Ça, c'est pour Mostafa, dit le curé.

— Mostafa?

— Vous avez dû remarquer un homme qui jouait du luth, au temple? C'est un jeune médecin marocain qui vient de s'installer au Vigan. Très musicien, il a une collection d'instruments à corde qu'il entretient et répare lui-même. Il joue souvent à l'église.

— Il est catholique?

— Non, musulman! Très pieux! Donnez-la-moi, je le vois cette semaine.

Cette semaine! La première semaine où j'allais préparer ce que je dirais au temple le dimanche.

Mais quelle idée avais-je eue de dire oui?

*

À l'épicerie, j'avais acheté un stylo-bille me garantissant une distance d'écriture de mille six cents mètres. Un kilomètre six cents. De quoi couvrir le temps de ma présence à Valdeyron. Quand l'encre serait tarie, je partirais !

— Vous m'avez fait pleurer, l'autre jour, au temple, me dit Pauline, l'épicière. Vous parlez bien ! Ma voisine sur le banc m'a dit : « On l'écouterait jusqu'au Jugement dernier ! » Elle est catholique, c'est pour ça. Et c'est vrai, moi, je me suis régalée ! Même mon mari, qui n'est pas fort sur le culte ! Il est maçon, couvreur... un sauvage... mais là, il m'a dit : « On comprend tout ce qu'elle dit ! Même quand c'est des mots qu'on comprend pas ! »... Et avec ça, qu'est-ce qu'elle veut, la demoiselle ?

En sortant de l'épicerie j'ai regardé ma montre. C'était la bonne heure pour appeler la côte est.

Mais je n'ai pas fait le numéro de Desmond. Je voulais prévenir Yoken. Lui dire que je restais en France quelque temps encore. Travaux pratiques, nouvelle expérience, curiosité intellectuelle...

Yoken est quelqu'un qui écoute, qui écoute vraiment, qui vous laisse parler, qui ne vous interrompt pas... Au téléphone, cette attention qui n'est que silence est effrayante. À la fin de mes explications, il a dit que c'était bien... Très bien... Parfait... Qu'il était content, très content ! Puis il a ajouté :

— Et Desmond ? Qu'est-ce qu'il en pense, Desmond ?

J'ai dit que j'allais le prévenir, que, de toute façon, il était très occupé...

— Très occupé ! a dit Mel Yoken avec une telle conviction que Desmond m'a semblé vivre très loin, bien au-delà de la planète Mars, dans une autre galaxie.

Ça m'a donné le désir d'entendre sa voix, de lui raconter ma rencontre avec l'autre Marie. De lui parler des racines mystérieuses qui devaient être les miennes, cachées quelque part dans le cœur noir de la montagne... de mon expérience au temple... et, surtout, de fixer le rendez-vous – même lointain – où nous nous retrouverions tous les deux.

– *Senator's Campbell office. May I help you\**?, dit une voix de femme à l'autre bout du monde.

Une voix chic, élégante, aseptisée.

Presque synthétique.

Très aimable quand je me nommai, m'expliquant que le Sénateur avait entrepris une nouvelle campagne, qu'il était actuellement à San Francisco avec le gouverneur Mc Kinley, qu'elle gérait son emploi du temps, qu'elle lui ferait part de mon appel dès que le décalage avec la côte ouest le permettrait...

– Un message particulier? a-t-elle demandé en français avec un accent de fille bien élevée.

Non. Pas de message particulier.

*No comment.*

\*

Je devais avoir parcouru le premier mètre des mille six cents promis par mon roller Hi-Tecpoint quand le téléphone sonna.

Déjà? Quelle heure pouvait-il être à San Francisco?

– Marie?... C'est papa!

Il y avait tant de chaleur dans sa voix que je redevins toute petite.

Papa.

– Tu ne donnes pas beaucoup de nouvelles, dit-il, si gentiment que je n'osai lui faire remarquer que tous

*\* Bureau du sénateur Campbell, puis-je vous aider!*

mes appels et tous mes messages étaient restés sans réponse.

– On ne t'a pas revue depuis que le pauvre Johann... Tu nous manques, ma chérie ! Régine me disait hier soir : « Pourquoi ne vient-elle pas un peu à la maison, notre Marie ? »

J'ouvrais la bouche mais aucun son n'en sortait, et le monologue de mon père n'offrait d'ailleurs aucune brèche pour des réponses. Il allait bien. Ils allaient bien. Il fallait absolument que je connaisse ses Japonais. Formidables ! Il envisageait du reste un voyage à Tokyo... Régine était enchantée à l'idée de connaître l'Empire du Soleil Levant...

– Et toi, tu vas bien, ma chérie ?

– Je...

– Il faut que je te quitte ! Régine m'attend dans la voiture, elle s'impatiente ! Tu entends le Klaxon ? Allez, chérie, je t'embrasse et ne nous laisse plus sans nouvelles ! Oui, oui, je viens !... hurla-t-il à la cantonade.

Cantonade. Parler, crier à la cantonade en s'adressant à un personnage qui est en coulisse...

*No comment.*

Je repris le roller Hi-Tecpoint et continuai la préparation de ce que je dirais le dimanche.

*Actualité des Psaumes.*

Je notai : « Surtout que ça reste amusant. »

8,2 centimètres d'écriture.

\*

Je ne sais pas si ça a été vraiment amusant, mais ils étaient tellement contents que j'ai eu peur qu'ils n'applaudissent. C'était agréable de parler dans ce temple. Odeur de cèdre, belle acoustique, élégance sobre du décor...

Congratulations à la sortie.

M. Bourgade recevait avec simplicité les compli ments qui m'étaient adressés. De là à me sourire, non !

Les petites venaient m'embrasser, rieuses.

— Elle parle bien, et, en plus, elle sent bon ! Sentez, monsieur le maire ! Elle porte *Seven* ! Embrassez-la ! Allez !...

— Je ne me permettrais pas, s'excusait le maire en me serrant la main.

Petite soixantaine, sympathique, enseignant à la retraite, bel homme.

— Vous avez vu, monsieur le maire, si on a de la chance ! disait l'épicière.

— Je suis bien d'accord, Pauline, nous avons beaucoup de chance !

— Paul a pas voulu venir, ce sauvage. Il est monté au mazet avec le petit remettre des lauzes sur le toit. Je le ferai bisquer : « Tu sais pas ce que tu as manqué ! »

Sarah rayonnait.

— C'est vrai ! disait une vieille. On l'entend bien, même moi qui suis sourde !

— Parpaillots ! Renégats !

Le marquis.

Les petites riaient, les vieux se fâchaient, le malheureux s'éloignait, proférant anathèmes et malédictions.

— Quelle tristesse ! dit le maire. Cet homme est un héros. Un vrai. Il a suivi Leclerc depuis le début. Le serment de Koufra*, il était là ! Strasbourg et le drapeau tricolore sur la cathédrale, il était là ! Et puis...

— Et puis ?

— Peines de cœur, Mademoiselle. Ça vous détruit bien un homme. Même un homme fort ! Il est devenu fou ! Il nous déteste !

---

* « Jurez de ne déposer les armes que lorsque nos couleurs, nos belles couleurs flotteront sur la cathédrale de Strasbourg ! »

– Vous voulez dire nous, les protestants ?

– Les catholiques aussi ! peut-être même davantage ! Il ne va plus à la messe, il insulte les enfants de chœur et les communiantes ! J'ai essayé d'entrer en contact avec lui, de l'aider, de l'attirer à la mairie... Rien à faire... Il meurt de rage.

Le maire soupira. Il me regarda, sourit, et, de nouveau prit ma main :

– C'est vraiment un bonheur, Mademoiselle, de vous avoir pour pasteur !

Je voulus crier que non ! Que je n'étais pas pasteur ! Qu'il ne fallait pas croire que j'allais rester ! Mais il ne m'écoutait plus. La sirène des pompiers venait de figer les gens sur le parvis du temple.

– Un malheur ? dit Sarah tremblante.

Oui, un malheur. Le mari de Pauline était tombé du toit du mazet. Il avait glissé, n'avait pu se retenir et avait fait une chute de cinq mètres. Le petit avait couru chez les voisins pour chercher du secours. Hélas, quand les pompiers arrivèrent au bout du chemin, sur la hauteur, ils ne purent que constater la mort du maçon.

*

Découverte de la vie d'un village. Du poids de la mort sur une petite communauté. Tout le monde se connaît, tout le monde ne s'aime pas, mais tout le monde est concerné par ce qui s'abat sur un de ses membres.

Où est l'indifférence de la ville ?

Ici, on pousse comme des brins d'herbe tout proches les uns des autres. Les nouvelles se répandent comme des fumées, entrent dans les maisons, franchissent la rivière, montent à l'assaut des pentes, atteignent les bergers au milieu de leurs bêtes, les vieux assis au coin du feu. Les bûcherons entendent sonner leur portable, posent leur cognée, s'essuient le front, et, voyant passer l'ombre de la mort, s'appuient au tronc de l'arbre condamné.

C'est moi qui ai appris la nouvelle aux Châtaigniers. Marguerite n'était pas encore rentrée. Elle était allée chez sa cousine pour la soutenir, faire du café, recevoir les voisines, commencer ce travail de deuil que les femmes proches de la terre accomplissent depuis la nuit des temps.

Elle remonta dans l'après-midi. Elle pleurait, et Abel pleurait de voir pleurer sa mère. Pour la première fois je vis le mari, Isaac. Silencieux. Accablé. Les hommes sont plus gauches devant la mort que les femmes. Moins familiers.

— L'ensevelissement..., dit Marguerite. L'ensevelissement, ce sera mercredi. Là-haut. Là où ils ont les tombes de la famille... Pauline a déjà tout vu avec M. Bourgade. Pas de service au temple... juste sous le cyprès, et...

Elle essuya ses yeux, me regarda, soupira profondément avant de tout lâcher :

— ... Pauline, elle demande que ce soit Mademoiselle qui dise les prières.

La foudre. Le silence.

— Parce que, Mademoiselle, elle parle bien.

Je dis doucement :

— Mais... je ne suis pas pasteur, Marguerite.

— Monsieur Bourgade non plus, il est pas pasteur ! Et pourtant, si vous dites non, c'est lui qui va le faire... mais Pauline a dit : « Même pour enterrer mon chien, j'en voudrais pas de cet homme !... Il est trop sec ! »

De nouveau le silence.

Melchior pose un bras sur mon épaule, me serre contre lui, et murmure dans mes cheveux :

— Dis-leur oui, Marie.

Puis il leur a fait signe de me laisser réfléchir.

– Plus tard, Marguerite. Tout à l'heure...

Et nous sommes restés seuls, Bob, lui et moi.

– Il faut que tu leur dises oui, ils ont trop de peine...

– Mais vous savez bien que...

– Que tu n'as pas la Foi ? Bien sûr que nous le savons ! Tu n'as pas la Foi, mais tu as du cœur, et ces pauvres gens ont besoin de toi. Ce ne sera même pas un mensonge ! Ne te conduis pas comme si l'amour du prochain était réservé aux croyants ! Ce serait terrible !

Je regardai Bob, cherchant une aide qui ne vint pas :

– Marie Révolte aurait dit oui à Pauline.

Je me débattais :

– Quand même ! Dire le Notre Père ! Dire : « Allez en paix ! » Bénir ! Ça n'a rien à voir avec la lecture des Psaumes ! J'aurais l'impression de me moquer d'eux !

– Tu en es sûre ? demanda Melchior.

Non, je n'en étais pas sûre. Je n'étais plus sûre de rien...

– Ce n'est pas vous qu'on enterre, Marie, dit Bob. C'est un pauvre maçon cévenol, qui va rejoindre ses ancêtres sous un cyprès. Si vous dites « oui », vous ne vous moquez pas d'eux. Vous les respectez. Melchior a raison, je le comprends d'autant plus que, moi, si quelqu'un, après ma mort, osait me porter en terre chrétienne, je reviendrais le hanter jusqu'à la fin des temps !

– Et puis, maintenant, tu sais que tu es des leurs ! ajouta Melchior.

Quand même.

*

Ce n'est qu'après avoir cédé que je me suis aperçue que Melchior m'avait tutoyée.

135

Dire les prières. Sensation déplaisante d'être l'imposteur... Ça me serre la gorge...

On laisse les voitures sur un à-plat inconfortable, typiquement cévenol, puis il faut monter à pied jusqu'à la sépulture où la fosse est creusée sous le cyprès.

C'est tellement beau que, l'espace d'un instant, j'en oublie ma honte.

Le cyprès est vieux, malade. Mais courageux. Quel âge a-t-il, cet arbre d'éternité ? Combien de générations se sont-elles succédé sous son long style ?

Marguerite et Sarah soutiennent Pauline qui paraît minuscule dans ses vêtements noirs.

Le fils suit, avec les hommes.

Maladroits. Gauches. Pathétiques.

Puis nous venons, nombreux malgré la pente. Silencieux. Recueillis.

Et, de nouveau, je me sens mal à l'aise. On va me démasquer, et ce ne sera que justice.

Je voudrais m'enfuir...

Nous arrivons sur la pelouse déjà ouverte. Prête. Deux ou trois tombes sont posées là, comme des lits de granit, sur l'herbe sauvage. Au fond du petit cimetière, une treille de clinton* s'orne de grains violets parmi les feuilles rouges. Un grand rapace tourne, très haut dans le ciel, comme s'il choisissait sa proie parmi nous avant de fondre sur elle. Au creux de la vallée, Valdeyron.

Et le cercueil qui nous attend, près du trou.

Pauline et ses suivantes m'ont regardée...

... et tout m'a été facile.

---

* Clinton. Cépage américain introduit dans le sud de la France – et particulièrement en Cévennes – pour lutter contre le phylloxéra à la fin du XIXe siècle.

État de grâce? Je ne me souviens de rien. Je sais seulement que les choses furent ce qu'elles devaient être.

« L'amour du prochain n'est pas réservé aux croyants... » À deux reprises je cherchai le regard de Melchior; à deux reprises ce regard m'aida à continuer, à donner tout ce que ces gens attendaient de moi et, pour la première fois depuis le jour où j'avais déchiré ma robe de communiante et proclamé que je ne croyais plus en Dieu, pour la première fois, je récitai le Notre Père.

Je me réveillai après avoir dit :

— Allez en paix !

J'avais honte de ce qui me semblait être une supercherie, et l'émotion des gens qui venaient me serrer la main, les remerciements des affligés, ne faisaient qu'accroître mon malaise.

La famille de Pauline l'entraînait. M. Bourgade avait disparu. Les gens s'en allaient...

— Ça vous ennuierait de me descendre chez moi?

Sarah s'approchait en traînant la jambe :

— J'ai mis des chaussures qui me sont devenues trop petites. Je voudrais en changer avant d'aller chez la pauvre Pauline, si ça ne vous dérange pas de me rapprocher?...

Nous sommes parties les dernières, après des manœuvres compliquées et hardies pour remettre la voiture dans le bon sens.

— Je vous admire, disait Sarah, vous conduisez comme si vous étiez d'ici ! Moi, j'ai jamais voulu... j'ai peur des précipices !

À la vitesse où nous allions, nous ne risquions pas grand-chose, mais je sentais qu'elle avait peur.

— Ma grand-mère n'est montée qu'une seule fois à Espériès, en voiture, rideaux baissés. Elle avait peur pour elle, et peur pour les chevaux ! C'était avant 14 !

Devant nous le convoi s'était arrêté. Que se passait-il ?

— Ils arrivent, murmura Sarah comme si elle annonçait les Rois Mages.

Les gens sortaient des voitures et regardaient tous vers le col de la Fageole d'où la draille dévalait droit sur nous, coupant la route en biais.

Je sortis à mon tour.

— Vous les entendez? demanda Sarah.

Bruit de fontaine?... Bourdonnement d'une ruche géante?... Rumeur invisible...

Je ne voyais rien mais, pour la première fois, j'entendais la voix d'un troupeau disant adieu à l'été. Pour la première fois j'entendais la voix d'un berger en marche, et les aboiements de son compagnon de peine. Précédés par la musique des sonnailles, ils apparurent, fleuve blond coulant vers nous, fleuve aux rives contenues par les ordres de l'homme, le travail du chien et la sagesse apprise au cours des siècles. L'oreille des prophètes avait entendu le même chant, ce chant capable d'arrêter des hommes en deuil pour laisser passer un troupeau...

— C'est Étienne, le petit-fils de Gédéon, qui les mène! C'est mon cousin! dit Sarah fièrement en le voyant ôter son chapeau et le poser sur son cœur, tout contre la petite tête de l'agnelet qu'il portait dans sa besace.

Il s'inclina devant la voiture de Pauline et, sans perdre de temps, en équipe avec le chien, organisa le franchissement de la route pour laisser vite le passage aux voitures.

— Ça fait du bien de voir ça quand on a de la peine, me dit Sarah comme je remettais le contact. Même pendant la guerre, on les a toujours vus passer.

Elle se tut jusqu'à la maison.

Moi aussi. J'aurais voulu pouvoir dire comme elle, en montrant le berger : « C'est mon cousin! », savoir le nom du chien, connaître le nom des herbes qui sauvent, et celui des étoiles.

Quand elle me proposa d'entrer, je faillis refuser mais j'eus peur de la blesser. Je la suivis.

Je remarquai qu'il n'y avait plus de cartons de livres dans l'entrée. Sarah quitta ses chaussures trop petites, soupira, puis se tourna vers moi :

— Je vous admire, pas seulement parce que vous conduisez bien, mais aussi pour ce que vous avez dit là-haut ! L'ensevelissement... Un beau culte ! Ça a plu, vous savez !

Je me vis dans le miroir du portemanteau. Avec mon imperméable mastic, j'avais l'air de Columbo au début d'une enquête. Sarah avait suivi mon regard et hochait la tête :

— Sûr que si vous aviez mis la robe de votre frère, vous auriez été plus à l'aise...

La robe de pasteur de Johann. C'était moi qui la lui avais offerte pour sa consécration. Je l'avais fait venir d'Allemagne où, paraît-il, ils font les plus belles. Je ne l'avais jamais vu la porter...

— Vous l'avez encore ?

— ...?

— Sa robe ?

— Si je l'ai ! Elle est suspendue dans l'armoire, là où il l'a rangée lui-même. Je n'y ai pas touché depuis...

— Je peux la voir ?

— Bien sûr ! Suivez-moi.

Je l'ai suivie dans une petite pièce derrière le bureau. Elle ouvrit une penderie, vide, à part la longue robe noire à rabat blanc — les Tables de la Loi — suspendue là, toute seule.

— Il avait de l'allure avec !

Sarah tendait la main, soulevait le cintre, rapprochait la robe pour que je la voie mieux, tapotait les Tables de la Loi... Bruit de papier...

Nous nous sommes regardées. Elle a glissé la main dans la robe, là où il y a une poche intérieure invisible. Elle en a sorti une lettre... Après avoir regardé ce qui était écrit sur l'enveloppe, elle me l'a tendue. Elle tremblait... Moi aussi...

J'ai lu :

Mademoiselle Marie de Walheim
Chabald et Bader
13, rue des Orangers
67000 <u>Strasbourg</u>

*

J'étais allée m'asseoir à son bureau, la lettre à la main.

J'étais allée m'asseoir là où il avait écrit cette lettre, devant la grosse clef, la belle arme d'archange, la pauvre clef qui allait être frappée d'inertie par sa mort si proche.

La fenêtre était ouverte sur le jardin de curé. On entendait la rivière. Jamais elle n'avait eu la voix si douce.

J'ai ouvert la lettre avec le coupe-papier de Johann.

*22 août 2000*

*Chère Marie,*

*Cette lettre, je l'ai écrite vingt fois dans ma tête... en roulant de Strasbourg à Valdeyron, en retrouvant le presbytère, en m'asseyant devant mon bureau... Mais justement, à peine assis, ce que j'ai trouvé sur mon bureau m'a empêché de faire autre chose que mon devoir de pasteur, et la lettre est restée dans ma tête, ce dont je te prie de m'excuser.*

*Je voulais te dire à quel point j'avais été heureux de te revoir ! Et de découvrir Desmond ! J'étais plein d'inquiétude avant de le rencontrer... Oui, je te dis tout : je bénis la chance d'être ton frère, je remercie Dieu de ne pas être ton amoureux, car, te connaissant comme je te connais, ma Marie, ce ne doit pas être facile de t'aimer. Non pas que tu sois frivole, légère ou inconstante. Tu es tout le contraire ! Derrière ton sourire et ta grâce se cachent une rigueur et une honnêteté dont tu es bien souvent la victime, et, pardonne-moi, une exigence que peu d'êtres sont capables de combler.*

*Je crois que Desmond est de ceux-là... Mais n'oublie jamais que, tout champion athlétique qu'il soit, il est beaucoup plus fragile que toi. On a parlé longtemps tous les deux le soir où tu t'es couchée de bonne heure. Parlé de toi. Il t'aime. Parlé de la Controverse... qui le désole. Je me suis permis de le rassurer. Je lui ai dit que j'avais confiance. Qu'un jour tu retrouverais la Foi.*

*Ah ! Ah ! tu dois être furieuse contre moi en lisant ces lignes ! Mais tu sais que moi aussi je suis rigoureux, honnête et exigeant. La mort de ta mère t'a jetée hors de l'espérance, le Grand Scénariste trouvera le moyen de te ramener à Lui... Loin de moi l'outrecuidance de discuter Sa stratégie. Lui seul connaît le Jour et l'Heure, mais, parfois, je trouve qu'Il prend Son temps ! Il ne se rend pas toujours compte que le nôtre est compté !*

*Je t'embrasse, chère furieuse. Amitiés à Desmond. Merci pour les moments heureux de Strasbourg et, surtout, ne sois pas fâchée contre moi !*

JOHANN.

*P.-S. Je suis impatient !*


Combien de temps suis-je restée immobile devant la lettre ? Je ne sais pas... Je ne saurai jamais.

Je n'étais pas seule, Johann était là, saint Augustin venu de Milan tout exprès, saint Paul qui se relevait à peine de son hypothétique chute de cheval, Claudel qui sortait de derrière son pilier, Frossard qui nous faisait rire en disant : « J'ai été aussi surpris de me voir catholique à la sortie de cette chapelle que je l'eusse été à me voir girafe à la sortie d'un zoo ! », et Didier Decoin, pour qui la révélation aura toujours une odeur de chlorophylle puisque Dieu s'est révélé à lui alors qu'il se brossait les dents.

Pour moi, la Révélation est entrée par la fenêtre ouverte, comme une prise de possession mythologique, n'épargnant aucun sens, me remplissant à ras bord comme un vase consacré.

Le Jour et l'Heure.

C'était là, dans le bruit de la rivière, l'odeur de la montagne, la couleur du temps avec, premier et unique témoin de ma métamorphose, debout, les antérieurs posés sur le rebord de la fenêtre, Radieuse, qui me regardait. Comprenant tout de cette Pâque, sans besoin de légende, sans besoin de sous-titre, dans la seule symphonie du Désert retrouvé.

Sagesse de Sarah. Silence de Sarah. Mystérieux accord de Sarah au mystère lui-même. Elle n'a rien demandé, elle n'a pas posé de questions quand elle m'a trouvée sur le lit. Comme un œuf. Revenue en position fœtale, enroulée autour de la lettre, autour de la nouvelle qui venait de me frapper. Autour de moi. Un œuf. Cœur qui cogne contre la coquille. Regard tourné vers l'intérieur. Besoin de sombrer dans un sommeil anesthésiant. Douceur de la couverture qu'elle pose sur moi...

Au réveil, j'avais de nouveau des bras et des jambes et je m'étirais sur le lit. Lit d'acajou. Lit bateau. XIX$^e$ siècle.

J'étais muette, mais ma pensée défilait en accéléré dans un inventaire implacable.

Je savais.

J'étais prête.

*

Sarah aussi était prête.

Quand elle a entendu que je bougeais, elle est revenue vers moi. Elle tenait à bout de bras la robe de pasteur.

– J'ai profité que vous dormiez... J'ai juste faufilé l'ourlet... mais je pense qu'elle vous ira... Essayez-la !

Je me débattais entre fou rire, larmes et émerveillement.

– Mais... Sarah !...

– Juste pour voir... comme ça je pourrai la finir ! Allez !

J'ai obéi.

Juste pour voir.

Puis je me suis sauvée.

Il fallait que je parle à Desmond.

Tout de suite.

Je haïssais les touches, les écrans, les portables, les cellulaires, les satellites, les ordinateurs, tous ces robots annonciateurs par lesquels il me fallait passer pour lui dire je t'aime et je crois.

Essayez un peu les stances de Polyeucte en e-mail !

« Saintes douceurs du ciel, adorables idées ! »

Essayez un peu de confesser votre Foi par SMS !

*« Jeu voua jeu kroa jeu sui d zabuze. »*

Ingrat.

Comme les messages que m'envoyait Desmond en franglais lyophilisé :

« *I lov' toi.* »

Aucune envie, non plus, de passer par la fille très chic du *senator's office.*

C'est pourtant elle qui m'a mise tout de suite en connexion avec lui. Si vite que je ne savais plus que dire... Desmond. J'avais besoin d'être dans ses bras, de sa chaleur, de son odeur, de cacher ma tête contre sa poitrine pour cet immense aveu...

Alors je lui ai lu un passage de la lettre de Johann, celui où ils avaient parlé de moi tous les deux, celui où il me disait :

*Il t'aime. Parlé de la Controverse... qui le désole. Je me suis permis de le rassurer. Je lui ai dit que j'avais confiance. Qu'un jour tu retrouverais la Foi.*

Là, j'ai éclaté en sanglots. Desmond a tout compris, et il a crié depuis les rives du Pacifique :

– J'arrive !

\*

Je n'ai pas raconté ma métamorphose aux Châ-taigniers. J'ai simplement dit : « Desmond arrive ! » et c'était suffisant pour expliquer ma joie et cette envie soudaine que j'avais de galoper dans le vent.

– Ça tombe bien ! dit Bob, je voulais justement sor-tir les chevaux. On ne les fait pas assez travailler ! Demain matin on prendra le van et on montera Mistra-lou et Régordane sur le Causse. Il faut que je voie Teu-lon à l'aérodrome, il veut me montrer son nouveau hangar ; pendant que je serai avec lui, vous pourrez vous échapper avec Mistralou et, plus tard, je vous rejoindrai avec Régordane qui est un tout petit peu plus capricieuse et imprévisible.

Le camargue, lui, était brave et docile. Je n'eus pas à le solliciter longtemps. J'avais l'impression de voler. Nous avions quitté Bob devant une pierre levée sur la pelouse rase et sèche du Causse. Il partit avec la jument vers l'aérodrome, Mistralou et moi nous allâmes « droit devant, pas de problèmes, vous ne pouvez pas vous perdre !... Et, d'ailleurs, vous avez la carte et le portable ! »

Je devais quand même y arriver, à me perdre ! J'étais trop excitée, trop heureuse, et trop de choses essentielles se bousculaient dans ma tête.

Mistralou poussa soudain un hennissement, et d'autres hennissements lui répondirent. Sauvages. Et je les vis !

Les Prjevalski.

Les merveilleux chevaux préhistoriques qu'un chromosome supplémentaire empêchera toujours d'obéir à l'homme.

Ils étaient tout proches de nous, derrière une clôture qui protégeait à la fois ceux qui étaient dedans et nous qui étions dehors. Ils galopaient en harde, montrant les dents, ruant, insultant mon cheval, mon Mistralou très fier, et sauvage soudain, qui leur disait que lui aussi venait de la préhistoire, qu'il était sorti de la mer originelle au matin de la vie, qu'il en avait gardé le pied marin et le sens des fonds, fût-ce à la surface même de la Terre.

Puis nos routes se séparèrent et les diables hirsutes aux yeux bridés s'en allèrent ruer plus loin, tandis que je découvrais la beauté sans limites du paysage.

La Lune.

Au début de la course, nous avions traversé une solitude où la présence de l'homme se sentait encore. Maintenant, dans cette immensité, il n'y avait plus que la présence du Créateur.

Je retins le cheval et lui parlai. J'avais besoin de partager mon bonheur avec un être vivant.

– Regarde, cheval ! lui disais-je. Regarde la beauté du monde ! Vois ces nuages, ces précipices, ces rochers ! Vois cette vallée si verte, au pied de cet océan de pierre ! Et, là-bas, regarde et salue ! C'est l'Aigoual !

Alors, j'ai sorti mon portable. J'ai appelé Yoken sur qui le jour se levait en Amérique, et je lui ai dit de ne plus envisager la publication de la Controverse.

*

C'est après que j'ai dû me perdre.

Bienheureuse erreur qui me mena au fantôme de ce qui avait été un village.

Rien que des ruines, des pierres écroulées, éparses... L'ortie poussait, superbe, derrière les portes béantes. La ronce croissait là où on avait partagé le pain, là où on avait levé son verre à la vie, là où on avait dormi, aimé, poussé son premier cri ou rendu son dernier soupir.

Plus rien.

Pas une seule façade ne restait entière... Ah si ! De loin je vis une maison plus belle que les autres qui était encore debout. Je poussai le cheval vers elle. Hélas, elle n'était qu'un leurre de pierre ouvrant sur le néant.

Quel était ce village ? Quel était son nom ? Quel cataclysme l'avait rayé de la carte ? Quel feu du ciel l'avait noirci à jamais ?

Mistralou avançait doucement, comme s'il avait senti la misère des lieux. Nous débouchâmes sur ce qui avait dû être une place... et là, nous trouvâmes le seul monument qui était resté debout.

Le Monument aux Morts.

Je descendis de cheval et m'approchai de la stèle de granit où tant de noms étaient inscrits que le village fantôme aurait pu avoir été une métropole.

Pourtant, la liste ne concernait que la guerre de 14-18.

Comment tant de sang avait-il pu couler de si peu de foyers ?

Arnal, Bourély, Aldebert, Creissen... Parfois le même nom se répétait, avec des prénoms différents. Les fils d'un même père, d'une même mère...

Abel Boucoiran. Étienne Boucoiran. Paul Boucoiran. Marc Boucoiran. Luc Boucoiran...

Le cheval avait penché sa longue tête blanche, cils baissés, l'air recueilli, immobile, un sabot antérieur replié, il semblait observer une minute de silence à la mémoire des disparus :

Salomon Pialot, David Mercoiret...

Je poussai un cri.

Lieutenant Antoine de Chabalde.

*

J'ai longtemps cherché sa tombe parmi celles du cimetière envahi par les herbes folles. Je grattais les mousses et les lichens sur les dalles. Je relevais des plaques de granit éclatées... mais je n'ai pas trouvé la sépulture de celui qui portait le même nom que l'arrière-grand-mère Anaïs de maman.

*

Une vraie fête, le soir, dans la cuisine des Châtaigniers.

Foie gras d'Alsace, jambonneau, fromage blanc, pommes de terre à l'huile, tarte aux quetsches...

Une vraie fête mais une fête grave en ce jour où j'avais retrouvé le fil fragile qui me reliait au passé au moment même où l'avenir se précisait devant moi.

Ils savaient tout. Ils savaient déjà que Desmond allait revenir. Me chercher. M'emmener loin. Très loin. Pour toujours.

147

Ils savaient aussi que, pour la première fois, j'avais rencontré un Chabalde.

Le lieutenant Antoine de Chabalde, mort pour la France en 1917. Avait-il un lien de parenté avec la *profétesse*? Avec moi? Pourquoi n'avais-je pas trouvé sa tombe?

— Son corps a dû rester sur un champ de bataille, dit Melchior. Mais on va se renseigner, maintenant qu'on sait qu'il a existé.

Je pensais au pauvre village, avec ses pierres noircies et son terrible monument...

— C'est Fabret, dit Bob. Brûlé par représailles pendant le repli des Allemands. Il y a un monument un peu plus bas, là où eut lieu un combat terrible. C'était l'extrême fin des maquis...

— Le jour même, une petite fille était arrivée, hors d'haleine et les pieds en sang, au temple d'Espériès pour avertir qu'elle avait vu la colonne de blindés rouler vers Fabret...

— ... plutôt *senti* que *vu*...

— Oui, senti, vous avez raison! La petite fille s'appelait Esther...

— ... et elle est devenue Esther Mazel.

— La dame de *Seven*!

— Le parfum que vous portez!

Parfum héritage, chargé d'Histoire...

J'avais huit ans, Johann en avait dix quand maman nous avait dit:

— Je vous emmène à l'Institut de Beauté *EM*. Il y a quelque chose que je veux vous montrer, mes chéris.

C'était l'immense photo de Marion, la mère d'Esther, morte à Ravensbrück.

— Elle a été déportée comme vos grands-pères... mais elle a eu moins de chance. Elle n'est jamais revenue.

Nous avions regardé la ravissante jeune femme qui semblait nous dire: « Comme la vie va être belle! » Une dame parfumée et très élégante nous avait expli-

148

qué que, dans le monde entier, Marion souriait ainsi dans les boutiques et les instituts marqués du sigle *EM.*

— Si vous visitez, à Valdeyron, l'usine où l'on fabrique les « soupes de mémé », vous retrouverez le sourire de Marion dans le hall d'entrée, dit Melchior qui ajouta : Mais j'oublie que vous allez nous quitter !

J'ai dit que Desmond n'était pas encore là, qu'ils risquaient de m'avoir quelques jours de plus sur le dos. Ils ont applaudi. Bob a versé du Tokay dans mon verre, j'ai rassemblé mon courage et j'ai dit :

— Je crois en Dieu.

Après toutes mes déclarations d'esprit libre, je m'attendais à un éclat de rire, à des haussements d'épaule, à des questions, à un débat...

Rien. Le silence. Ils me regardaient.

— Desmond le sait ? demanda Melchior au bout d'un long moment.

Je fis signe que oui, et parvins à articuler :

— C'est pour ça qu'il arrive...

— Alors, maintenant, plus rien ne vous sépare ! dit Bob.

Plus rien. Que des milliers de kilomètres et le temps de les franchir.

— C'est magnifique, dit Melchior.

— C'est Eleanor qui doit être contente !

— Eleanor ?...

J'avais réagi avec une telle violence qu'ils se mirent à rire. Et moi aussi.

Je précisai :

— Si je crois en Dieu, ce n'est pas pour plaire à Eleanor ! Je n'ai jamais dit : « Dieu d'Eleanor, si Tu me donnes son fils, je me ferai chrétienne ! » Ce n'est pas elle que j'épouse, et je n'ai pas du tout l'intention d'être obéissante !

— On vous fait confiance !

Brusquement, je leur tendis la main à tous les deux. J'avais besoin de les toucher, de leur dire que je les aimais, que jamais je ne les oublierais...

Eux aussi semblaient émus. Eux aussi serraient fort la main qui avait saisi les leurs. Quelque chose d'ineffaçable circulait entre nous...

— Marie, dit doucement Melchior, vous êtes l'enfant que nous avons eu ensemble, Bob et moi.

— Vous m'avez dit « tu » l'autre jour, murmurai-je, encore plus doucement.

— Tu veux que je continue ?

Je fis signe que oui, et il déposa un baiser sur ma main. Bob, lui, semblait perdu dans ses pensées. Il demanda :

— Et ça arrive comment ?

— ...?

— La Foi ? La... Révélation ?

— Mais... je ne sais pas !

— Enfin, Marie, tu dois bien te souvenir ! Mon Dieu, ça me fait drôle de vous tutoyer !... Tu dois bien savoir !

Oui... Non !... Peut-être... La voix de détresse d'une clef de 496 grammes, la mort d'un maçon... un cyprès malade... quelques grains de clinton... le passage d'un troupeau avec son berger et son chien...

Et, surtout, la lettre d'un frère perdu.

Beaucoup de douleur et beaucoup de chance.

*

Il m'avait dit :

— Je te préviendrai !

Mais je connaissais Desmond et son goût des surprises.

Il m'avait dit :

— J'arrive !...

Alors je l'attendais, mes valises prêtes à être bouclées. Sans impatience puisque je savais qu'il allait venir.

Deux jours plus tard, descendue chez Sarah pour l'embrasser, je l'aidais à ranger les pots des confitures qu'elle avait faites, depuis les premières fraises jusqu'aux dernières châtaignes, en prévision des cadeaux de Noël aux indigents, quand elle poussa un cri en découvrant la voiture qui venait de s'arrêter devant le presbytère :

– Mon Dieu! la belle voiture!... J'en ai jamais vu de comme ça! Regardez, ma jolie!

Mais la jolie avait fui, le cœur battant, se regarder dans la glace pour voir si elle l'était vraiment, jolie, avant de se jeter dans les bras de l'amour.

J'étais pleine de larmes de bonheur...

La porte s'ouvrit... et Eleanor entra.

*

D'abord, je crus qu'elle le précédait, qu'il la suivait, qu'il allait nous rejoindre, qu'il allait me serrer contre lui...

Bien sûr, j'aurais préféré qu'il soit seul, mais on ne sort pas un *Gulfstream III* aussi facilement qu'une bicyclette, et on ne pouvait pas en vouloir à sa mère de profiter de son propre *jet* puisqu'il nous permettait de nous retrouver plus vite que cela n'est permis au commun des mortels.

Elle m'embrassa pour la première fois de sa vie. Elle était radieuse. Elle salua d'un bref mouvement de menton Sarah qui regardait avec admiration cette belle femme, drapée de cachemire marron glacé, tenue parfaite pour visiter les peuplades d'aborigènes que l'on trouve encore au sud du territoire des Arvernes.

Je demandai :

– Desmond?

– Desmond est à Washington, mon enfant!

Bêtement, dans ma tête, je répétais sans relâche : « Grouchy, c'était Blücher! »

Eleanor regardait avec curiosité les pots alignés sur une table que Sarah avait installée dans l'entrée.

« Grouchy, c'était Blücher !... »

— Pouvons-nous parler quelque part ?

Bien sûr ! Je m'excusai et la fis entrer dans le bureau.

— Quelle clef superbe ! dit-elle en voyant l'arme d'archange posée sur la table.

— La clef du temple...

— Justement, nous y voici. Desmond m'a tout dit ! Je n'ai pas été surprise ! Je m'y attendais depuis notre première rencontre, je *vous* attendais ! Et les choses, par la grâce de Dieu, arrivent *at the right time* ! Il n'y a pas d'expression équivalente en français...

Sarah frappait à la porte :

— Un café, un thé, un chocolat vous ferait plaisir ?

— Un verre d'eau de source ! dit Eleanor sans la regarder.

Sarah sortit, pensive.

— Où en étais-je ? Ah oui ! Êtes-vous au courant pour Desmond ?

Je fis non de la tête, terrifiée à l'idée qu'il puisse être malade.

— Desmond est à Washington car, d'un instant à l'autre, il risque de rencontrer le Président...

— Le Président ?... demandai-je bêtement.

— Le Président des États-Unis, mon chou ! La tournée avec le Gouverneur Mc Kinley a été un succès fantastique pour Desmond, il est question de lui...

Sarah frappait, entrait avec deux verres, une cruche d'eau et des biscuits.

Eleanor s'était interrompue, attendait la sortie de Sarah pour reprendre son récit, un ton plus bas :

— ... il est question de lui pour...

Elle regarda autour d'elle, cherchant des micros éventuels, et se pencha vers moi :

— ... pas tout de suite, bien sûr, mais quand même assez rapidement d'un poste très... responsable à la Maison-Blanche. Et c'est là que vous entrez en scène !

— Moi ?

— Votre... conversion ! Oui, on peut appeler ça une conversion ! Votre conversion va servir Desmond !

— ...?

— Dans huit jours exactement, il y a la grande émission du révérend Le Sage, sur *True Faith TV*, vous en serez la vedette. Il vous suffira de dire la vérité, de ne rien cacher, ni la Controverse et votre Duel avec Desmond, ni votre découverte de la vraie Foi rendant votre amour et votre union enfin possibles. Par la grâce de Dieu ! Vous êtes très belle, très brillante, vous vous exprimez dans un anglais magnifique, avec juste un léger accent qui peut émouvoir, l'audience est déjà assurée et ne pourra qu'augmenter lorsque le public saura qu'il est question de rédemption !

— De rédemption ?

— Le révérend Le Sage dit qu'il n'y a rien de plus vendeur que la notion de rédemption. C'est pour vous expliquer tout ça que je suis venue. Desmond, ne pouvant pas venir lui-même, a trouvé que c'était la meilleure solution. On ne peut pas confier une telle stratégie à un téléphone ou à un étranger à la famille. Parce que, au-delà, il y a l'avenir, l'avenir de Desmond et, si vous me le permettez, le vôtre !

Elle but une gorgée d'eau et me sourit. Puis elle se leva et me dit :

— Allons ! Nous n'avons pas beaucoup de temps, Marie ! Dans huit jours, vous serez devant les caméras et...

— Non.

— Non ? Comment, non ?

— Je ne serai pas devant les caméras, et je ne viens pas avec vous, madame.

Elle se rassit :

— Vous êtes folle ! Vous n'aimez plus Desmond ?

— Si !

– Alors ?

– Je ne veux pas faire le singe devant des millions de gens !

– Mais toutes les semaines des gens se battent pour paraître dans l'émission du révérend Le Sage !...

– Pas moi.

– Vous vous rendez compte de ce que vous faites à Desmond ? Vous n'avez peut-être pas compris ce que vous pouvez construire tous les deux ?

De nouveau elle regarda autour d'elle et baissa la voix :

– Un jour, Desmond sera Président... devenir la First Lady mérite bien un petit effort ! Venez à l'émission, Marie !

– Non.

– Mais pourquoi ?

– Parce que j'ai la Foi.

– Vous savez que vous m'insultez ? Vous avez l'air de prétendre que je ne l'ai pas !

– Loin de moi cette idée, madame.

Et c'était vrai. J'étais inébranlable, mais je ne ressentais que du chagrin. Quel était le rôle de Desmond, quelle était sa responsabilité dans cette mascarade ?

*N'oublie pas qu'il est beaucoup plus fragile que toi*, disait la voix de Johann à mon oreille.

Pauvre Desmond ! Pauvre petit garçon obéissant à sa maman...

Eleanor s'était levée, finissait son verre d'eau, me regardait :

– Je n'insiste pas ?

Je fis non de la tête et la suivis dans l'entrée.

Sarah s'avançait, tenant un pot de confiture enveloppé dans du papier journal.

– J'ai vu que vous regardiez mes confitures, madame... Vous êtes une amie de Marie et je vous donne un pot de châtaignes avec plaisir. Vous verrez, vous vous régalerez !

Eleanor, stupéfaite, remercia, me dit « adieu », et s'en alla vers sa Rolls de grande remise et le chauffeur assorti, avec, à la main, un pot de confiture de châtaignes entouré d'une page d'un vieux *Midi Libre*.

*

La visite d'Eleanor m'avait bouleversée. Moins d'une heure plus tard, le coup de fil de Desmond m'acheva.

– Qu'est-ce que tu as osé dire à ma mère ?

– ... ?

– Elle traverse la moitié de la planète pour venir te chercher, et tu l'insultes !

– Moi ?

– Tu lui as dit que, toi, tu avais la Foi ! Comme si elle, ne l'avait pas !

– Non, je n'ai pas dit que, moi, j'avais la Foi. J'ai dit que j'avais la Foi !

– C'est la même chose.

– Non !

– Et tu n'as pas voulu la suivre ! Et tu as refusé de faire l'émission du révé...

– La grâce descend sur moi, et elle me propose de passer au maquillage pour un show !

– Un show que toute l'Amérique regarde ! *And, please, don't say « elle » when you talk about my mother \*!*

J'ai pris une grande respiration et j'ai dit :

– Desmond, tu m'as dit « j'arrive ! », et tu m'as envoyé ta mère !

– *I'm Senator, I'm in Washington and my duty \*\*...*

– Tu aurais pu me prévenir !

---

\* Et, s'il te plaît, ne dis pas « elle » quand tu parles de ma mère !
\*\* Je suis sénateur, je suis à Washington et mon devoir...

— Tu sais ce que ça coûte un vol en *jet* pour la France ?

Non. Je ne savais pas. Et je n'avais pas envie de savoir de combien j'étais redevable à la reine du gratte-cul. J'avais besoin que son fils me dise « je t'aime ». J'avais besoin d'être seule avec lui. J'avais besoin de lui !

— Écoute-moi bien, Marie ! Si tu veux faire ta vie avec moi, respecte ma mère !

J'ai dit :

— Quand j'aurai fait ma vie avec toi, est-ce que nous dormirons dans sa chambre ?

Fin de la communication.

*

Ce matin, il a neigé sur l'Aigoual.

C'est ce qu'a dit la radio.

Nous, dans la vallée, nous ne savons rien. Nous ne voyons rien. Le jour ne s'est pas levé.

Je fais connaissance avec une autre forme de brouillard. Le brouillard de novembre, brouillard-fumée, brouillard-sortilège qui dissout le paysage, les gens, les bêtes, déforme les bruits et se glisse dans les maisons qui n'ont pas su se défendre.

Rien à voir avec les nuées blanches de ma rencontre avec Tamerlan. Rien à voir avec les profondes ténèbres de mon arrivée chez le moine du Désert.

« Nous entrons dans l'hiver », a dit Sarah. Sarah, invisible à deux mètres de moi, dans le jardin de curé disparu lui aussi.

Comme la route, comme la rivière, comme le pont, comme les sentiers, comme la montagne.

Tout a disparu.

Mais moi, je suis là !

\*

Il va rappeler... il va rappeler...

Longtemps j'avais regardé mon téléphone, guettant la bouche de l'oracle...

Mais la bouche était restée muette.

Alors j'avais pris ma petite voiture rouge et j'étais allée trouver le pasteur Poujol à Montpellier.

Les cours n'avaient pas encore repris à la faculté de théologie protestante, le pasteur me reçut chez lui, dans une cathédrale de livres, au milieu de murs de manuscrits, dans un désordre érudit défendu par une armée de Bibles. Segond, Osterwald, Tob, Olivetan, David Martin, Vulgate, Bibles de Tours, de Jérusalem... Je les connaissais. Je les reconnaissais toutes, et d'elles j'attendais le secours.

Le pasteur me reçut courtoisement, chaleureusement même. Évidemment, il ne s'attendait pas à ce que je lui dise, à peine assise :

– Je veux être pasteur, monsieur le Pasteur !

Il regardait avec stupeur, de la tête aux pieds, la fille assise devant lui. Le dehors ne correspondait pas à la demande formulée. Il dut me croire folle.

Je lui tendis mon C.V.

Et j'attendis.

*

Un chat tigré dormait entre la Bible de Jérusalem et *La Cité de Dieu*. Le bruit des feuilles de mes diplômes tournées par le pasteur le réveilla. Il me regarda, bâilla avec un joli mouvement de moustaches, sortit de son refuge, s'étira et, depuis le bureau, sauta sur mes genoux.

– Grande marque de considération! me dit son maître. Erasme est un sauvage! On croirait qu'il a lu ce que je tiens entre les mains! Impressionnant, mademoiselle!... Strasbourg, Genève, Heidelberg, *Divinity School*... Quel cursus! Mais votre frère ne m'avait pas dit que vous vous destiniez à l'Église.

– Il ne l'a jamais su... Je n'avais ni la Foi... ni la grâce...

Je me tus. Dans le silence soudain, on n'entendait que les ronronnements d'Erasme. Le pasteur me regarda :

– Et... il s'est passé quelque chose?

Je fis oui de la tête.

– Loué soit Dieu!

Oui, loué soit Dieu!

J'étais bien avec ce chat qui m'avait élue, ce vieux monsieur ému par l'aveu que je venais de lui faire.

– Tout ça me paraît lumineux, dit-il en me souriant. À partir de cet instant, nous vous considérons comme postulant! Au bout de deux ans, si vous n'avez pas changé d'avis, vous serez pasteur en titre.

Erasme ronronnait de plus en plus fort. Je l'embrassai entre les deux oreilles, le posai doucement sur le sol et tendis la main à son maître.

– Vous êtes déjà très appréciée à Valdeyron, me dit-il en me raccompagnant. Le Conseil presbytéral va être enchanté de la nouvelle!

– Même le président?

Ma question le fit rire.

— Même le président! dit-il. Il vous estime beaucoup!

— Ça ne saute pas aux yeux!

— Le cher Bourgade, c'est la sévérité huguenote poussée au paroxysme, je sais. Votre frère vous l'avait peut-être dit, il n'y a pas que des rigolos à Valdeyron! Vous allez découvrir les devoirs de la charge. Ce ne sera pas toujours facile mais, Erasme et moi, nous sommes sûrs que vous serez à la hauteur!

Avant de le quitter, je lui posai une dernière question :

— Puis-je me permettre de porter la robe? Je ne sais pas si j'en ai déjà le droit, mais ça m'aiderait beaucoup...

— Portez-la, si vous en sentez le besoin. Nous ne sommes pas au Vatican, vous n'entrez pas dans les ordres! Je vous comprends d'autant mieux que, quand j'étais postulant, j'ai autrefois fait la même demande.

Je n'ai pas osé l'embrasser.

Il a posé les mains sur mes épaules et m'a dit gravement :

— Bonne chance, cher jeune pasteur!

*

Je crois que j'ai roulé un peu vite sur la route du retour. C'est sans doute pour ça que, dans la descente du col sur Valdeyron, j'ai failli entrer dans une voiture un peu trop rapide elle aussi.

On a freiné pile et on s'est arrêtés, les carrosseries à huit centimètres l'une de l'autre.

Je suis descendue de voiture aussi vite que l'autre conducteur. J'ai dit :

— Je suis vraiment désolée!

— Et moi donc!

Pas aimable, le monsieur, beau mec mais pas aimable. Pour faire sérieux, j'ai dit :

– Je suis le pasteur de Valdeyron...

Ça ne lui a pas plu du tout. Il s'est fâché :

– Et, en plus, vous vous foutez de moi !

Un peu moins gracieuse, j'ai dit, un ton au-dessus :

– Le fait que j'ai failli vous emboutir ne vous permet pas d'être grossier, monsieur ! Je suis vraiment le pasteur de Valdeyron...

– Et moi je suis Jean-Paul II !

– Mais je vous avais tout de suite reconnu, Très Saint-Père !

– Pleine d'humour, par-dessus le marché !

– Ça aide quand on rencontre des...

– ... quand on rencontre des... des quoi ? Dites-le ! Mais dites-le !

J'ai respiré profondément et j'ai demandé :

– On fait un constat ?

– Un constat de quoi ? Vous n'avez rien, je n'ai rien ! Un constat de quoi ? de mauvaise rencontre ? Disons qu'on a eu de la chance et bonsoir !

Il a démarré le premier. Immatriculé dans le Gard... pourtant, pas l'ombre d'un accent... pas d'ici... vraiment désagréable !

Mais beau mec.

*

Je vis chez Sarah. J'habite dans la maison catholique du presbytère protestant, entre son jardin de curé et l'enclos de Radieuse.

Bob et Melchior ont essayé de me garder aux Châtaigniers, mais j'avais honte d'être leur invitée depuis si longtemps. Et puis – comme je le leur ai dit – je suis tout près et je viendrai souvent.

Ils ont tout compris... pour Desmond.

Ils ont même compris que je ne voulais pas en parler. Ils cherchent à me distraire par tous les moyens, comme si j'étais encore en vacances ! Chevaux.

Musique. Dîners... Michel nous retrouve souvent dans la cuisine où Melchior ne cesse de nous éblouir. Parfois, Mostafa se joint à nous. Le commandant des sapeurs-pompiers doit venir dès qu'il sera rentré de sa dernière mission. Au Mexique. Je ne l'ai pas encore vu car il était au Japon au moment de la mort de Johann.

– Un type formidable !

Tout le monde est d'accord.

Brice le Guillou.

Le BLG de Johann.

« *Prima !* », écrivait-il en parlant de lui.

– Oui, première classe ! dit Melchior.

J'ai hâte de le connaître.

– Vous allez sympathiser, me dit Mostafa.

Mostafa est délicat comme durent l'être ses ancêtres, à Grenade, au temps de la poésie courtoise.

Il a réparé ma mandoline et je recommence à jouer.

Il vient toujours avec son luth. Après le dîner, Bob se met au piano et je voudrais que Mélanie soit là ! Je voudrais l'entendre chanter pour nous... Nous qui n'osons plus demander de ses nouvelles à son frère. C'est trop douloureux pour lui. C'est sa petite sœur, quatorze ans de moins que lui, il l'a élevée, aimée, et il la voit souffrir... Il n'a pas envie d'en parler, et quand quelqu'un prononce le nom de Mélanie, il devient bizarre. Mais quel compagnon ! Quel « collègue », comme dit Johann dans son journal. On se voit obligatoirement tous les mois pour le partage biblique, la lecture des Évangiles entre catholiques et protestants. Mais on se voit beaucoup plus que ça. Aux Châtaigniers surtout. Et il essaye toujours de m'aider dans mon ministère qui dessert sept paroisses éparpillées dans la montagne. Lui en a neuf. Depuis que je suis postulant, j'ai accepté toute la charge. Sauf le tricot et la pâtisserie, *obviously* *. J'ai fait deux mariages et trois enterrements. Pas encore de baptême ; l'hiver,

* Évidemment.

paraît-il, on préfère attendre les beaux jours. C'est ce que m'a demandé ce gentil petit couple, les Creissent, Jacques l'apprenti menuisier, et Jeannette la jolie commise de la boulangerie Arnal. Leur petit Olivier, neuf mois, vient au temple tous les dimanches et, toujours très en forme, se fait joyeusement entendre, ainsi que d'autres bébés et bambins assidus au culte. On ne peut pas dire que leur présence aide vraiment à se concentrer, mais elle enlève le côté Bourgade sévère et coincé, Réformé de chez Réformé, que je veux éviter à tout prix. Et puis, j'ai dû moi-même beaucoup gazouiller en mon temps dans les églises du *simultaneum*. Ils m'ont demandé de baptiser Olivier dès les premiers beaux jours.

– Et on aimerait communier à cette occasion, ont-ils ajouté timidement.

Bien sûr j'ai dit oui. Ils ne se doutent pas que je n'ai encore jamais communié moi-même.

Je n'ose pas le dire à mes paroissiens, j'ai des raisons personnelles d'être rebelle à la notion de rédemption.

Comme il est difficile de trouver l'équilibre entre la sincérité et l'exhibitionnisme ! Entre la Foi et la pudeur !

Comme j'ai peur, parfois, de ne pas être telle que le Grand Scénariste attend que je sois.

Comme je tremble...

Mais, sois loué ô mon Dieu, cela ne se voit pas.

Mon apparition en robe de pasteur a eu beaucoup de succès. « Je vous l'avais dit ! », a triomphé Sarah, fière de son ourlet.

Les petites ont voulu prendre une photo de moi au milieu d'elles. Le maire m'a félicitée. C'est un paroissien fidèle, mais il n'oublie jamais la séparation de l'Église et de l'État. Il se rend aux enterrements catholiques de ses administrés et se garde scrupuleusement de favoriser ses coreligionnaires. Il me tient au courant de la vie de la commune. C'est par lui que j'ai appris l'arrivée d'une nouvelle institutrice. Panique à l'école quand le directeur la voit débarquer, le foulard sur la tête. Elle est entrée et, quand la porte a été refermée, elle a quitté le foulard !

– Des cheveux magnifiques ! me dit le maire.

Une très jolie fille, souriante, gracieuse, qui, voyant l'étonnement qu'elle suscite, a éclaté de rire.

– Je porte le foulard, a-t-elle expliqué, mais pas dans l'école de la République où je suis en sécurité comme au cœur d'une mosquée !

Les enfants l'adorent. Elle en fait ce qu'elle veut, paraît-il.

Très envie de la connaître.

Dalila.

À part ça, je travaille beaucoup, je prêche à bureaux fermés, je roule sur des routes effrayantes pour aller porter la bonne parole partout où elle est attendue. J'avance, je ne sais pas toujours vers quoi. Aussi, quand je me sens perdue, je me tourne vers le journal de Johann. Ma leçon de Code. Ou vers Sarah. Ma leçon de Conduite. Elle sait tout de tous ceux que je suis amenée à rencontrer. Elle m'a dit que, l'autre jour, en prenant sa viande chez Pierredon, elle a entendu Mme Rivière, du Conseil presbytéral, dire : « Cette petite, c'est Dieu qui nous l'envoie ! » et que tout le monde approuvait, même Pierredon qui est catholique.

– Vous plaisez à tous ! dit-elle.

Sauf à ce pauvre marquis qui n'arrête pas de nous invectiver à la sortie du temple. Nous ne nous sommes jamais trouvés face à face, mais il paraît que la vue de ma robe l'a mis hors de lui. Il parlait d'Apocalypse.

Le maire et moi, on a dû arrêter les petites qui lui fonçaient dessus. De loin, il les a traitées de « gaupes* », on se serait crus dans Molière.

* Gaupe : femme malpropre. Dictionnaire national par M. Bescherelle aîné, édition de 1873.

— Je ne suis pas en reste, m'a dit Michel, il m'a traité de « petit curé gauchiste avec son col mao et son français de bas étage » !

Je note tout parce que je ne veux rien perdre de ma marche initiatique.

Et puis, aussi, parce qu'il faut bien s'occuper et remplir les heures quand on souffre d'un chagrin d'amour.

*

Aucune nouvelle de Desmond.

*

Dimanche 10 décembre 2000.
Sainte Cène.
J'ai donné et reçu la communion.
Seul Jésus savait que c'était la première fois que je communiais.
Le pain et le vin.
*Faites ceci en mémoire de moi...*

L'autre matin je me suis trouvée nez à nez avec le marquis au milieu du petit pont bossu.

Il ne m'avait pas vue arriver, il n'avait pas préparé d'insulte, il est resté figé devant moi. Bouche ouverte. Et moi, je restais figée devant lui, le petit pont étant, comme son nom l'indique, petit.

Le marquis me regardait, pétrifié.

Ses lèvres tremblaient comme lorsqu'on vient d'éprouver une intense émotion. Un instant, j'eus peur qu'il ne fût victime d'un malaise. Je n'osai lui tendre la main...

— Merde ! fit-il avec grâce.

*

Je l'avais suivi sans poser de questions dans sa vieille maison délabrée.

Lord Carnarvon pénétrant dans l'obscurité effrayante de son premier tombeau ne dut pas éprouver un trouble plus profond que celui que j'éprouvai en entrant dans la demeure du marquis.

Je devinais sous la poussière des meubles, la saleté des vitres, la couleur fanée des tentures, l'usure des tapisseries et le ton passé des murs, je devinais que cette maison avait connu la vie, l'amour, le bonheur et des rires d'enfants, avant de sombrer dans le désespoir, comme son dernier et solitaire occupant.

Il ne m'avait pas dit un mot. Il m'avait précédée dans l'entrée, pompéien délabré, le salon, empire écroulé, et le bureau, visiblement plus habité mais plein d'un désordre pathétique dans lequel il cherchait... une clef.

— Mais où l'ai-je mise ! marmonnait-il, furieux, en soulevant des papiers et des classeurs qu'il jetait ensuite sur le sol. J'éternuai, lui aussi. Enfin, il trouva la clef plantée dans un encrier vide et ébréché, et s'approcha d'un secrétaire en loupe de noyer et bois de rose, pure merveille surnageant parmi ce naufrage.

Il ouvrit le battant de la pure merveille, actionna le déclic d'un tiroir secret, y plongea la main et en retira un objet plat et rond qui tenait dans le creux de sa paume. Puis il se retourna solennellement vers moi et me dit :

— Devinez ce qui reposait dans l'obscurité de cette cachette en vous attendant ! Devinez de qui sont les traits de ce portrait qui semble être le vôtre !...

Je répondis :

— Marie Révolte, *la profétesse phanatique*, mon ancêtre...

— Marie Révolte, qu'épousa, à la barbe du Roi et de ses valets, Fulcrand de Chabalde, mon ancêtre...

Et, me tendant la miniature, il me dit :

— Vous êtes ma parente, mademoiselle !

\*

Il savait tout de *la profétesse*. Il me disait tout. Il s'empressait, me faisait asseoir dans un voltaire défoncé, m'offrait à boire...

— Une romaine ou une mauresque ?

J'étais peu au courant de ces boissons méridionales à base de sirop d'orgeat ; j'optai pour la mauresque en pensant à Dalila que j'avais envie de connaître. Il s'affairait, allumait des lampes, les bougies d'un can-délabre, remplissait nos verres, s'installait en face de moi, me regardait, ajustait un monocle pour mieux me voir, se levait pour fouiller à nouveau dans son fatras de papiers, s'emportait et, finalement, triomphait, un document à la main.

Ce document, c'était une lettre envoyée par le seigneur Fulcrand de Chabalde à son neveu Hippolyte d'Escandieu de la Fage, pour expliquer sa fuite hors du royaume de France, avec celle que les placards de recherche de par le Roy nommaient : *Fille phanatique faisant la profétesse parmy scélérats. Serpente perni-cieuse habillée en homme.*

— Mon aïeul, ou plutôt le vôtre, mademoiselle, vou-lut la voir pour la punir. Et c'est animé des plus sévères intentions, armé d'un méreau * qu'il s'était procuré par tricherie grâce à un valet converti, à lui dévoué, c'est ainsi qu'il arriva pour entendre ladite serpente qui, ce soir-là, devait prophétiser au Mazaribal.

Il la vit, l'écouta, et comprit que ladite serpente était un ange de douceur et de paix.

— Tant de beauté et de grâce lui prirent le cœur...

Le marquis s'arrête, ému par cet amour vieux de plus de trois siècles, puis reprend son récit :

— Apprenant à quelque temps de là que la jeune fille avait été arrêtée et allait être conduite à la Tour de Constance pour y être enfermée à vie, il se rendit à Serres et l'enleva...

— Serres ?...

J'avais crié.

— ... Mais je croyais qu'elle était du Mazaribal !

— Non. On dit Marie Révolte du Mazaribal à cause de l'Assemblée. Mais elle était de Serres, près d'Anduze, où son père était un des meilleurs potiers du temps. On disait même qu'il avait un secret de faïence-

---

* Méreau : pièce de métal, indispensable pour être admis à la Sainte Cène aux Assemblées du Désert.

rie... Mon Dieu! Mademoiselle, vous vous sentez mal?

Je pleurais sans retenue, sans bruit, sans pudeur. Je pensais à maman, à Anaïs de Chabald, au lieutenant privé de sépulture de Fabret... Je pleurais en pensant aux guerres, à la bêtise des hommes, aux familles éclatées, aux archives brûlées, aux racines perdues... Je demandai :

– D'où écrivit-il cette lettre?

Le marquis ne le savait pas.

Mais, moi, je le savais.

Il l'avait écrite de ce village du Wurtemberg où il s'était réfugié avec sa jeune femme. Ce village qu'ils avaient appelé Serres en souvenir de leurs montagnes perdues. Beaucoup de religionnaires exilés, huguenots ou vaudois, avaient baptisé du nom de leur village d'origine les terres de refuge. *Grosvillars, Corres, Pinache, Pérouse...* Ils avaient gardé leurs noms français qui devinrent, hélas, de grands noms des armées et de la marine allemande, Capelle, Arnaud de la Périère, Martin Chales de Beaulieu, Von La Chevallerie...

Les Chabalde avaient perdu leur « e », ils étaient devenus les Chabald, mais ils avaient toujours refusé de porter le *von*. Ils avaient gardé leur particule française, même avant de franchir le Rhin dans l'autre sens.

Je l'ai dit au marquis. Je crus qu'il allait se mettre au garde-à-vous.

Je pleurais toujours, mais je rendais grâce. Nous étions, lui et moi, deux pièces du puzzle, deux pièces manquantes qui, se plaçant l'une près de l'autre, donnaient enfin un sens au passé.

Je pleurais toujours, je n'avais plus de Kleenex. Le marquis se leva, sortit de la pièce et revint avec un immense mouchoir de fine batiste brodé d'armoiries. Un vague parfum de violette éventé s'envola de lui quand je le déployai, grand comme une nappe pour le thé.

– La fabrique Révolte de Serres, près d'Anduze, était des plus réputées pour ses vases, sa vaisselle et ses ornements...

– Leurs descendants ont continué... notre faïencerie s'appelle la Chabald et Bader...

– Beau travail du Roi-Soleil! Déplorable sottise! gronda le marquis. Et quelle perte pour la France que la fuite de tant de compétences et de talents vers les pays du Refuge! Vous connaissez la fameuse phrase de Saint-Simon regrettant que le monarque ait écouté des voix scélérates lui représentant les protestants comme des êtres dangereux pour la paix du royaume?

Non, je ne connaissais pas la fameuse phrase. Il me la dit :

*« Le Roi avalait ce poison à longs traits. »*

Je ris. Je me mouchai. Je regardai le médaillon. C'était bien moi.

*

– Je me suis laissé dire, autrefois, qu'un grand portrait dans le goût romantique avait été peint d'après cet original. Mais je n'ai jamais pu savoir où il était.

– Il est aux Châtaigniers, il a été restauré il y a peu de temps!

– Vous l'avez vu?

– C'est en le voyant que j'ai découvert l'existence de Marie Révolte et ma ressemblance avec elle. M. Weisendorf sera heureux de vous le montrer...

Je sentais le marquis se raidir, me regarder avec méfiance.

– Comment se l'est-il procuré?

– Il l'a trouvé dans le désordre du grenier qu'avait laissé sa tante, la vieille demoiselle que son oncle épousa sur le tard...

– Mlle Campredon. Valentine Campredon, vieille fille pincée d'une famille hautaine et froide de parpail-

172

lots. Mais, ajouta-t-il en se redressant, les Campredon n'ont aucun lien de parenté avec les Chabalde ! Pas plus qu'avec les Révolte ! Je suis votre seul parent, mademoiselle, et toute cette iconographie, miniature et portrait, vous revient de droit. Faites-moi donc le plaisir d'accepter votre propre image !

Il me fit une sorte de révérence et ajouta, un ton plus bas :

— Et mes excuses pour le gros mot qui m'a échappé sur le pont...

Je demandai :

— Comment est mort le lieutenant Antoine de Chabalde ?

— Le 16 avril 1917, il est tombé, tué à l'ennemi sur le chemin des Dames. Mais comment savez-vous son nom ? s'étonna-t-il. Seriez-vous allée à Fabret ? Pauvre Antoine, dernier survivant de la famille restée en France, branche demeurée catholique, elle.

— Vous-même ?

— Mon enfant, j'ai été catholique au temps où on se devait de l'être ! Mais la messe en français, les curés en short et chemise hawaïenne, la java dans l'église, Alléluia ! tralala !... très peu pour moi ! Et vous, quelle est votre religion ? Vous êtes sans doute restés protestants après toutes ces tribulations ?

Je réalisais qu'il ne m'avait jamais vue que de loin et de dos. Je lui dis :

— Je suis le pasteur de Valdeyron, monsieur ! en espérant qu'il n'allait pas s'écrouler sur ses tapis râpés, victime d'un coup de sang.

— Le pasteur, répéta-t-il, le pasteur...

Il passa une main sur son front, me regarda fixement, comme halluciné.

— Dieu vous a ramenée à vos racines. Quel talent ! Quelle audace ! Dites-moi tout de vous, chère enfant. Êtes-vous mariée ? Non ? Très bien ! Fiancée ? Non ? Parfait ! Et vous vous appelez ?

— Marie. Marie comme elle. Marie de Walheim, monsieur.

— Appelez-moi mon cousin, Marie ! Je viendrai vous entendre au temple, je suis sûr que ça va me plaire !

Il dut lire sur mon visage que sa présence au temple ne serait peut-être pas accueillie avec enthousiasme. Il baissa la tête :

— Il faut pardonner ses écarts de langage à un vieux solitaire ! À part le facteur au moment du calendrier et les fainéants qui relèvent les compteurs, personne n'est entré dans cette maison depuis... des années. Votre présence éclaire ces ruines. Vous étiez si charmante quand vous pleuriez ! Et pas une trace de Rimmel sur le mouchoir qui essuya vos beaux yeux ! Bravo ! Mais comment êtes-vous allée à Fabret ? L'endroit est maintenant quasi inaccessible !

— J'y suis allée à cheval.

— Bien ! Nous sommes tous cavaliers dans la famille ! Et où l'avez-vous trouvé, ce cheval ?

— Aux Châtaigniers. Mes amis me l'ont prêté. Venez voir le portrait, venez les voir, ils vous plairaient !

— Des hommes qui aiment les hommes !

— Non. Deux hommes qui s'aiment !

Il eut un petit rire et me demanda :

— Vos sermons sont dans ce goût-là ?

— Je suis la première surprise par le ton de mes sermons ! Je n'en reviens pas d'être pasteur ! Vous m'auriez connue il y a deux mois, j'étais à fond contre la religion ! J'ai même écrit un texte incendiaire...

— Et puis ?

— Et puis me voilà pasteur ! Et heureuse de l'être !

— Comme j'ai envie de venir vous entendre !

— Ce doit être possible, mon cousin. À deux conditions...

— Lesquelles ?

— Un : vous ne traiterez plus de gaupes et de ribaudes les délicieuses petites de l'Esther Mazel. Bon. Deux : avant d'aller m'entendre au temple, vous irez à l'église écouter mon ami le curé !

— Le freluquet avec ses cols Mao et sa sœur si laide !

— Vous êtes méchant !

Il me regarda comme si je l'avais frappé. Je lui pris les mains. Personne n'avait dû le faire depuis... trop longtemps ! Je lui dis doucement :

— Ils sont mes amis... ils seront les vôtres ! Vous êtes seul, mon cousin ! Depuis le serment de Koufra, depuis le drapeau sur la cathédrale de Strasbourg, depuis votre retour, vous n'avez cessé de marcher seul, dans le désert. En Alsace, nous avons un proverbe : *Henter de Berge sin oj Lit* ; ça veut dire : Derrière la montagne il y a aussi des gens. Il y en a plein, à Valdeyron, des gens prêts à aimer et à être aimés.

J'avais toujours ses mains dans les miennes. Je ne le quittais pas du regard, je le sentais redevenir lentement l'homme qu'il avait dû être, l'homme qu'il aurait dû être si, comme l'avait dit monsieur le maire, les peines de cœur ne l'avaient brisé.

Il sourit, hocha la tête, et dit :

— Vous prêchez bien, belle enfant ! Vous êtes forte !

— Vous irez à la messe ?

— Rien que pour voir si le curé gauchiste est aussi fort que vous !

Je me levai pour partir.

— Déjà ! dit-il.

Je promis de revenir très vite. Si...

— Si je vais à la messe, si je demande pardon aux fillettes, si je fais une visite à vos...

— ... à mes amis des Châtaigniers !

— Vous avez quel âge, ma cousine ?

— Bientôt vingt-huit ans, et vous, mon cousin ?

— Bientôt quatre-vingt-six !

Il me retint comme j'allais franchir le seuil :

175

– Vous savez ce qui m'a frappé quand je vous ai vue venir vers moi, sur le petit pont?

– ...?

– Le maintien!

*

Comme j'aurais voulu raconter tout ça à Desmond!

*

J'ai laissé tomber les courses que je voulais faire ce matin-là afin de ne pas arriver en retard à l'École biblique. C'est la préparation au catéchisme des plus jeunes. Deux ou trois y dorment sans complexes, une seule semble s'y ennuyer vraiment, mais, avec les autres, on s'amuse beaucoup, le nez dans la Genèse ou les Évangiles.

Et puis Noël brille à l'horizon. On répète un mystère cévenol, on prépare les costumes et les guirlandes de l'arbre.... Enfin, pas moi, les dames de la Paroisse.

Moi, je leur parle des Noëls en Alsace.

### O Tannenbaum!

Je leur ai promis d'aller chercher des *beeraweka* à Strasbourg. Déjà l'année dernière Johann en avait fait venir et les leur avait distribués. Ils s'en souviennent avec des mines gourmandes.

Le plus attentif c'est David Aldebert.

Il est noir.

Noir, noir.

Il a été adopté il y a deux ans par le notaire et sa femme. Tous deux font partie du Conseil. Ils n'ont jamais pu avoir d'enfant et sont allés le chercher au Bénin. Orphelin. Seul survivant d'une famille protestante massacrée à Porto-Novo.

David est grave. On le comprend quand on sait ce qu'il a vécu. Et quand on connaît ses parents adoptifs.

176

De très braves gens, honnêtes, la crème du monde, le sel de la terre... mais plus sinistres qu'un sépulcre blanchi. Exigeants, aussi. Et David m'émeut, lui si petit, par son application, son désir de les combler, de les remercier, de leur prouver qu'ils ont eu raison de le prendre avec eux.

Aujourd'hui, il est excité, comme tous les autres enfants.

— On a une nouvelle maîtresse ! me dit-il, les yeux brillants.

Et tous se mettent à me raconter Dalila.

Qui est gentille ! Qui est jolie ! Qui gronde pas comme M. Martin qui était si sévère, avant elle ! Elle, elle les fait rire. Et elle leur a appris à jouer à « la boîte des petits bonheurs ».

— ... ?

— C'est une boîte qu'on écrit dedans quand on a un petit bonheur...

— Et même un grand !

— Ou plusieurs !

— Et, après, on les fait courir sur le mur !

— Et vous savez comment ça s'appelle, mademoiselle ?

— Une ribambelle.

Ils sont saisis que je connaisse ce mot. Plus que de savoir que je connais la Bible dans les coins.

— Et qu'est-ce qu'elle raconte, cette ribambelle ?

Ils ne me le diront pas. Pudeur. Timidité. Petits rires. On rougit. On se tourne vers le voisin. On pouffe... Bon ! il faudra que j'aille lire la ribambelle sur le mur.

Et faire la connaissance de Dalila.

Pauline lui a loué le studio-cuisinette qu'elle a au-dessus de l'épicerie. Pauline est comme les enfants de l'école, elle ne tarit pas d'éloges sur l'institutrice... que je comptais aller voir aujourd'hui, mais la rencontre avec le marquis a chamboulé mon emploi du temps et mes esprits.

Dès la fin du cours, sans regarder l'heure, je roule à tombeau ouvert vers les Châtaigniers. Je monte le perron en courant. Je les trouve à table. Hors d'haleine, je m'assieds entre eux. Je sors le médaillon et je raconte : Fulcrand de Chabalde, les poteries de Serres, le chemin des Dames... J'ai retrouvé mes racines grâce au marquis !

— Qui n'est pas marquis, mais baron, me dit Melchior après avoir examiné la couronne brodée sur le mouchoir-nappe dans lequel j'avais enveloppé la miniature.

— Tu lui as dit de venir ?

— Vous êtes fou, Bob ! Melchior hausse les épaules : Il ne viendra pas ! Il ne voudra jamais rencontrer des gens comme nous !

J'ai dit :

— Pas si sûr !

— Invitons-le à dîner ! a insisté Bob.

Il va trop vite. Il faut me laisser faire. Je le leur amènerai quand il sera mûr.

— On pourrait donner un grand dîner... un grand dîner « Marie Révolte ». Hein, Melchior ! On inviterait Michel, le maire, le marquis, le...

— Baron, pas marquis ! Baron !

— ... le baron, le commandant s'il est enfin rentré de sa mission.

— Il est rentré. Marguerite l'a su par Shéhérazade.

— Shéhérazade ?

— Oui. Le commandant des sapeurs-pompiers et le curé se partagent Shéhérazade.

— Ils font QUOI ?

— Ne rêve pas aux *Mille et Une Nuits*, Marie ! Shéhérazade est leur femme de ménage. C'est une veuve méritante et respectable, qui élève seule son petit garçon et s'occupe de celui du commandant, dont la maman a disparu.

— Elle s'occupe aussi beaucoup de la Sainte Vierge. Ce qui exaspère Michel !

– Mais pourquoi ? Il devrait être content !

– Eh bien, pas du tout ! Il t'expliquera. La pauvre Shéhérazade est atteinte de mariolâtrie aiguë.

Comme toujours, ils avaient rajouté une assiette, un verre...

J'étais leur enfant.

*

C'est peut-être cette chaleur qui émanait d'eux qui me décida à aller voir mon père avant Noël.

J'avais beaucoup de raisons de le faire.

Lui dire que j'étais pasteur.

Lui dire que c'était fini avec Desmond.

Lui montrer la miniature révélatrice des origines de ma mère.

Lui souhaiter *A scheeni Wihnàchte* * !

Mais je ne voulus pas partir sans avoir fait la connaissance de Dalila et de sa ribambelle de petits bonheurs.

Double enchantement que la découverte de cette fille de mon âge et de son travail avec les petits.

Comme je suis allée jusque dans la classe, j'ai eu le privilège de voir sa chevelure. Si belle qu'on a envie de la toucher. Botticelli et Raphaël l'ont peinte, il y a des siècles, pour célébrer des anges et des déesses.

On a lu ensemble quelques « petits bonheurs » affichés sur le mur.

Le premier, celui qu'elle appelle « le péché originel d'orthographe » fait la joie des enfants :

Je fé moin de fote.

* Un joyeux Noël !

– Il est là pour qu'on mesure les progrès accomplis... et à accomplir ! a-t-elle dit en riant.

De la même main, on peut lire au-dessous :

*je fait moins de fote !*

Quand même. Quelques informations :

*J' aime . le pélordon !*

*je sé nagé !*

Et enfin :

*j' eu ai mare m'ai sa vae*

– L'avenir est à nous ! Les « fôtes » n'ont qu'à bien se tenir ! dit Dalila qui me connaît déjà par les récits de David et de ses copains de l'École biblique.

On va se voir après mon voyage à Strasbourg. Elle a promis aux enfants de venir à l'arbre de Noël du Temple pour les voir jouer leur « mystère cévenol ».

Ça m'a fait du bien de la connaître. Et je crois qu'elle était contente aussi.

Elle doit se sentir seule, parfois, dans sa petite chambre et sa cuisinette au-dessus de l'épicerie. Elle viendra dîner au presbytère à mon retour. J'expliquerai seulement à Sarah que, ce soir-là, on ne boira que de l'eau et du jus de pommes, et qu'on ne mangera ni la merveilleuse saucisse de Pierredon, ni son jambon de montagne.

180

Cette rencontre m'a mise de bonne humeur. Cette rencontre, et l'idée de toutes les surprises que j'allais faire à papa, en débarquant la troisième semaine de l'avent.

J'ai laissé ma voiture à Fréjorgue et j'ai survolé la France en pensant au choc qu'il allait avoir en me voyant débarquer.

\*

Ce fut horrible.

Au-delà de ce que j'aurais pu imaginer.

Il était dans le salon, seul, assis dans le grand fauteuil où nous grimpions sur ses genoux, quand nous étions petits, pour écouter les belles histoires.

Je suis venue tout doucement. Il ne m'a vue que lorsque je me suis trouvée devant lui. Son visage triste s'est éclairé d'une grande joie, il a souri et a dit :

— Elisabeth ! Te voilà enfin ! Mais où t'étais-tu cachée pendant tout ce temps ?

\*

Régine a sangloté sans relâche pendant mon séjour.

Pour la première fois, j'ai eu pitié d'elle. Et pourtant...

Pourquoi ne m'a-t-elle rien dit ? Depuis combien de temps papa est-il... comme ça ?

Elle pleure.

Elle ne sait plus... déjà l'hiver dernier il a eu des absences... puis il était de nouveau bien...

Elle fond en larmes.

— Il était bien quand vous êtes venus, Desmond et toi, dit-elle. Après... il a été fatigué, puis il allait mieux ! Vraiment mieux ! C'était il y a quinze jours... non, trois semaines...

Des sanglots.

Avant-hier, il ne l'a pas reconnue et, maintenant...

La voix de papa s'élève soudain, la voix ferme d'un homme qui a toute sa tête :

– Tu as vu, Régine ? Elisabeth est de retour ! Elle va rester avec nous !

\*

La santé de mon père était suffisante pour remplir mon cœur de chagrin. Mais ce voyage me réservait d'autres surprises.

Il allait falloir vendre la Chabald et Bader aux Japonais.

\*

Des dettes, de mauvais placements, des négligences, la maladie... Pauvre papa.

– Heureusement, confie Régine à M. Strich – les Strich sont les hommes d'affaires de la famille depuis des générations –, heureusement, notre petite chérie va faire un riche mariage...

J'ai crié :

– Arrêtez vos conneries !

Ça a jeté un froid.

Un froid nécessaire.

Régine a quitté la pièce en sanglotant, ce qui a rendu les échanges plus faciles entre le vieux Strich et moi.

Il m'a appris que j'avais failli être très riche. La fortune, la fabrique, la maison, tout était à ma mère. Depuis leur rencontre, en 1961, papa avait dirigé l'entreprise avec « talent, compétence et probité », dit M. Strich. Son accent rend les choses encore plus graves. Et les choses le sont, graves.

– Depuis trois ans... presque quatre, dit M. Strich, votre père, chère petite Marie, n'a plus eu... n'a pas eu... enfin, il n'avait plus la tête aux affaires !

Papa avait perdu beaucoup d'argent. Moi, j'en avais encore. Ça me donna une idée. Ne pouvais-je pas rembourser nos créanciers et éviter la vente à des étrangers ?

M. Strich a eu un petit rire triste. Il m'a dit que ma réaction ne l'étonnait pas, j'étais bien la fille d'Elisabeth Bader ! Mais, ce que j'avais en portefeuille, bien que considérable, était insuffisant pour combler le trou. On n'échapperait pas aux Japonais.

Le papillon allait s'envoler pour Tokyo et nous revenir, les yeux bridés, *made in Japan*.

– Non, dit M. Strich. M. Kasaba est un homme fin et avisé. Il tient à garder la vitrine alsacienne de Chabald et Bader. Et sa légende ! La fabrique japonaise ne sera qu'une filiale, rien ne sera changé ici, à un détail près : votre père ne sera plus le patron.

– ... et personne ne sera licencié, ajouta-t-il. Quant à votre argent...

Une seule chose m'importait.

Je voulais que mon père, conscient ou inconscient, continue à vivre dans sa belle maison, qu'il n'en soit jamais chassé, que rien ne soit changé à son train de vie. Ni à celui de mon imbécile de belle-mère.

– C'est très généreux de votre part, dit M. Strich en souriant. Je vais quand même essayer de protéger vos intérêts, *shatzeli*.

*Shatzeli*.

Depuis combien de temps n'avais-je pas entendu ce mot de tendresse ?

*Shatzeli*.

Petit trésor...

Ce mot me donna le courage de pousser la porte de la faïencerie.

Je m'attendais à trouver le père Ringenbach à la réception. Il avait toujours des bonbons dans ses poches pour les enfants. Il nous prenait par la main, *so !* et nous promenait dans la fabrique.

– Je peux vous aider ?

Une jeune femme souriante venait vers moi, aimable.

– Je cherche M. Ringenbach...

– Monsieur... qui ?

– Ringenbach.

Elle se tourna vers un homme en blouse qui passait avec un carton dans les bras.

– Ringenbach, tu connais ça, toi ?

L'homme secoua la tête, me regarda comme on regarde une étrangère, et dit :

– Non. Il a dû partir à la retraite.

– Vous désirez voir quelque chose dans notre magasin ? demanda la jeune femme.

Je remerciai et m'en allai, dépossédée de mes souvenirs... déjà pauvre.

*Shatzeli...*

J'errai à travers Strasbourg, ne sachant où aller.

À quoi bon me rendre à la faculté de théologie ? Le professeur Roth, qui fut notre maître à Johann et à moi, était mort l'année passée. Je m'arrêtai devant chez Strissel, rue des Bouchers... au dernier moment, je n'osai y entrer. Me raconter était au-dessus de mes forces, même à la belle Gabrielle qui me connaissait depuis mon premier verre de Kaefferkopf d'Ammerschwihr.

Même angoisse devant Chez Yvonne. Trop de bons moments enfuis, partagés, perdus...

Des gens chics, joyeux, des gens qui s'aimaient, entraient sous l'enseigne du Crocodile. Je pressai le pas vers la place Kléber. Surtout ne pas pousser la porte du merveilleux Crocodile ! C'était là que nous avions dîné, Desmond, Johann et moi, invités par papa.

Une soirée magnifique.

Une soirée pleine d'espérances.

J'étais arrivée devant la librairie Kléber. J'entrai. Je demandai François Wolfermann. Tout d'un coup, j'avais besoin de parler à un ami. À quelqu'un qui avait connu mon frère. Qui m'avait connue, moi. Nous avions passé des heures dans le bureau de François, un bureau tapissé de portraits d'écrivains, où les livres poussaient comme des champignons. Il m'appelait « le plus beau des anges » ou « mademoiselle Lucifer ». Ma fureur antireligieuse le faisait rire. Il allait avoir une vraie surprise...

C'est moi qui ai eu la surprise.

Il n'était pas là. Il était à Paris pour la journée. Il serait là ce soir. Y avait-il un message ? me demanda une dame convenable et obligeante.

— Dites-lui que le plus beau des anges l'embrasse.

La dame, un peu décontenancée, me regarda.

— Et vous êtes qui, vous ?

— Mademoiselle Lucifer, répondis-je.

Ça ne la fit pas rire. Ça ne me fit pas rire non plus.

Je repris mon errance. J'avais faim, j'achetai un hot-dog dégueulasse que je mangeai debout dans la rue, devant une petite cahute qui sentait l'huile rance.

C'est en me retournant que je la vis.

La belle, la grande, l'unique.

La cathédrale.

« Ne quittez jamais Strasbourg, ne revenez jamais à Strasbourg sans embrasser la cathédrale », nous disait maman.

Je l'avais oublié.

J'allais le faire.

Je marchais vers elle dans l'odeur d'épices, de vin chaud, de cire en fusion, encens de nativité répandu à ses pieds par les boutiques du marché de Noël.

Je marchais vers elle comme si je la voyais pour la première fois. Comme lorsque, petite fille, je la sup-

185

pliais de ne jamais disparaître, de ne pas s'envoler avec les cavaliers plus hauts que nos toits qui montaient la garde sur leurs chevaux, entre terre et ciel, écoutant depuis des siècles la guirlande de carillons, le cortège des cloches, la voix grave du bourdon.

Je posai mes lèvres, tendrement, sur la pierre rose d'Alsace.

Cathédrale. Certitude. Merci.

\*

Noël.

Mon premier Noël de pasteur.

Noël à Valdeyron.

Le temple est plein.

À l'odeur de Jérusalem se marient l'odeur des bougies, du sapin, l'odeur des mandarines et celle des coques poudrées de sucre.

Sans oublier les *beeraweka* promis aux enfants.

J'en ai tellement acheté qu'à Entzeim on me les a refusés en bagages à main. Les *beeraweka* ont voyagé dans la soute.

Dalila est venue, comme elle l'avait promis aux enfants.

Avec son foulard et sa longue robe ivoire, elle a l'air d'une image sainte.

Sa présence ravissante ne plaît pas à tout le monde. Ça me donne l'idée d'un sermon : « Abraham va vers lui-même chaque fois qu'il rencontre l'autre. »

Les petits sont heureux qu'elle soit là.

*Dallila et venut aux temple*

# Dallilla et jeantile

Sous l'étoile scintillante de l'arbre, elle fait connaissance avec Mostafa et son luth. Ils se serrent la main et échangent quelques mots en arabe. Mélodieux.

J'ai entendu une voix qui disait :

– On n'est plus chez soi !

Je n'ai pas été assez rapide pour voir qui avait parlé. « Abraham va vers lui-même... » Vous n'y couperez pas, les amis !

Le spectacle était merveilleux.

Le mystère cévenol, c'était le mystère des arbres. Ceux de la Bible et ceux de la montagne et des vallées. Chaque enfant était un châtaignier, un amandier, un cèdre, un figuier, un sycomore, un olivier, une vigne, et tous, groupés autour du grand sapin illuminé, chantaient la gloire de Dieu.

Au luth de Mostafa s'est mêlée, timide, ma mandoline ressuscitée.

*

Après, on a vite remis les manteaux et, dans les rires et le froid, on a couru vers l'église pour la messe.

On fait ça, nous autres, à Valdeyron.

Depuis des années. Mais ce soir, c'est le premier Noël du troisième millénaire.

Chez Michel, ça ne sent pas le cèdre, mais l'encens. On est chez les anges, toutes confessions réunies.

Dalila était avec moi.

Mostafa était là, toujours avec son luth. Et moi aussi, j'étais là, avec ma mandoline déjà un peu moins timide.

*Ave Maria...*

Shéhérazade – je l'ai enfin vue ! – essuyait des larmes devant la chapelle de la Vierge.

Gendarmes, pompiers, bergers, crèche...

Et, toujours, les filles de l'𝓔𝓜 qui, ce soir, chantent en provençal.

Joyeux Noël. Paix sur la Terre.

Je pense à papa.

*

Bob et Melchior ne sont pas venus à la messe parce que Melchior était au piano... je veux dire en cuisine, et que Bob l'assistait.

Ils m'avaient invitée à dîner avec Michel – qui sera en retard : il a une autre messe à Espériès où je fais le culte demain –, le maire et son épouse, Dalila, Mostafa et le fameux BLG que je vais enfin connaître.

Sarah était invitée mais elle a voulu rester avec Pauline. Et puis, comme elle dit :

– J'ai pas l'habitude des mondanités !

Autre invité : mon cousin, le baron Damien d'Escandieu de la Fage.

Autre refus. Courtois, mais inébranlable.

Depuis notre rencontre et ma visite dans sa tanière armoriée, on ne l'a plus revu.

Il se retranche dans le silence et l'isolement. Un de ces jours, je lui rendrai visite. Je lui parlerai de Strasbourg.

*

Une oie rôtie, bien alsacienne, avec son escorte de châtaignes cueillies derrière le château. Rien qui puisse gêner les invités musulmans.

Par contre, en attendant Michel et le commandant, nous, les infidèles, on a pas mal bu. Moi surtout.

– Merci pour les arbres du temple ! m'a dit Melchior. C'était magnifique, et, pour moi, très émouvant... Mais... *Shatzeli !* qu'est-ce que tu as ?

Ce que j'ai ?

J'ai bu un verre de plus. Un verre de trop. Je dors aux Châtaigniers ce soir, ça me rapproche du temple d'Espériès, et ça m'évitera de réveiller Sarah en pleine nuit.

Et de rouler avec un taux d'alcoolémie indigne d'une servante du Seigneur.

*

— Ah ! le voilà ! a dit Bob.

Il a fait entrer un homme dans le salon.

... et je me suis trouvée devant le beau mec pas aimable que j'avais failli... non, qui avait failli me rentrer dedans.

À vrai dire, on avait failli tous les deux.

— Marie, je te présente Brice le Guillou dont nous t'avons si souvent parlé !

Qu'est-ce qui m'a pris ?

J'ai dit :

— Mais j'ai déjà rencontré Sa Sainteté !

Et ça ne l'a pas du tout fait rire.

Il me déteste, BLG.

Il ne peut pas me voir.

Il ne m'a pas adressé la parole, pas même regardée, de toute la soirée.

Qui a été fort courte pour lui, car il a dû nous quitter avant le munster. Grave accident à Pont-d'Hérault.

Ils se sont croisés avec Michel qui arrivait d'Espériès, mort de faim.

J'ai demandé des nouvelles de Mélanie.

— Ça va très, très bien ! a dit Michel, joyeux. Elle a retrouvé du travail !

— Elle est contente ?

— Très ! Elle est vendeuse à la Foir'Fouille !

Joyeux Noël, soprano coloratur !

Adorable petit temple.
Joujou du Seigneur posé sur la montagne.
Posé aujourd'hui sur la neige toute neuve.
Elle est tombée cette nuit.
On la rencontre vers 900 mètres.
Cette blancheur sous un soleil radieux rend les gens joyeux.
Je prêche en bottes sous la robe noire.
Tout le monde veut communier.
Aurai-je assez de pain ?
Cette inquiétude m'aide.
*Il leur donna à manger le pain venu du ciel* \*.
Nous nous sommes séparés devant le temple, clignant des yeux, éblouis de lumière.
J'ai serré des mains qui sortaient de gants, de moufles, de poches. Les nez étaient rouges. On entendait des rires, des cris de gamins heureux.
Une fois de plus l'Enfant était né !

\*

Bob avait pris froid. Rien de grave, mais il préférait garder la chambre.
Nous avons mangé des restes merveilleux, Melchior et moi, seuls dans la cuisine.
– Ça te dirait de marcher un peu ?
J'ai dit oui avec enthousiasme.
– On pourrait monter depuis la combe et, si on a du courage, essayer de rejoindre la neige.
Purification. Légèreté de l'éther. Bleu du ciel...
– Mais, avant la promenade, on va porter leurs cadeaux de Noël aux chevaux.
Les cadeaux c'étaient des pommes et du kouglof rassis.

\* Jn, 6-31.

Dès qu'ils nous virent, ils trottèrent vers nous comme s'ils savaient ce que nous venions faire.

– Joyeux Noël ! Tamerlan ! Mistralou ! Regordane ! Bergère !

Bergère, c'était la petite ânesse avec sa croix sur le dos.

– Tu sais qu'elle a été élue miss Modestine * à Florac, il y a trois ans. Elle est restée très simple !

Bergère se frottait à lui, l'attrapait par une manche, faisait la coquette.

Melchior riait.

– Avant de venir ici, elle a traversé plusieurs fois les Cévennes – le parcours de Stevenson – pour accompagner des touristes. Et puis nous l'avons rencontrée et nous n'avons pu résister à ses yeux fardés et à ses longs cils...

Le poney chevelu attendait son tour, sage, bien élevé. Melchior se dégagea de la coquette et l'appela :

– David Copperfield !

Le nom me fit rire.

– David Copperfield ?

– C'est parce qu'il est british. Parle-lui anglais, il adore...

– *Good boy, David Copperfield*, dis-je en caressant la longue crinière du petit cheval. *Nice friend...*

– *Yes, nice friend, good boy !* murmura Melchior, qui ajouta doucement :

– C'est un cadeau que m'a fait une femme...

– ... oyeu... nel...

Abel nous avait rejoints. Un grand sourire et l'air tellement heureux qu'on avait honte d'avoir des soucis et d'y penser.

– Joyeux Noël, Abel ! dis-je en lui prenant la main.

---

* Modestine, l'ânesse de Robert Louis Stevenson dans son livre : *Voyage avec un âne dans les Cévennes.*

Une longue phrase suivit dont je ne compris que la chaleur et la tendresse, avant que Melchior ne me l'ait traduite :

— Tu es gentille, pasteur, et tu aimes les bêtes...

— Merci, Abel !

Nous avons laissé Abel avec son petit peuple autour de lui.

Nous avons longé la combe en silence, pensifs.

Protégé par son manteau d'hiver, le Tintin reposait en son milieu, comme un gros jouet déposé par saint Nicolas.

À l'orée de la châtaigneraie, Melchior s'est arrêté et m'a regardée. J'ai cru qu'il allait me parler...

D'Abel et des injustices de la vie ?

De la femme qui lui avait donné David Copperfield ?

Mystérieux Melchior qui n'a rien dit et a poursuivi la promenade...

Il y avait encore beaucoup de feuilles sur les branches des châtaigniers. Et beaucoup de feuilles par terre. Ce tapis éternel qui m'avait frappée dès ma première traversée de la forêt.

— Sous-bois roux sous les châtaigniers, dit Melchior comme si j'avais pensé tout haut. Tu verras en montant, sous les hêtres — on dit les fayards, ici — le sous-bois est auburn. Sous les mélèzes, il est safran... mais plus léger... Trois sortes de roux, de matière, de beauté !

Comme il aime les arbres ! Comme il sait les regarder, les toucher...

— Qu'est-ce qui te fait sourire ?

— Votre amour des arbres !... C'est magnifique de vous voir au milieu d'eux !

Il s'est arrêté et m'a désigné la montagne autour de nous. Nous étions arrivés aux premiers fayards. L'air était de plus en plus vif.

– Dis-toi qu'il y a un siècle, ici, on était sur le mont chauve ! Il a fallu toute la science et le courage de Georges Fabre qui reboisa le massif à la fin du XIX<sup>e</sup> siècle, de Charles Flahaut qui créa le Jardin de Dieu sous l'Aigoual... Flahaut montait à pied depuis Montpellier. Il mettait deux jours... Il avait rassemblé des essences rares... Ils n'ont pas eu la vie facile ! L'inventeur commence toujours par faire peur !... Ma tâche est beaucoup moins rude, j'essaie seulement de continuer leur œuvre.

Il n'y avait plus que des fayards autour de nous. Une odeur d'humus, de terreau, de champignons... la cuisine d'hiver de la montagne qui prépare mystérieusement la fête du renouveau.

– La neige !

Elle était là.

Tombée dans la nuit. D'abord transparente, légère sur le sol, prête à fondre... déjà fondue sous le soleil encore haut, puis de plus en plus abondante, épaisse, victorieuse.

Bruit crissant de nos pas, bruit étouffé de nos pas dans la poudreuse... Parfois on enfonce jusqu'aux genoux, parfois on glisse sur une plaque de cristal tapie à l'ombre d'un rocher.

*Das ist der alte Märchenwald \* !*

Nous nous sommes assis sur un rocher froid.

– Écoute..., a dit Melchior.

J'ai écouté...

*Le son subtil d'un silence.*

Et j'aurais voulu, comme Élie, me couvrir la tête devant la présence de l'Éternel, et j'aurais voulu que Melchior sente, lui aussi, cette présence...

Au bout d'un long moment, il m'a dit :

– Raconte !

---

\* « C'est l'antique forêt aux enchantements ! » Heinrich Heine.

Et j'ai tout raconté. Mon triste voyage à Strasbourg, la maladie de mon père, la vente imminente aux Japonais, la bêtise de Régine...

— Tu ne l'aimes pas ?

— Non. Quand elle a su que c'était fini entre Desmond et moi, elle a dit : « Tu n'as pas pensé à ton père ?... Tu es encore plus égoïste que je ne le croyais ! »

— C'est vraiment fini avec Desmond ?

Oui, c'est vraiment fini.

Je n'ai plus jamais eu de messages. J'ai espéré en trouver un sur mon Mac... je l'avais laissé à Strasbourg en allant rejoindre Johann, quand je croyais partir pour quelques jours... et me voilà ici pour l'éternité.

Il fait froid, très froid soudain. Tout devient bleu glacé autour de nous. Le soleil est tombé de l'autre côté du monde... Il faut rentrer.

Nous sommes descendus très vite, et le soir descendait encore plus vite que nous.

Abel avait rentré les bêtes.

Nous avons couru, gelés.

— Et ton père ? Comment allait-il quand tu es partie ? cria Melchior toujours courant.

— Je ne l'ai pas revu... Le docteur pense que ma présence lui fait du mal : je ressemble trop à maman...

Je m'arrêtai sur une marche du perron. Musique. Bob s'était levé, il jouait... *Les Amours du poète.*

> *Mes larmes font éclore*
> *Des fleurs comme au doux renouveau...*

— J'allais faire commencer les recherches ! dit-il en nous voyant entrer dans le salon.

Foulard de soie glissé dans une robe de chambre qui n'avait rien de négligé. Élégant jusqu'au cœur du rhume !

– Marie, demanda-t-il, qu'est-ce qui s'est passé avec Brice hier au soir ? Je n'ai rien compris à ce que vous disiez...

J'ai raconté notre première rencontre : je suis le pasteur, et moi je suis le pape ! Ça s'était mal passé et, bêtement, en le voyant hier, j'ai dit : « Oh ! mais je connais déjà Sa Sainteté ! »

Ils ont éclaté de rire.

Eux trouvaient ça drôle.

Pas moi.

– La prochaine fois que tu le vois, ne lui demande pas sa bénédiction !

– Ne tombe pas à genoux !

– Ne lui baise pas l'anneau de saint Pierre !

Morts de rire.

Puis ils ont vu ma tête et n'ont plus ri du tout.

Melchior a raconté à Bob mon voyage à Strasbourg. Bob était désolé.

– Ton père n'a même pas pu voir la miniature ! disait-il. Comme c'est triste...

Il était toujours au piano, il a tendu la main vers moi et m'a dit :

– Viens !

Il m'a fait asseoir près de lui sur la banquette, et il m'a dit :

– C'est toi qui vas jouer maintenant...

*Mi, sol, fa, mi, fa, sol, mi, fa, sol, la...*

Larghetto du concerto n° 27...

La petite phrase qui console de tout.

\*

# L'Impénétrable Volonté

*Çé bien to le printant*

La boîte des petits bonheurs est maintenant accrochée sur la porte de l'école, comme une boîte aux lettres.

Elle a tant de succès que, parfois, le message d'un adulte se mêle aux messages des élèves de Dalila.

« Mes enfants viendront cet été », voisine avec : « *jé sui zamoureus* ! », « Mon fils est revenu » avec « *La chaivre de mémé va faire un peti* ! »

Elle court, elle court la ribambelle, sur le mur de l'école...

Et comme *Çé bien to le printant*, dimanche dernier j'ai baptisé le petit Olivier.

Mon premier baptême.

Wa ouf ! comme dirait David Aldebert.

\*

Tous les mardis, Dalila vient dîner au presbytère.
Sarah nous régale de veau, de mouton ou de bœuf.

Au début, elle ne voulait pas s'asseoir à table avec nous.

– J'ai pas appris ça ! grognait-elle. Chez moi, les femmes ont toujours mangé debout, l'assiette à la main !

J'ai dit :

– C'est vrai. C'est comme ça que ça se passe, ici. Ici, où, la semaine dernière, M. Privat m'a dit : « J'ai eu trois enfants et une fille ! » Ici, où les femmes *bien* n'osent jamais entrer dans un café sans leur mari, leur frère, leur père ou leur fils ! Ça ne te rappelle rien, Dalila ?

Dalila riait. Moi aussi, et Sarah aussi qui finissait par s'asseoir entre nous, frémissant d'horreur, révoltée, chaque fois que Dalila ou moi nous nous levions pour aller chercher le pain, ou changer une assiette.

\*

Elle est amoureuse, Dalila.

Je le vois à l'éclat de son teint, au scintillement de ses yeux, au soyeux de sa chevelure qu'elle dévoile pour nous.

Elle suit le luth de Mostafa, comme une biche charmée par la lyre d'Orphée.

Je les envie, moi qui ne rêve plus. Moi, le petit pasteur à la vie édifiante, le petit pasteur qui se lève à six heures trente tous les matins... le petit pasteur qui veille de loin sur son père atteint d'Alzheimer, qui met, pour lui, des sous de côté... qui fait 2 000 kilomètres par mois pour aller porter l'Évangile à travers la montagne, le petit pasteur qui continue à lire les Écritures comme si elle les découvrait...

Pour essayer d'oublier Desmond.

Et l'odeur de sa peau nue.

Je sais qu'un jour je ne serai plus malheureuse.

*

Tous les mois, soirée de partage : réunion des catholiques et des protestants autour de la Bible.

Michel nous a dit que ça se faisait maintenant dans toute la France.

– Mais, ici, c'est particulier, a dit la vieille, très vieille, Mme Volpellière, dont le fils est pasteur à Madagascar.

Particulier ? Tout le monde l'a regardée, étonné.

– Particulier, a-t-elle répété.

Sa voix faible a fait régner le silence.

– Parce que, ici, on a beaucoup souffert. Pas seulement au temps des Dragonnades, des galères, de la Tour, du brûlement... On a souffert... par la mémoire, longtemps après. Et puis, à la dernière guerre, dans les maquis... là-haut, ils ont tout compris.

Elle s'est arrêtée et a fermé les yeux. Elle aurait pu mourir, comme ça, doucement, le Seigneur lui aurait ouvert les bras. Elle avait tout dit.

Michel a été le premier à briser le silence. Il a récité une liste de noms. Des noms de pasteurs, de curés, d'instituteurs, de bergers et de laboureurs, et les noms oubliés de ces jeunes – presque des enfants – dont la vie n'avait pas eu lieu.

Les gens hochaient la tête, reconnaissant au passage le nom d'un proche, d'un ami.

Sarah se mordit les lèvres en entendant saluer Christian Fournier et Elie Bourély. Ensemble. Unis. Exemplaires.

Je lui pris la main et la serrai fort.

Silence.

– C'est cette communion qui me manquera toujours !

La voix claironnante de celui qu'on n'appelait plus « le marquis » mais M. Damien, interrompit brutalement notre pieuse méditation.

– Mais oui ! Au lieu de partager l'amour de la patrie et de la liberté sur les hauts lieux des Cévennes, qu'est-ce que je faisais, moi ? Je courais dans le désert ! Aux fesses de Rommel ! Comme un couillon que j'étais ! Bien sûr, c'était aussi pour la patrie ! Mais la patrie, elle sera toujours dans le brin d'herbe qui pousse là où nous sommes nés, dans la source près du rocher, dans la racine de l'arbre...

Il s'arrêta. Intimidé. Sans doute honteux de s'être livré.

Lui aussi, comme la vieille, très vieille, Mme Volpellière, lui aussi avait tout dit.

Damien d'Escandieu de la Fage.

Ma plus belle victoire.

Damien d'Escandieu de la Fage que, moi, pasteur, j'avais ramené au catholicisme.

Contre une messe en latin que Michel avait promis de lui offrir avant la fin de l'année !

Damien d'Escandieu de la Fage, mon parent, que j'avais – là était le miracle – ramené à l'amour de son prochain.

*

Ça s'était passé quelques jours après Noël.

J'avais reçu un petit déménagement, nécessaire à mon installation. Des livres, des vêtements, du linge de maison, deux, trois meubles de ma chambre de jeune fille... et quelques services au papillon.

Le plus beau, le plus rare, le plus ancien, je le destinais aux Châtaigniers.

J'allai donc le leur porter, je le laissai dans ma voiture, ayant besoin d'aide car il était lourd.

De l'entrée, j'entendis des voix qui venaient de la bibliothèque.

Des voix d'hommes. Très gaies.

– ... et de voir à nouveau flotter les trois couleurs sur la cathédrale nous emplit tous d'une émotion...

J'entrai sans frapper, trop heureuse, j'avais reconnu la voix !

Celle de mon parent.

— Ah ! vous arrivez bien, ma cousine ! J'étais en train de raconter à nos amis la libération de Strasbourg.

Il était assis sous le portrait dans le goût romantique.

— Et savez-vous, belle enfant, savez-vous de quoi était fait le premier drapeau français qui remplaça la croix gammée ?

— Le bleu était le jupon d'une Alsacienne; le blanc était un drap de son lit, le rouge un morceau taillé dans un drapeau nazi.

D'un geste de la main, il prit Bob et Melchior à témoin.

— *Prima !* dit-il à Melchior.

Et tous trois me regardèrent comme s'ils m'avaient faite.

— Vous buvez du *schnaps*, ai-je dit. Vous avez de la chance ! Moi, on ne m'en a jamais offert, ici !

— Quand tu seras grande ! dit Bob.

— Ce n'est pas une boisson de femme ! ajouta Damien, en vidant son verre.


Il est resté pour dîner.

On a mangé dans la cuisine, dans les belles assiettes à peine déballées de leur paille. Papillon mauve. Le plus recherché.

Et on a parlé de Serres.

Serres en Wurtemberg, où ma famille n'avait plus rien.

Serres en Cévennes.

Qui n'existait plus.

\*

Le lendemain de ce dîner historique, Damien a renoué avec Valdeyron.

C'était soir de partage.

Il m'a suivie dans le local inconfortable où nous nous réunissions.

Je craignais qu'il n'y soit mal accueilli car il venait de loin, le marquis, et il en avait blessé plus d'un au passage. Mais les gens qui se rencontraient ce soir-là, Bible en main, étaient plus sidérés que choqués par sa présence.

Un peu impressionnés aussi.

Le vieux monsieur qui venait à Canossa n'avait plus rien à voir avec l'énergumène qui avait parcouru les rues l'injure à la bouche, poursuivi par les rires des enfants et les aboiements des chiens. Il était redevenu celui que les plus vieux avaient respecté autrefois, celui que les plus jeunes n'avaient pu connaître qu'à travers les récits de leurs parents.

Restaient les petites qu'il me fallait convaincre. Je ne savais comment m'y prendre. Une nuit entière je tournai et je retournai dans ma tête différentes stratégies, toutes plus détestables les unes que les autres.

J'avais compté sans lui.

Rasé de près, parfumé, tiré à quatre épingles, il s'était rendu à l'usine des « soupes de mémé » et avait déposé un gigantesque bouquet à la réceptionniste qui n'en croyait pas ses yeux.

– Pour ces demoiselles ! dit-il en lui tendant sa carte.

Sur laquelle il avait écrit :

*Avec les excuses d'un vieux fou qui vient*
*mendier un peu d'amitié.*
*P.-S. Je suis le cousin de Marie.*

Elles avaient ri. Compris. Pardonné.

Ce qui fait que, maintenant, les réunions du partage se font dans le salon Empire de la belle maison, de moins en moins triste et beaucoup plus agréable que la salle polyvalente éclairée au néon qui nous accueillait.

Et il y a toujours une ou deux petites pour préparer le café, le thé, ou la tisane qui accompagnent nos lectures.

Tout le monde est au courant pour moi. Tout le monde sait que je suis de ce pays.

Tout le monde se passionne pour les amours de Marie Révolte et de Fulcrand de Chabalde, et pour leur fuite hors du Royaume de France.

– Mariés au Désert ! fait remarquer Damien, lyrique. Portant dans leur cœur un morceau de France et baptisant un village étranger du nom de Serres !

Serres !

Melchior, Bob, Michel, Damien, le maire, Sarah et, même, M. Bourgade, c'est à qui trouvera le document qui nous mettra sur la piste de ce village près d'Anduze, ce village qui a disparu des cartes et des mémoires...

Alors, un jour, je suis partie à sa recherche.

*

Cette fois, je ne me suis pas perdue.

J'ai retrouvé la basse Cévenne qui ressemble à l'Italie, à la Grèce, à Israël.

Anduze.

Fin de l'hiver, les eaux étaient grosses le long du quai. Fleuve Protée, le Gardon surprend toujours. Soit par ses crues démentes, soit par sa sécheresse calamiteuse. Ce jour-là, il était large, beau, serein.

Inquiétant à force de calme.

Je le franchis sur le pont qui mène au Musée du Désert. Si je ne trouvais pas la trace de Serres dans ce haut lieu de la mémoire camisarde, où la trouverais-je ?

J'étais venue là... nous étions allés à l'Assemblée de septembre, mes parents, Johann et moi, l'année du dernier voyage, l'année où maman était sûre de retrouver ses racines...

En m'arrêtant sous les châtaigniers, je fermai les yeux pour ressusciter le passé : une petite fille et ses parents, un garçon déjà touché par la grâce, avancent sous les arbres, au milieu d'une foule cosmopolite qui chante des cantiques...

J'ouvre les yeux.

Le silence et la paix.

Pourvu que le Musée soit ouvert !

Il l'est. Et je raconte tout à la jeune femme qui me reçoit.

Ensemble, nous parcourons les salles. Je revois les noms des prisonnières de la Tour de Constance et des galériens pour la foi, les noms des martyrs roués, pendus, brûlés, écartelés... je revois la chaire des pasteurs du Désert, les ciboires qui ont connu les Assemblées sous la lune, les remerciements de la ville de Dublin aux « religionnaires qui sont venus nous porter compétence, talent et savoir ». Je souris en imaginant la crise que piquerait Damien en lisant ça !

Je ne trouverai pas ici les noms des miens.

Fulcrand enleva Marie sur la route de la Tour. Aucune trace d'eux. Ni aux galères, ni à la prison.

Me voyant désolée, la jeune femme interroge son ordinateur.

– Toute la guerre des Cévennes est dans son ventre, me dit-elle en me cédant la place.

Combien de temps suis-je restée ?

Combien d'Édits de par le Roy, combien de jugements ai-je lus avant de tomber sur une vieille carte des environs d'Anduze, datant de mille six cent quatre-vingt dix... et ? le dernier chiffre manquait.

Document lacunaire, la vieille carte était reconstituée à l'aide de lambeaux pieusement recollés, et, sur le plus petit, quelques maisons et la moitié d'un Temple figuraient un village.

*Serr s.*
– Vous avez trouvé ?
*Serr s.*
Je fis oui de la tête, incapable de parler.

La jeune femme me dit que ce devait être du côté de Cabanoule, je trouverais facilement, il me fallait retourner à Anduze, prendre la route de Saint-Jean-du-Gard, rouler environ deux kilomètres...

– Vous verrez, il y a plein de poteries dans le coin !

\*

Au-dessus d'une grande exposition de vases d'Anduze – ces vases que chérissait Louis XIV, ces vases qui ornèrent toutes les cours d'Europe –, je pris un chemin qui s'enfonçait dans une forêt de chênes.

J'aurais voulu que le chemin s'enfonce dans le temps... qu'il me mène à une jeune fille dont le visage était le miroir du mien, à un jeune homme qui l'enlevait à ses bourreaux, la jetait sur un cheval, et galopait botte à botte avec elle jusqu'à la liberté.

Parking.

Je rangeai ma voiture sur un parking désert et m'avançai vers une bâtisse claire qui s'étendait au creux d'un vallon.

Monastère de la Paix-Dieu.

\*

J'entrai dans la boutique où l'on vendait des livres, des bougies, des chocolats, des chapelets, du miel, des chandeliers à sept branches et de l'encens.

J'errais dans le magasin entre les eaux de Cologne des bénédictines de Chantelle, les confitures de Notre-Dame-des-Gardes, le vin du Monastère des Neiges, l'eau d'émeraude de Notre-Dame-du-Calvaire et la Bible des tout-petits...

Il m'aurait fallu une baguette de sourcier, un pendule, pour faire jaillir la vérité.

Je regardais le vallon par la fenêtre et je vis un vieux petit cimetière... Marie et Fulcrand avaient dû finir leurs jours en Wurtemberg. C'est dans la terre allemande qu'ils avaient dû reposer avant que le temps, les guerres et la brutalité des hommes ne les aient rendus poussière... Mais d'autres Révolte, d'autres Chabalde, d'autres parents à moi dormaient peut-être au creux de ce vallon.

— Bonjour! dit une voix très gaie dans mon dos.

Une sœur venait de me découvrir, en contemplation devant la fenêtre. Je me retournai pour lui rendre son salut et elle poussa un petit cri :

— Mais vous avez des larmes! Que vous arrive-t-il?

Elle prit ma main, inquiète. Je souris.

— Excusez-moi, ma sœur, je vais tout vous expliquer... Je suis le nouveau pasteur de Valdeyron...

— Marie de Walheim? Oh! quel bonheur! Sœur Elisabeth! Sœur Elisabeth! Venez vite voir qui nous rend visite!

Je n'eus pas le temps d'essuyer mes larmes, à quoi bon d'ailleurs, quand je leur eus raconté mon histoire, elles étaient aussi émues que moi.

Serres? Non, Serres, ça ne leur disait rien... mais...

— Mais, dit sœur Elisabeth, souvenez-vous, sœur Monique, de ce que nous avons trouvé quand nous avons fait des fouilles autour du cimetière!

— Quelques ossements très anciens que nous avons ensevelis en terre chrétienne...

— Oui, mais ce n'est pas aux ossements que je pense... c'est à ces débris de poteries que nous avons rangés, mais où?

— Je sais! Ils sont là, au fond du tiroir-caisse, dans une petite boîte, c'est moi qui les y ai mis...

Clic ! Le bruit de la caisse qui s'ouvre, sœur Monique glisse sa main dans le tiroir, cherche... trouve, et me tend une vieille boîte de pastilles Valda.

Je l'ouvre. Je vois des fragments jaunes et verts, des restes infimes de poterie... ah ! au fond de la boîte, un morceau plus grand que les autres. À l'envers... je le retourne... et je découvre le papillon !

\*

J'ai roulé comme une folle en rentrant à Valdeyron !

Je chantais ! Je riais !

Je pensais à maman.

— Tu avais raison, maman ! On a cherché, et on a trouvé ! On a mis quelques siècles, mais on a trouvé !

Et je criais aux montagnes, aux forêts, aux rochers, aux ruisseaux, aux cascades :

— *Siei d'aïci ! Siei d'aïci !*

C'est ce que j'ai dit à Sarah en entrant dans la maison. Je me suis jetée à son cou, je l'ai secouée, couverte de baisers.

— *Siei d'aïci !* répétai-je.

Et elle m'a répondu :

— Je le crois bien que tu es d'ici ! Tu embrasses comme une chèvre !

\*

Le papillon Révolte reposait au cœur d'une assiette à entremets, tout contre le papillon Chabald et Bader.

Il lui manquait le bout d'une aile. Le temps avait terni son éclat mais c'était bien lui, l'ancêtre de ces légions de lépidoptères qui, depuis des siècles, se posaient sur les créations des miens.

— Quel con ! s'exclama Damien.

Nous le regardâmes, surpris. Il précisa :

– Je parle de Louis XIV !

Les fureurs de mon parent avaient une vertu : elles dissipaient les émotions trop fortes et, ce jour-là, nous en avions besoin.

– Et qu'est-ce qui s'est passé avec les sœurs ? demanda Bob.

– Elles m'ont fait casser la croûte, je tombais de faim ! Je galérais depuis le matin, je n'avais pas déjeuné, je crois bien leur avoir descendu un saucisson à moi toute seule, en les écoutant me raconter les origines du monastère.

Trente-quatre ans plus tôt, elles étaient arrivées dans ce vallon au charme grec. Oliviers, romarins, chênes blancs, daladers, mauves, fenouils et lentisques.

Thym, menthe, serpolet.

Elles venaient, filles de saint Bernard, porteuses de la règle cistercienne, elles venaient pour demander pardon.

– Pardon ? s'étonna Melchior.

Pardon aux prisonnières de la Tour, aux galériens pour la foi, aux enfants enlevés à leur mère, baptisés de force, aux villages brûlés et aux sanctuaires détruits.

Elles venaient demander pardon parce que les armées du Roy avaient tiré sur des gens aux mains jointes, pardon parce qu'on avait voulu imposer la religion par la terreur.

Et diabolisé la croix.

Devenu symbole d'abjuration, le signe du sacrifice du Christ devait mettre plus de deux cent cinquante ans avant de retrouver sa place au-dessus des Bibles de nos temples.

– Comment ont-elles été reçues ?

– Très mal !

Je ris de leur air désolé.

La méfiance a été de courte durée.

Elles ne venaient pas convertir, elles venaient aimer.

Le monastère de pierre claire est devenu lieu de rencontre où se croisent le curé libanais d'Anduze, son pasteur suisse, la jeune Allemande qui est pasteur à Saint-Jean-du-Gard...

— Et les Français? s'inquiète Damien. Les Français, ces imbéciles, se rendent-ils compte de l'action de ces femmes admirables?

Il faudra qu'un jour je l'emmène dans cette paix. Cet échange universel où Bouddha, Yahvé et Allah sont les bienvenus chez Dieu.

Chez eux.

Comme il est le parent de Marie Révolte, elles briseront peut-être la clôture comme elles l'ont fait pour moi, afin d'annoncer à toutes les sœurs le passé romanesque qui fut celui du monastère. Grand émoi dans la communauté. Marie Révolte et Fulcrand de Chabalde sont entrés pour toujours dans leurs prières.

Avant l'office de none, je les ai vues passer dans une sorte de loge où elles quittent leurs voiles noirs, afin d'entrer dans la chapelle, blanches comme des colombes.

Et là, pour moi, elles ont gentiment trafiqué le psaume 133 :

*Voici qu'il est bon, qu'il est agréable*
*Pour des sœurs d'être unies ensemble!*

Melchior a pris le papillon au creux de sa main et le caresse doucement :

— Qu'est-ce qui t'a le plus frappée chez elles?
— Leur joie!

\*

209

Le lendemain, voyant que mon flacon de *Seven* était presque vide, je suis allée au Vigan en acheter un autre pour fêter l'événement.

Je ne suis pas sûre que M. Bourgade apprécie un pasteur parfumé, mais *Seven* est pour moi un héritage de ma mère.

Sacré.

D'ailleurs, j'ai déjà préparé, en cas de danger, une liste, non exhaustive, des allusions au parfum dans la Bible.

Inutilement, car, à Valdeyron et ses environs, tout ce qui vient d'Esther Mazel est, si je puis me permettre, en odeur de sainteté.

Il y a une élégante boutique de parfumerie, colifichets, institut de beauté, place du Four au Vigan.

Une dame en sortait comme j'allais pousser la porte de verre. Une dame d'un certain âge. Son visage, très doux, témoigna d'une grande émotion en me voyant. Je crus qu'elle allait m'adresser la parole, et je la saluai.

Elle me rendit mon salut, hésita, rougit, puis s'en alla sans rien me dire.

J'entrai et, aussitôt, de très jolies filles s'empressèrent autour de moi :

– Que désirez-vous, mademoiselle ?

– *Seven.*

– Ah ! *Seven* ! Tout le monde adore *Seven* ! Esther Mazel ! Quelle femme ! Vous savez qu'elle nous prépare une merveille pour bientôt ? Je vous parfume ? Voulez-vous essayer *Presque trop* ? C'était le parfum de sa mère, Marion ! Non, vous préférez *Seven* ? Ah ! *Seven* !

– Mademoiselle est une fidèle de notre grand parfum ?

Une femme sortait des coulisses du magasin. Une femme chic, un peu *overdressed*, *overperfumed*, overtout !... Elle me regardait d'un œil connaisseur et, aimable, me demandait :

— Vous êtes installée dans la région ?

— Je suis le nouveau pasteur de Valdeyron.

Son expression affable disparut l'espace d'un instant et revint avec un degré sirupeux de plus.

— Ah ! dit-elle, enchantée de faire votre connaissance ! Vous avez dîné avec mon ami, le soir de Noël !

Son ami ?

— Le commandant Le Guillou, mon ami, insista-t-elle pour que je comprenne bien. Je vous parfume ? Non, c'est déjà fait ! Très bien ! Ravie de vous connaître, je dirai à Brice que je vous ai vue ! Pas de message pour lui ? demanda-t-elle au moment où je franchissais la porte.

Et quoi encore ?...

Un message pour « son ami » ?

Elle pouvait se le garder ! Ce n'est pas moi qui le lui disputerais à coup de fond de teint et d'eye-shadow !

Ça m'avait mise de mauvaise humeur, et j'en oubliai de ramener à Sarah la fermeture Éclair bleu marine de vingt-deux centimètres qu'elle m'avait commandée.

*

Quand même... cette overmaquillée, n'était-elle pas un peu vieille pour lui ?

*

Avant de rentrer chez moi je passai à l'école pour voir Dalila. Je la trouvai assistant à la sortie des classes en compagnie du maire.

Ils étaient déjà au courant, tous deux, pour Serres et le papillon.

— Ça vaut un bel article dans le bulletin municipal, me dit le maire. Et devinez qui a demandé à le faire ? Votre « parent » !

211

— Si je comprends bien, la paix est signée non seulement avec les églises, mais avec la République !

— Pas si vite ! Pas si vite, Marie ! Nous sommes tous pleins de bonne volonté à la mairie, mais, lui, le Marquis, il est toujours insupportable ! Il est même dangereux !

— Dangereux ?

Il avait proposé ses services pour « donner un solide coup de main » au syndicat d'initiative. Sans méfiance, on lui confie une famille qui voyage en mobil home et découvre les Cévennes...

— Un peu brut de décoffrage, la famille ! Limite tarée. Enfants morveux, père alcoolique, mère dépoitraillée, mais quand même !

— Qu'est-ce qu'il a fait ?

— Devant le temple, le père lui demande s'il doit enlever ses chaussures pour y entrer. Ça ne lui a pas plu ! Il les a plantés là ! Il m'a dit : « Je les ai envoyés péter dans l'huile ! » Ça vous fait rire, mesdemoiselles ? Mais ce n'est pas tout ! Il a insulté un malheureux garçon envoyé par le service vicinal qui disait honnêtement que la réfection du chemin qui mène au cimetière n'était pas envisagée avant septembre. Des horreurs, il lui criait ! Je me suis fâché, j'ai dit : « Monsieur de la Fage, excusez-vous ! », et vous savez ce qu'il m'a répondu ? Je vous le donne en mille ! Il m'a répondu : « S'il court aussi vite que je l'emmerde, il est déjà à Samarcande ! »

Cette fois, le maire rit avec nous. Une voix s'élève :

— Les attroupements pouvant troubler l'ordre républicain sont interdits sur la voie publique !

C'est Michel qui s'arrête dans sa course perpétuelle, joyeux de nous voir joyeux. On lui raconte, il rit à son tour :

— Si j'avais le temps, nous dit-il, j'en aurais dix comme ça à vous raconter ! Mais soyez sans inquiétude, il fait tous les jours des progrès, le pauvre ! Je le sais par Clémentine qui s'occupe de lui...

— Le chien ? demande Dalila.

Le maire s'inquiète :

— Quel chien ?

— Le pauvre corniaud qui a erré depuis mardi dernier, sans collier, abandonné, gentil comme tout. Les gendarmes l'ont ramassé et n'ont pas eu le cœur de le mettre à la fourrière...

— Ils l'ont donné à Clémentine, poursuit Dalila, et elle va essayer de le faire adopter par M. Damien. Seulement...

— Seulement ?

— On ne sait pas s'il aime les chiens.

Nous devions le savoir très vite.

Débarquant du petit pont où nous avions fait connaissance, un fameux mercredi, rayonnant, apaisé, Damien d'Escandieu de la Fage avançait vers nous tenant au bout d'une laisse un corniaud d'une laideur affable qu'il nous présenta :

— Youki ! Il est pas beau, mon chien ?

*

J'ai demandé à Michel des nouvelles de sa sœur.

— Je vous raconterai... bientôt ! a-t-il dit.

J'ai senti, à son air, que ce seraient de bonnes nouvelles. Tant mieux !

L'air sent le miel.

*

Sarah m'avait fait une salade de *respounchous* cueillis du matin le long du béal, et de la saucisse grillée.

C'est elle qui gérait mes finances et tenait ma maison.

Dès que je recevais le virement de ma mensualité de pasteur, j'allais le toucher au Vigan, et je lui confiais mon argent.

— Un petit smic, avait-elle dit la première fois. Ils vous engraissent pas!

Non, pas vraiment. Mais il ne fallait pas oublier que l'église payait le loyer, le chauffage, l'eau, l'électricité, l'essence. Je ne me sens pas à plaindre. D'autant plus que M. Strich m'envoie de temps en temps de petites sommes d'argent pour mes dépenses personnelles...

Non, je ne me sens pas à plaindre, mais, parfois, je m'inquiète. J'ose à peine toucher à ce que je reçois de M. Strich. Et si papa en avait besoin? Quant à Sarah, je suis sûre qu'elle est malhonnête. Avec tout le monde, et encore plus avec moi. Elle me ment sur le prix des choses. Elle est trop généreuse. Elle m'épargne dans tous les sens du verbe. Elle doit être en train de me remplir une tirelire... J'ai essayé de lui en parler, mais j'ai senti qu'elle allait — comment il dit, mon parent? — ah oui! m'envoyer péter dans l'huile, et que j'allais me retrouver du côté de Samarcande le temps d'un petit Youki!

— Tu ris, Marie? Tu as l'air bien gaie!

Oui, je ris. De tout mon cœur!

— Ça fait plaisir de te voir comme ça!

Je lui ai demandé :

— Sarah, pourquoi as-tu toujours dit « Monsieur le pasteur » à mon frère, alors que, moi, tu es arrivée si vite à me dire « tu »?

Elle a haussé les épaules.

— Monsieur le pasteur, il était de chez toi, tandis que, toi, tu es de chez nous!

Et j'ai encore ri. De tout mon cœur.

C'est le printemps.

*

214

Ce jour-là, peu avant la venue du crépuscule, le petit Olivier Creissent est mort.

Depuis quelques jours il traînait un rhume.

– Ça va passer, disait le docteur Teulon, rien de grave !

Mais la maman était inquiète.

– Ah, ces jeunes mères ! disait le docteur, indulgent, savant, tranquille.

Et il s'en allait, brave homme, se fiant aux antibiotiques alors qu'il aurait dû se fier à Jeannette.

\*

Olivier.

Mon premier baptisé.

Il commençait à marcher. Il était venu à Jésus, droit sur ses petites jambes. En souriant. Il avait ri de l'eau répandue sur son front. Il avait pris ma main dans ses doigts très doux.

Moment de joie énorme dans le Temple.

Olivier Creissent, petit enfant, tu avais donné le ton.

On était bien. Tous ensemble.

Comme il est facile de croire à la joie quand un enfant nous montre le chemin.

Un mois à peine après cette joie, dans le même temple, devant une assemblée désolée, voilà que tu reviens, Olivier. Dans un minuscule cercueil blanc.

Je me suis tournée vers les bancs de cèdre... Le temple était plein.

Pilotage automatique dans l'odeur de Jérusalem. Je m'accroche aux mots pour ne pas m'écrouler devant ces gens qui comptent sur moi pour leur faire accepter l'inacceptable.

Je dois justifier ce scandale.

Je dois entériner cette horreur.

Dieu sait ce qu'Il fait. Dieu laisse venir à Lui les petits enfants parce qu'Il les aime, allez en Paix, Sa volonté est faite, bon appétit ! a dimanche prochain, les amis !

J'ai honte.

Les jeunes parents, qu'ils étaient beaux dans leurs vêtements noirs... Si soudés l'un à l'autre que je ne savais pas où commençait le père, où finissait la mère dans l'étreinte de leurs bras unis. Les gens pleuraient. Pas eux. La douleur les aspirait, les entraînant loin de nous à des profondeurs interdites.

Il y eut le long trajet vers le cimetière protestant avec le cortège du village silencieux, les voitures arrêtées, le bruit retrouvé du torrent, le souffle de la montagne. Comme pour Johann...

Je ne sais ce que j'ai dit sur la tombe, sur cette terre ouverte comme une bouche ogresse de petits enfants.

Ensevelissement.

Il faisait horriblement beau et des abeilles chantaient dans un lierre en jeunes fleurs qui couvrait un caveau de famille abandonné.

J'ai serré des mains, des mains calleuses de paysans, des mains douces de jeunes filles, des mains tremblantes d'affligés.

Bob et Melchior m'ont prise dans leurs bras, serrée contre eux.

— Viens vite à la maison, a dit Bob.

— *Geteildes Leid isch halwes Leid* *, a dit Melchior.

Je suis restée seule, regardant s'éloigner la silhouette noire des parents.

Une seule chair.

La bouche de l'ogresse s'était refermée sur leur enfant.

Je suis allée jusqu'à la tombe de Johann. Jusqu'à la pierre toute simple posée depuis peu. J'avais toujours ma longue robe noire, ma Bible entre les mains, il faisait toujours aussi beau, je rencontrai d'autres abeilles aussi affairées, aussi joyeuses, le bruit de la vie me par-

* « Peine partagée est demi-peine. »

venait par bouffées attestant de la remise en marche de Valdeyron. Un rire d'enfant éclata, invisible mais incroyablement proche.

J'étais désespérée.

---

JOHANN, FRANÇOIS, MATHIAS WIRTH

Pasteur

*1970-2000*

Ne crains point. Crois seulement.

---

Facile à dire.

Adieu Olivier, adieu Johann, l'impénétrable Volonté vous a donnés puis repris. Comprenne qui peut...

Je me suis assise au bord de la tombe. Une longue herbe velue s'accrochait au bas de ma robe de toutes ses petites griffes. J'ai eu du mal à l'enlever. C'était de l'herbe à...

Et tout d'un coup, l'horrible évidence.

Je ne peux plus.

C'est fini. Je ne pourrai plus dire les mots. Je ne pourrai plus faire les gestes...

Comment ai-je osé? Ouvrir grands les bras, dire : « Allez en paix! »

Où est la paix de Jacques et de Jeannette?

Je ne peux pas prier, je ne peux plus. Je ne veux pas.

Cette herbe?... Impossible de trouver son nom. Pourtant, on jouait à se ligoter avec quand on était petits...

C'était de l'herbe à...

Je cherche son nom comme on cherche la sortie d'un labyrinthe quand on est perdu dans le noir...

217

Jour des questions ! Mais il n'y a personne pour me répondre.

– Marie ?

Michel se tenait dans l'allée, n'osant s'approcher de moi.

– Pardonnez-moi, dit-il timidement, je vous dérange...

Il s'excusait comme si son arrivée venait d'interrompre une conversation entre Johann et moi.

– Je suis allé enterrer un pauvre homme dans un village plus loin qu'Espériès, ce matin. Mais lui, au moins, il avait fait son temps. J'aurais voulu être là pour... une fois de plus le temps m'a manqué ! Je vous dérange ? répéta-t-il.

J'ai fait non de la tête et on a plongé dans le silence jusqu'à ce qu'il vienne s'asseoir à côté de moi.

– J'ai pensé, dit-il, que, pour un jeune pasteur comme vous, l'épreuve serait très dure... vous veniez à peine de baptiser Olivier.

Je regardais toujours la pierre sous laquelle reposait Johann.

*Ne crains point. Crois seulement.*

Michel suivit mon regard et soupira :

– Facile à dire.

– Onze mois et sept jours !

– La mort d'un enfant est toujours un scandale. Les bonnes paroles font mal, on a honte de les dire. On les dit. On est révolté. On a raison. Je suis passé par là, Marie. Trop de fois. Je voulais vous le dire. Dire que je comprenais. La seule certitude c'est que nous n'avons pas la réponse. Mais qu'elle existe !

*Ne crains point. Crois seulement.*

– Je peux te tutoyer, Marie ?

Ce n'est pas Johann qui allait dire non ! Il était bien placé pour savoir à quel point j'avais besoin d'un frère. J'ai tendu la main à Michel, et j'ai dit : « *Geteildes*

*Leid isch halwes Leid.* » Il a demandé ce que ça voulait dire, j'ai traduit, mais le sens de ce partage est plus beau que les mots et leur économie étroite. On ne coupe pas la peine en morceaux comme un Kouglof. On la partage comme l'amour.

— Tu as bien fait de venir, Michel.

— Je t'en prie !

Nous nous sommes levés, j'ai repris ma Bible, nous avons salué Johann d'une prière muette et jumelle, et nous sommes partis vers la sortie du cimetière aussi fiers de nos « tu », nos « toi » et nos « ton » que si nous avions porté des habits neufs.

Michel a arraché du bas de ma robe une herbe qui avait échappé à mes investigations.

— Ça s'accroche partout, cette herbe à Robert !

Je me suis arrêtée, saisie, c'était ça ! l'herbe à Robert ! Quel soulagement !

— Tu es très belle en prédicant, a dit Michel avec gravité. Ça doit faire plaisir aux anges, de te voir ! Bonjour, madame Vénician, ajouta-t-il en saluant une vieille sinistre qui arrosait une plante, verte, luisante, tachetée de jaune comme un serpent et nous regardait avec réprobation, accroupie auprès d'une tombe.

Je la saluai à mon tour. Sans franc succès.

Je ne la connaissais pas. L'avais-je vue au temple ? Aucune idée. Mais je l'avais déjà croisée dans la rue. Sévère. Seule.

Seule.

Ce devait être ça, son problème. La solitude. Je me renseignerais. Je m'en occuperais. En mémoire d'Olivier et de Johann. J'étais là pour ça.

\*

Sous les fleurs blanches, la terre meuble s'était déjà affaissée sur la tombe de l'enfant.

— Je les ai vus naître, disait Michel. Jacques et Jeannette, je les ai vus naître. Ils sont si jeunes...

219

Il n'a pas ajouté :
« Ils auront d'autres enfants ! »
C'était évident qu'ils auraient d'autres enfants, mais le petit Olivier, endormi sous la terre cévenole et les fleurs blanches, resterait à jamais unique et irremplaçable, et cette vérité, le curé de mon village la connaissait aussi bien que moi.

*

L'herbe à Robert !
On croit qu'on ne trouvera jamais la réponse... et puis elle vient.

*

Je ne fus pas étonnée de trouver Dalila à la maison.
Je l'avais vue de loin, au cimetière, paumes levées sur son visage, implorant le Clément, le Miséricordieux, pour le petit être envolé.
Soirée du silence avec ces deux femmes. Célébration de l'invisible.
Pas de mots.
La grâce.

*

Youki assiste maintenant aux réunions du partage.
Il est très sage. Recueilli.

Et puis il est chez lui.

Qui est le chien trouvé, de ces deux abandonnés?

Damien a écrit un article d'un lyrisme absolu sur
« Le papillon de Serres », dans le bulletin communal.

On se l'est arraché dans toute la Cévenne.

Depuis longtemps j'ai fini mon kilomètre six cents
d'écriture. Je travaille de nouveau sur mon Mac.

Je suis retournée voir papa.

Il s'enfonce dans la profonde forêt où l'on ne distingue plus la réalité. Il m'a regardée longuement,
mais il n'a reconnu ni Marie, ni Elisabeth.

C'est moi qui ai signé les papiers pour la vente aux
Japonais.

Nous nous appelons toujours la Chabald et Bader.
Rien n'est changé.

Mais tout est fini.

*

Ce soir, comme tous les mardis, Dalila va venir dîner avec moi.

Elle va d'abord donner une leçon d'anglais à David, chez ses parents. Je lui ai proposé de l'accompagner puis de revenir la chercher. Elle a accepté que je l'accompagne, la maison des Aldebert est à l'écart de Valdeyron, au sommet d'un chemin escarpé, mais elle préfère revenir seule.

– Ça descend, il fait beau, ça sent le printemps !

Je n'ai pas insisté et j'ai, presque, fini mon sermon sur l'eunuque de Candace, reine d'Éthiopie.

– Tu trouves pas qu'elle tarde, Dalila ? Mon gratin va être sec comme un coup de bâton !

J'ai regardé l'heure, et j'ai eu froid tout à coup. Neuf heures moins dix...

Je l'ai appelée sur son portable.

« Dalila n'est pas disponible, laissez votre message, merci, à bientôt », a dit sa jolie voix.

– Appelle les Aldebert, elle y est peut-être encore, m'a dit Sarah.

Quelque chose m'empêcha de les prévenir...

J'ai préféré prendre ma voiture.

Je l'ai laissée au bas du chemin privé. Je suis montée à pied. J'avais emporté une lampe torche. Je l'allumai... Aucune trace de Dalila. Je l'appelai. De plus en plus fort. Aucune réponse. J'étais restée au milieu du chemin et, tout d'un coup, j'entendis le bruit d'une fuite. Une ombre... non, deux! disparaissaient sous les châtaigniers.

Cette fois je criai.

– Dalila!... Dalila!... où es-tu?

Je me tordis les pieds sur des pierres, glissai sur la pente, me rattrapai à un genêt, perdis ma torche qui alla s'abîmer plus bas, rebondissant de rocher en rocher... Mais j'avais entendu un gémissement. Elle était là, toute proche, elle pleurait.

*

Ce n'est qu'en entrant dans le presbytère, quand elle fut dans la lumière, que je la vis vraiment.

Les cheveux épars, pleins de feuilles mortes, une pommette en sang, les lèvres tuméfiées, les vêtements déchirés...

– Tu veux qu'on appelle Mostafa?

– Non! Non! cria-t-elle, épouvantée.

Puis, la voix à peine perceptible, baissant la tête comme pour un aveu, elle murmura :

– ... violée...

Nous l'avons conduite dans la salle de bains. Je l'ai déshabillée pendant que Sarah faisait couler de l'eau, disparaissait, nous laissait seules.

On n'entendait que le fracas des robinets torrentiels, les froissements de tissu de ses vêtements tombant sur le sol et le souffle de nos respirations.

J'osai à peine la regarder quand elle ne fut vêtue que de sa chevelure et de son petit Coran d'or, mais je savais que sa blanche nudité resterait à jamais dans ma mémoire et dans mon cœur.

Je l'ai laissée seule, la douce, la pudique, la blessée. Je suis allée retrouver Sarah et je me suis blottie contre elle, le nez dans son éternelle robe de deuil.

– Le docteur Perrier arrive tout de suite, m'a t elle dit en m'embrassant sur le front.

Le docteur Perrier ? Je l'ai regardée, inquiète : comment Dalila allait-elle réagir à l'auscultation d'un homme ?

– Le docteur Perrier est la dame qui n'exerce plus, ne crains point !

« Ne crains point ! »... J'ai failli rire. Rien de plus marrant que la Bible en cas de catastrophe.

Mais je n'ai pas ri. Je me suis assise, sans forces.

– Tu veux manger quelque chose ?

Manger ! Quelle horreur ! J'étais écœurée. Je pensais à Mostafa... quelle serait sa réaction ?

– S'il l'aime, il l'aimera encore plus, dit Sarah.

J'avais dû penser tout haut.

Une voiture s'arrêtait devant la grille. Quelqu'un traversait le jardin à grands pas. Le docteur Perrier n'avait pas traîné.

\*

Elles sont restées longtemps toutes les deux.

Puis Mme Perrier nous a demandé de venir la rejoindre dans la chambre qui avait été celle des enfants du pasteur Duplan. Sarah y avait fait le lit où était couchée Dalila.

Elle me vit et me tendit les bras.

Elle était aussi calme que triste.

Sa joue droite était mauve, mais cette marque de violence imprimée sur sa chair n'ôtait rien à sa grâce. Au contraire. On aurait dit une fleur posée sur elle.

– Elle va s'endormir, nous dit Mme Perrier. Je lui ai donné un calmant, tout va bien. Il faut seulement que vous préveniez le directeur de l'école qu'elle sera absente quelques jours. Officiellement, elle est tombée dans les rochers. Le docteur Puech fera le certificat, je l'ai eu, il est d'accord. Parce que moi, en tant que

médecin, je n'existe plus... Ça y est... elle s'endort...
Laissons-la, elle est paisible.

Nous sommes sorties sans faire de bruit, nous avons
laissé la porte entrouverte. Sarah nous précédait, en
entrant dans le bureau, elle se retourna :

— À table, dit-elle.

*

Le numéro du directeur ne répondait pas.

Ça m'ennuyait parce que Dalila m'avait dit qu'elle
devait accompagner les enfants à la montagne, et qu'un
minibus avait été retenu.

J'en serais quitte pour me lever encore plus tôt pour
prévenir le directeur.

J'essayai encore son numéro. Personne.

— À table ! répéta Sarah.

C'est seulement quand je fus assise devant elle que
je reconnus Mme Perrier.

C'était elle la femme que j'avais croisée sur le seuil
de la parfumerie. La femme qui avait essayé de me parler, puis y avait renoncé.

— Oui, me dit-elle, j'étais émue de vous voir car
j'aimais beaucoup votre frère. Il avait bien voulu lire
une petite monographie que je prépare sur Paracelse.

— C'est vous, Martine Perrier-Goubert !

— Oui, c'est moi.

— J'ai lu votre manuscrit. C'est remarquable !

C'était vrai. Elle parut ravie. Moi aussi.

— Et où vous êtes-vous rencontrées ? demanda
Sarah.

— À la parfumerie du Vigan, chez l'amie du
commandant des pompiers, répondis-je.

Mme Perrier eut l'air étonnée.

— Je crois que vous faites erreur, mademoiselle. Le
commandant fréquente, si je ne me trompe, une jeune
étudiante en pharmacie de Montpellier.

225

– Vous êtes sûre ? dit Sarah. On m'a dit qu'il avait une liaison avec la fleuriste de Ganges !

– Il est peut-être avec les trois !

Je pensais être drôle, mais ma réflexion n'eut aucun succès.

– Pas le commandant, dit le docteur. Pas lui !

– Il est trop sérieux, ajouta Sarah. Et pourtant, il pourrait faire ce qu'il veut ! Il est libre ! Il est veuf depuis que sa femme s'est tuée en voiture... Même que c'est vous, docteur, qu'il a appelée au moment de l'accident...

– Oui. Pauvre femme, elle était dépressive, je la suivais depuis des mois, mais il n'y avait rien à faire. Elle était jalouse...

J'ai demandé de qui.

– De son métier. Elle ne comprenait ni sa passion, ni son dévouement, elle l'aurait voulu pour elle seule. Pierre avait cinq ans.

– Il s'élève en même temps que Samir qui a juste son âge... Son papa était pompier volontaire... Peuchère, il est resté dans l'incendie de la pizzéria de la rue Haute. Tu as vu sa mère, de Samir, à Noël, Marie ! Elle tient le ménage de M. Le Guillou qui lui a fait donner un petit logement. Hé, si ! tu la connais ! Shéhérazade ! Celle qui aime tant la Sainte Vierge !

– Votre frère avait beaucoup d'estime pour le commandant, dit Mme Perrier, songeuse.

Oui, c'est vrai. BLG.

*Prima.*

＊

Dalila dormait paisiblement quand je suis partie pour l'école.

Je suis arrivée très tôt mais les enfants étaient déjà groupés autour du minibus où le chauffeur attendait, derrière son volant, et eux, leur pique-nique à la main, joyeux, se préparaient à s'installer tout de suite pour la promenade.

– Hé là ! Hé là ! Pas si vite ! Attendez votre maîtresse pour monter ! On se calme !

Le directeur était sorti de l'école, tapait dans ses mains. Je m'approchai de lui pour débiter la petite fable que j'avais mise au point : Dalila avait fait une mauvaise chute hier soir en quittant la maison des Aldebert, le docteur Puech l'avait vue chez moi, il déposerait un certificat d'arrêt de travail dans la journée, elle s'était égarée dans le noir, bla, bla, bla...

Je mentais si bien que je me mis à détester sincèrement ce gros rocher qu'elle n'avait pas vu et qui était, avec une vilaine racine, le responsable de l'accident.

Le directeur était consterné.

Je le rassurai :

– Avant une semaine, elle sera de retour !

– Qu'est-ce que je vais faire d'eux ? dit-il en regardant les enfants avec une expression si désolée qu'ils comprirent tout de suite que Dalila ne viendrait pas.

L'un après l'autre, ils se détournèrent du minibus, se rapprochèrent de nous, leurs pique-niques désormais sans objet toujours serrés dans leurs mains, et tous les petits museaux inquiets se levèrent vers moi, attendant la réponse qui rassure.

– Elle est pas trop malade, la maîtresse ?

– C'est pas trop grave ?

– Elle revient quand ?

C'était si touchant que j'en avais le cœur serré et, quand j'entendis le directeur penser tout haut : « Il va falloir payer le car pour rien... », je dis, sans réfléchir :

– Je peux très bien les accompagner !

– Oui, oui ! oui !

Les petits battaient des mains.

Lui, le responsable, il était hésitant.

– C'est que ça n'est pas du tout réglementaire... si quelque chose arrive... moi, je porte le chapeau !

– Rien n'arrivera ! ai-je dit.

– Monsieur ! Monsieur ! suppliaient les enfants.

Je le voyais mûrir à vue d'œil, le pauvre.

Un petit garçon que je ne connaissais pas se mit à pleurer...

– Monsieur ! Monsieur !

Il était cuit, le directeur.

– Allez ! je prends le risque ! Vous savez au moins où vous allez ?

– Oui ! Au tombeau de l'Écrivain !

*

– C'est pas trop tôt, dit le chauffeur. J'ai cru qu'on partirait jamais ! C'est vous, l'institutrice ?

– Non, je ne suis que la remplaçante.

Il me regarda, m'apprécia sans doute car il me sourit voluptueusement.

Type méditerranéen. Beau gosse, limite roman-photos.

– Allez, on y va ! dit-il avec un clin d'œil de velours noir.

Je m'étais assise derrière lui avec Jojo.

Jojo, c'était le petit qui avait pleuré.

Je l'avais pris à côté de moi parce qu'on m'avait prévenue : « Jojo, il est malade en car ! »

– Pas si on me parle, avait précisé Jojo.

Et ce fut vrai.

Grâce à lui, parce que je n'ai cessé de lui poser des questions et de commenter ses réponses, j'ai tout su de chacun des passagers.

Son papa, à Jojo, il était gendarme, celui de Martin, menuisier, Julie, son frère est pompier, il a une médaille ! Noémie, elle vient de Nîmes, sa mère fait des robes, des belles ! Bertrand, il fait pleurer les filles, c'est pas bien...

Nous en étions là quand le chauffeur appuya sur une touche et la musique éclata.

Hurlements de joie !

– Cracky ! Cracky !

J'étais larguée.

Cracky ? Jamais entendu ce nom... jamais entendu cette musique... drôle, gaie, marrante...

Craky ?

Une voix de femme s'était mise à chanter. Ravissante. Délire dans le car. Les petits chantent avec elle. Tous. Le beau chauffeur aussi. Je ne comprends pas tout :

« Blik ! Blak ! Blouk !... »

– Blok ! reprend le car en chœur. Puis ils se taisent parce que ce que fait maintenant la fameuse Cracky, il n'y a certainement qu'elle qui soit capable de le faire. Des trilles, des vocalises... oh là là ! ça touche au ciel, cette voix... Puis elle retombe sur terre et, de nouveau, le chœur du minibus chante avec elle. Le chauffeur, sans quitter la route des yeux – ce qui est préférable étant donné la fréquence et l'agressivité des tournants – me tend la pochette du CD.

Je découvre Cracky en pied.

Je comprends pourquoi les enfants l'adorent. Entre femme et lutin, elfe et extraterrestre, sa mince silhouette, son sourire, donnent envie d'être heureux.

Elle a le cheveu vert.

Rouge. Bleu. Orange. Mauve et safran.

Et des jambes ! Longues, fines, magnifiques...

– Terminus ! Tout le monde descend ! a dit le chauffeur.

– Vous êtes sûr ? ai-je demandé en lui rendant la pochette.

Le brouillard était aussi blanc et opaque que le jour de mon arrivée.

Mais le chauffeur était sûr. Ce n'était pas la première fois qu'il venait. Il était venu au tombeau par tous les temps : le soleil, la neige, la pluie, la grêle, la tempête. Ce n'était pas un petit brouillard qui allait l'impressionner !

– Ça va se lever, dit-il.

Je suis sceptique.

Je descends du car la première et je compte mon monde. Ils sont dix-sept. Restons groupés. Tenons-nous par la main dans le brouillard. Je serre la main blanche de Jojo, la main noire de David, on forme une chaîne, on ne doit pas se perdre, sinon M. le directeur ira en prison.

Ça les fait rire.

Je suis des yeux les marques rouges faites sur les racines qui affleurent le long du sentier.

– Ça va se lever ! affirme le chauffeur qui ferme la marche.

Brusquement, une écharpe de brume s'effiloche devant moi, comme un fantôme qui s'évanouit.

– C'est joli ! s'extasie Jojo.

Le paysage est là, on le devine par saccades. Mais la journée neuve hésite encore... Va-t-il faire beau ?

Nous avançons dans les nuages comme les oiseaux du ciel. Je ralentis. Il faut attendre la volonté de la nature comme il faut, au théâtre, attendre les trois coups pour que le rideau se lève.

Et le rideau se lève enfin, et le monde réapparaît, applaudi par des petites mains, comme à Guignol.

Indiscutablement beau.

*

Le tombeau de l'Écrivain est là, devant nous, à la proue de la montagne, dominant un à-pic vertigineux, faisant face à un paysage si vaste qu'il semble un grand livre ouvert.

Le livre où est écrite l'histoire de ces enfants.

Ces enfants qui se répandent, joyeux, curieux, bondissants, bruyants de vie.

– Ne vous approchez pas du bord !

Ces enfants qui reviennent vers le rocher veillant sur le tombeau.

Le tombeau qui porte des noms, des dates et, comme une signature, ce mot-clef des Cévennes :

## REGISTER

Deux noms sur le tombeau.
Et deux dates.
1900-1983.
— C'était le frère et la sœur? demande Julie.
— Non, c'étaient des amoureux.
Ça leur a plu, aux enfants, que ce soient des amoureux. Ils se sont assis sur l'herbe rase autour du rocher, ils m'ont regardée, il y a eu un silence puis David a dit :
— Raconte!
Le brouillard était parti, oublié, le brouillard n'avait jamais existé, pas plus qu'un linge blanc qu'on fait tomber pour dévoiler une plaque, une statue...
Et ce qui venait d'être dévoilé devant nos yeux, c'était notre pays. Les montagnes, de moins en moins hautes, de plus en plus claires, dans le lointain...
— On voit la mer! cria Martin.
— Où ça? Où ça?
Oui, la mer. Ce petit scintillement de mica au bout de l'horizon, c'est la mer.
— Et après?
— Après quoi?
— Après la mer?
Après la mer? J'ai lancé une flèche imaginaire :
— Rome... Jérusalem... La Mecque...
— La religion? a demandé David.
— *Les* religions, plutôt.

231

— C'est que des conneries ! a dit Bertrand.

Il était visiblement très fier de sa formule. Je l'ai regardé dans les yeux en souriant :

— Tu penses ce que tu veux, mais tu ne dis pas de gros mots. D'accord ?

Il a haussé les épaules. J'ai enchaîné sur nos ancêtres les Gaulois qui avaient vécu dans ce pays au temps des grandes forêts, cueillant le gui à l'an neuf et mangeant du sanglier avec les doigts...

— On est des Gaulois ! a dit Jojo, nageant en plein Astérix.

— Pas lui !

Bertrand désignait David.

— Lui, il est Noir !

— T'es méchant ! méchant ! crièrent les filles, tandis que deux garçons se jetaient sur Bertrand.

Je les séparai. Je n'avais plus envie de rire. De grosses larmes glissaient sur les joues de David... Bertrand, buté, gardait la tête baissée tandis que je retenais ses agresseurs.

Même taille, même blouson. L'air de deux jumeaux. À un détail près : l'un était blond, l'autre brun et bouclé.

Ceux-là je ne les avais pas encore repérés. Je leur demandai leur nom.

Pierre et Samir.

Samir, le fils de Shéhérazade qui *s'élevait* avec Pierre.

Pierre.

Le fils de BLG.

— C'est très généreux de prendre la défense d'un ami, leur dis-je. Mais je préférerais qu'on ne se batte plus.

— Pardon, madame ! dirent-ils poliment.

Adorables !

Le calme était revenu. J'avais fait asseoir David près de moi. Où en étais-je ? Ah oui ! je voulais répondre à la question de Noémie et de Martin : qu'est-ce que ça voulait dire

REGISTER

écrit sur le tombeau?
– Qui sait ce que ça veut dire?
David fut le premier à lever la main.
– C'est quand les protestantes étaient enfermées par le Roy à la Tour de Constance. Y a une dame qui a gratté une pierre avec ses ongles pendant des années et des années pour écrire ça!
– Mais pourquoi il l'avait enfermée, le Roy?
David répond à Noémie :
– Parce qu'elle lisait la Bible, et qu'elle était pas catholique comme lui.
– Même que, pendant qu'elle grattait, les catholiques ont tué beaucoup de protestants! dit Julie.
Jojo éclate en sanglots.
– C'est ma faute! dit-il.
– Pourquoi, ta faute?
– Parce que je suis catholique!
Je n'avais pas prévu ces larmes, ces confessions, ces règlements de comptes en montant dans le minibus. Je dis :
– Mais c'est fini les guerres de religions, les dragonnades! Pleure pas, Jojo! Tout va bien! C'est fini tout ça! On s'aime, maintenant! Regarde, monsieur le curé et moi, on est très amis!
– Vous allez vous marier? demande-t-il en reniflant, plein d'espoir.
On a tellement ri que j'ai proposé : « On déjeune! » en m'apercevant que dans la précipitation du départ je n'avais pas pensé à prendre le moindre bout de pain.
Sans les quitter de l'œil je m'éloignai pendant qu'ils s'installaient sur l'herbe et déballaient leurs

provisions. J'appelai Sarah, lui expliquai où j'étais, demandai des nouvelles de Dalila.

Mme Perrier était passée ce matin, l'avait trouvée bien. Il fallait attendre.

— Attendre quoi?

— Les résultats!

Les résultats. Ça me fit froid dans le dos.

Test de grossesse positif... négatif?...

Test HIV positif... négatif?...

Attendre...

— Dis, le directeur, il t'a dit pourquoi on n'avait pas pu le joindre hier soir?

Non, il ne m'avait rien dit.

Sarah baissa la voix :

— Je crois qu'il fréquente!

La parfumeuse, l'étudiante, la fleuriste...

Les trois à la fois?

— Madame!... euh... Maîtresse... euh... pardon...

Bertrand me tendait un morceau de gruyère.

— C'est pour vous!

— Je te remercie. Et... si tu allais serrer la main de David?

— C'est fait..., dit-il en rougissant.

— Pour ça aussi, je te remercie.

Les enfants avaient remarqué que je n'avais pas de déjeuner.

Ils me gavèrent littéralement. Bouts de Vache qui Rit, tronçons de saucisses, quartiers d'oranges, fragments de bananes, moitiés de pains au chocolat, parcelles de cake. J'eus même droit à une corne de gazelle made by Shéhérazade.

Je demandai grâce avant d'être vraiment malade. Je les comptai... ils étaient toujours dix-sept. Ouf!

— Il est venu ici, l'Écrivain, avant de mourir?

— Il est venu partout! dit Julie. Et sa femme aussi! Elle était très belle!

— Même que, pendant l'hiver quand on ne peut pas venir, nous, ma mémé m'a dit que toutes les bêtes de la montagne viennent s'asseoir dans la neige pour leur tenir compagnie !

— Et même les gens de ses livres ! Ceux qu'il a inventés ! Ils viennent tous !

— Peut-être qu'ils sont tous là ? dit Jojo, moitié terreur, moitié extase.

— On pourra lire ses livres ?

— Y en a chez moi ! dirent plusieurs petites voix.

— Mon grand-père les a tous !

Quelle belle journée !

Le paysage se modifiait sous la volonté d'un nuage vagabond.

Un épervier nous regarda de haut, avant de plonger dans la vallée.

Le chauffeur, qui était allé déjeuner à l'hôtel du Parc, revenait, l'œil toujours de velours, et s'asseyait près de nous.

Un nouvel éclairage du ciel avantagea la plaine lointaine, le plat pays des vignes et des amandiers.

Je leur racontai la Narbonnaise, la Voie Domitienne, les temples de pierre des César. Je leur racontai Rome, la Grèce, l'Égypte, les Phéniciens et les Juifs. Tous ces peuples de la Mer intérieure qui, pendant des siècles, étaient passés sur ces terres qui tremblaient devant nous comme des mirages, à la limite même de ce que nous pouvions voir.

Je leur racontai les hordes venant du Septentrion, les Vandales, les Goths, les Wisigoths, les Ostrogoths...

Les Ostrogoths eurent un succès fou. Alors je sautai de l'autre côté de la Méditerranée, pour ramener des Arabes sur nos côtes — on disait alors les Sarrazins, les Maures...

— Et les Francs ! dit David. Il ne faut pas oublier les Francs !

— Surtout pas ! N'oublions personne ! Parce que, voyez-vous, mes enfants, ce sont tous ces gens dont je viens de vous parler qui font ce pays, et ce pays, c'est...?

— La France! crièrent les enfants.

— Bravo! dit une voix de femme.

Une femme qui se tenait derrière le tombeau, une femme qui devait être là depuis un moment à voir la façon dont elle s'appuyait sur sa canne de golf.

La soixantaine juvénile. Élégante. Distinguée. Un brin Madame de Maintenon passant au milieu des gamines...

Beau port de tête. Autorité. Aisance. Décorations. Escorte, en la personne d'un quadragénaire empressé en échelon refusé.

— C'est très joli ce que vous leur dites, mademoiselle! Vous êtes la nouvelle institutrice?

— Non. Je suis le nouveau pasteur.

Elle fronce le sourcil, désigne les enfants :

— C'est une école religieuse?

— Non. C'est une classe de l'école publique de Valdeyron. L'institutrice a eu un accident...

— Je vois...

Elle sourit :

— Ce n'est pas très... laïque! Ni réglementaire!

— L'accident n'était lui non plus ni laïque, ni réglementaire!

Elle me regarda avec stupeur, décida de sourire, et se tourna vers son escorte.

— Allons, mon petit Lambert, il est temps de nous en aller, nous avons de la route!

— Au revoir, madame, dis-je poliment.

— Au revoir, madame! hurlèrent les enfants tandis qu'elle s'éloignait avec majesté dans les genêts.

Dès qu'elle fut hors de portée, Julie me dit :

— Elle est méchante, la dame!

— Et elle vous aime pas! ajouta David.

— Et nous, on la déteste!

Le chauffeur s'approchait de moi :

– C'est vrai que vous êtes pasteur ?

J'ai dit oui, et il a ri.

– Pasteur ! Ben ça, alors, j'aurais pas cru ! Vous êtes marrante !

J'ai essayé de lui expliquer qu'il y avait beaucoup de pasteurs marrants. Je ne suis pas sûre d'avoir été convaincante.

*

Avant de remonter dans le minibus, les enfants m'ont demandé d'écrire une phrase pour la boîte des petits bonheurs. On a trouvé un bout de papier :

Dalila, tu es formidable ! ta classe aussi ! Bravo !
ton amie Marie

Ça leur a plu.

Et, pendant tout le trajet du retour, on a chanté à tue-tête avec Cracky.

Blik ! Blak ! Blouk ! Blok !

*

Le directeur était content de nous voir revenir. Je ris en l'entendant compter, une à une, les brebis de son petit troupeau.

– Le compte est bon ! Rassurez-vous ! Je vous les ramène tous !

– Ça s'est bien passé ?

– Super ! Génial ! Cool ! criaient les enfants.

– On a vu la mer !

– les Ostrogottes, et même les Sarrazins !

– Et une dame très méchante qui aimait pas Marie !

– Quelle dame ? demanda-t-il, inquiet.

Je dis :

— Une dame décorée, importante... du genre officiel...

— Mon Dieu, c'est le sénateur ! Pourvu que nous n'ayons pas d'ennuis !

Il commençait à me gonfler. Il me semble qu'il aurait pu me dire merci.

— Pourquoi « des ennuis » ?

— Au moins vous ne lui avez pas dit que vous étiez...

— Pasteur ? Bien sûr que si !

— Mon Dieu ! ça va faire un pataquès ! Ça va faire un pataquès !

— Moins que si la bête du Gévaudan avait dévoré un des petits ! dis-je gaiement, en lui tournant le dos.

J'embrassai les enfants et je m'en allai.

J'abordais le petit pont quand j'entendis quelqu'un qui courait derrière moi. Je pensai que c'était le directeur qui venait m'exprimer sa gratitude... Non ! c'était le chauffeur du minibus. Je m'arrêtai.

— Je voulais vous dire... enfin, je voulais vous demander... fit-il, plus *latin lover* que jamais. Vous sortez avec quelqu'un ?

— Pardon ?

— Euh... c'est pour savoir si... enfin, si vous avez quelqu'un ? Parce que, si c'était possible, j'aimerais bien qu'on sorte ensemble !

« Sortir avec » ! J'avais toujours trouvé cette expression détestable. D'abord parce qu'elle dit le contraire de ce qu'elle veut exprimer. On dit « sortir avec » pour faire comprendre qu'on « entre avec » dans le même lit. Et là, sur le petit pont si joli, elle ne me faisait même plus rire.

Je pris un air innocent pour lui dire que je ne sortais avec personne, mais que c'était la conséquence d'un vœu. Et, pour m'en débarrasser, car il me suivait toujours, pas découragé, collant, je sonnai à la porte de Damien devant laquelle nous étions arrivés, et lui dis :

– Je vous quitte. Il faut que je m'occupe de mon grand-père qui est malade et très vieux...

Je n'allai pas jusqu'au petit pot de beurre car le loup détala au moment où Damien ouvrait la porte.

– Un problème? demanda-t-il d'une voix tonnante en voyant le garçon s'éloigner rapidement.

Je refermai la porte pour lui expliquer la proposition du chauffeur, et j'eus beaucoup de mal à l'empêcher de se lancer à ses trousses.

Je lui racontai ma promenade au tombeau de l'Écrivain, les enfants, la beauté du paysage, et la dame qui ne m'aimait pas et était, sans doute, sénateur...

– L'intrigante ! hurla-t-il. La coquine qui a épousé mon cousin : le président Boulard de la Fage ! Les Boulard de la Fage ! La branche infamante de la famille ! La honte des miens ! Mais des sous ! Des embrouilles ! Point d'honneur ! Elle l'a vite enterré, mon imbécile de cousin ! Mais elle était déjà sénateur ! Elle a fait tous les régimes depuis le Giscard !

Il disait le Mitterrand, le Giscard, le Chirac, avec la même rage.

Il disait aussi le Général, mais, là, il se mettait au garde-à-vous.

Quand il criait, Youki s'aplatissait, tête entre les pattes, sans doute au souvenir de moments douloureux.

– Ne criez pas, mon cousin ! Vous faites peur à Youki !

Il baissa la voix, et sa fureur était encore plus violente *mezzo voce*.

– Elle est allée montrer son dernier tailleur Chanel à la montagne, cette imbécile ! Elle l'a toujours été, imbécile ! Mais elle a couché ! Couché avec qui il fallait ! Si elle vous fait des ennuis, je vous fous mon billet que je lui damerai le pion !

Je me sauvai après m'être assurée que la voie était libre, plus de soupirant, et je hâtai le pas jusqu'à la maison.

Il devait me guetter par la fenêtre car, à peine avais-je franchi le portail que je le vis sortir.

Mostafa.

Je m'arrêtai, le cœur battant.

Il me semblait que c'était mon avenir à moi qui dépendait de son attitude vis-à-vis de Dalila.

Il était pâle, grave.

J'avais peur.

Jusqu'au moment où il s'approcha de moi et me serra dans ses bras en disant :

— Que le Clément, le Miséricordieux te garde toujours dans la paume de sa main.

*

Ouf !

*

On a dîné au bord du lit de Dalila.

Il lui tenait la main, caressait ses cheveux.

Ils se marieraient au Maroc, l'été prochain.

Il fallait que ce soit au Maroc car sa mère, son frère et ses cinq sœurs vivaient là-bas.

— Il n'y a qu'un petit problème, dit-il, un petit problème délicat...

— ...?

— Ma mère et mes sœurs n'ont jamais porté le foulard...

Il éclata de rire.

Nous aussi.

— Et deux de mes sœurs sont de vraies militantes pour la libération de la femme...

— Moi aussi, dit Dalila. À ma manière ! Tu verras, après mon passage, elles se voileront jusqu'aux pieds !

On a encore ri.

Mais j'eus du mal à m'endormir.

Je ne pouvais m'empêcher de penser à ces deux tests dont l'analyse avait dû commencer dans un laboratoire.

Je ne risquais rien, moi, je ne « sortais » avec personne.

*

La promenade au tombeau de l'Écrivain devait avoir des retombées.

Considérables.

Je le constatai dès la première classe de l'École biblique qui suivit.

À la petite troupe habituelle se joignaient deux nouveaux.

Pierre et Samir.

Le plus gentiment possible je leur expliquai que je ne pouvais pas les accepter.

— Ma mère, elle est d'accord, dit Samir.

Je me tournai vers Pierre :

— Et ton papa ?

— Euh... mon papa...

— Il n'est pas d'accord ?

— ... je crois pas trop...

— Et moi, je crois qu'il n'est pas d'accord du tout. Hein ? C'est ça ?

Il baissait la tête. J'étais désolée. Je caressais la petite brosse de cheveux blonds, très doux sous la main. Je me penchai vers lui :

— Tu vois, Pierre, la maman de Samir est d'accord... alors il peut rester. Mais toi, vraiment, ce n'est pas possible.

Il éclata en sanglots comme un ballon qui vous pète à la figure.

— Alors je reste pas ! dit Samir. Je reste pas sans lui !

Les sanglots redoublèrent.

241

— Mademoiselle ! Oh, Mademoiselle ! Oh, Marie !
Marie ! Les faites pas pleurer ! Gardez-les tous les
deux ! S'il vous plaît ! Les chassez pas !

Difficile, en de telles circonstances, de rester raide
comme la justice.

— Bon, c'est d'accord. Ils peuvent rester tous les
deux ! Et je vais vous dire pourquoi ils peuvent rester :
c'est parce qu'ils sont exemplaires ! Et ils sont exemplaires parce que... ?

— Parce qu'ils sont copains.

— Oui, Jean-Paul, tu as raison, ils sont copains. Et ils
sont copains parce qu'ils ne s'arrêtent ni à leurs origines, ni à leur religion...

— J'en ai pas ! dit Pierre.

— Justement, tu n'en as pas, et Samir, lui, il croit en
Dieu et en Son prophète...

— ‎علیه الصلاة و السلام * ! dit Samir qui traduit
timidement :

— Bénédiction et Salut de Dieu soient sur Lui !

Silence de la classe impressionnée.

— Pierre est français de souche, breton, Samir, lui,
est français depuis sa naissance parce que son papa et
sa maman, arabes, ont choisi la France pour l'aimer...

Je m'arrêtai. J'avais failli dire : et pour y vivre, mais
je pensai à temps que Blaïd, père de Samir, y était mort
au milieu des flammes. Je repris :

— ... et là où Pierre et Samir sont exemplaires, c'est
quand ils demandent tous deux à assister à l'École
biblique. Pourquoi ? Parce que le protestantisme, ils
n'en ont rien à cirer... Je vous fais rire ? Rien à cirer...
On se calme... Bon, Marcelle, si tu ris encore, je te
mets dehors ! Ça y est ? Bien. Mais ce qu'ils veulent,
tous les deux, c'est apprendre, c'est connaître, c'est
comprendre. Les autres. La Bible, ce n'est pas uniquement la propriété des croyants, c'est l'histoire du

---

* Âlaïhi Assalatou wa ssalam

monde... Abraham, c'est notre pépé à tous ! Et Jésus, c'est... عليه السلام dit à nouveau Samir.

— Vous voyez, Jésus, c'est...

— ... عليه السلام

— Arrête, Samir, laisse-moi finir ma phrase... Et, en même temps, je te prie de m'excuser, parce que c'est très beau ce que tu dis quand je prononce le nom de... Celui que je viens de nommer, nous aussi nous devrions plus souvent bénir son saint nom. Lui qui nous appartient à tous ! D'abord, il est juif !... Oui, Marcelle, tu as l'air surprise, tu as une question à poser ?

— Je voudrais savoir si sa mère aussi, elle était juive ?

— Bien sûr ! Pour nous, chrétiens, il est le fils... du Père. Pour les musulmans, il est un prophète. D'une façon ou d'une autre, il appartient à tous les hommes.

— Et à toutes les femmes aussi ?

— Surtout à toutes les femmes, Françoise ! Dans un temps où les hommes et les femmes étaient très séparés par la Loi, Il a toujours eu des femmes autour de Lui... Et elles ne L'ont jamais trahi. Elles étaient là, les femmes de Jérusalem, sur le chemin de Son supplice... Elles étaient là, les Marie, au pied de la croix...

— Quand même, Jean était là, aussi ! dit timidement David.

— Oui, tu as raison. Jean était là, et c'était le disciple... ?

— Le disciple qu'Il aimait ! dirent trois petites voix.

— Mais n'oublions pas que c'est d'abord aux femmes qu'Il a choisi de se manifester après Sa Résurrection...

— Qu'est-ce que c'est beau !

Pierre s'extasiait. Je pris peur.

— Attention, les deux nouveaux ! Je vous accepte pour vous apprendre, pas pour vous convertir ! Vous n'êtes pas là pour devenir chrétiens, mais pour connaître la Bible !

— Mais si Dieu voulait que je croie en Lui ? Qu'est-ce que vous feriez, vous, mademoiselle ? me demanda Pierre.

— Je m'arrangerais avec Lui, répondis-je en riant.

Mais j'étais vraiment embêtée. J'avais l'air, malgré moi, de faire du prosélytisme.

Ça n'allait pas arranger mes affaires avec BLG.

\*

Ça ne les arrangea pas.

— Mademoiselle le Pasteur !

En plein milieu du grand pont, en plein dans l'oreille attentive, grande ouverte, du village. Niveau de décibels limite supportable. Je me mets au diapason :

— Monsieur le Commandant !

— Que vous ayez remplacé une amie souffrante pour accompagner sa classe, non seulement je le conçois, mais je peux même vous en remercier ! Mais que vous vous serviez de votre prestige, de votre ascendant et de la promenade pour balancer aux enfants un sermon sur la montagne afin de les convertir...

— Moi ! Jamais ! Vous entendez ! Jamais je ne chercherais à convertir qui que ce soit ! Et vous savez pourquoi ? Parce que je sais tout le mal que Dieu a eu pour me convertir, moi ! C'était une mission IMPOSSIBLE ! Alors, depuis, je Lui fais confiance ! Et je ne racole pas pour Lui ! Il n'en a pas besoin ! Alors, écoutez-moi bien (et c'était valable pour tous ceux qui profitaient du spectacle que nous donnions), écoutez-moi bien et je vous le dis la mort dans l'âme, parce que Pierre et Samir sont deux enfants délicieux, bien élevés ! Je me demande par quel miracle ? Eh bien, ces deux amours, qu'ils ne s'avisent jamais de revenir parce que ma porte leur sera fermée ! Grâce à vous !

Il n'avait pas bougé. Je m'en allai sans le regarder. J'entendis une fenêtre qui se fermait, je croisai des gens qui semblaient ne pas me voir. Pauline quitta le pas de sa porte pour entrer dans sa boutique.

J'étais furieuse.

Et j'avais du chagrin.

Parce que j'aimais déjà Castor et Pollux, comme je les appelais dans mon cœur, et, bien malgré moi, ma porte venait de se fermer devant eux.

\*

— Il y a un moine dans ton bureau, me dit Sarah comme j'entrais dans le presbytère. Je lui ai fait du café.

Le frère Jean était en contemplation devant la carte des *Sévennes*.

Il se retourna, me tendit la main et, souriant, me désigna la carte :

— Vous y avez ajouté Serres, me dit-il.

— En lettres d'or, frère Jean !

— Une si belle aventure le méritait...

Il regardait autour de lui, de son regard de photographe saisissant tout, les livres, les CD, l'ordinateur, la table surchargée...

— Je ne suis jamais venu du temps de votre frère... C'est lui qui est venu à nous, au Skite Sainte-Foy. Heureuse visite depuis laquelle je vous attendais.

— Vous m'attendiez ?

— Oui. Il était si préoccupé de vous.

— ... ?

— Il nous avait parlé de votre... Controverse ? C'est ça ? Il était, comment dire... préoccupé mais confiant. Pas au point d'imaginer qu'un jour vous deviendriez pasteur !

— Et vous ?

— Je n'avais pas deviné que vous lui succéderiez... mais en vous recevant, couverte de boue, noyée de pluie, perdue dans la nuit, j'ai compris que quelque chose de merveilleux vous attendait.

— Merveilleux, mais pas facile !

— Il ne manquerait plus que ça ! Que ce soit facile ! Ça va, Marie ?

— Ça va...

— « Les héros qui se perdent ne se perdent jamais que par la volonté des dieux... »

— « Ou de Dieu », dis-je en souriant.

— J'ai rajouté un couvert !

Sarah passait sa tête par la porte entrouverte.

— Malheureusement je dois me sauver. Je suis juste venu vous dire adieu.

Adieu ?...

Oui, c'était vraiment adieu.

Le supérieur du monastère Saint-Sabba l'avait rappelé. Pour toujours. Il allait quitter le Skite à la fin du mois, pour retrouver le désert.

— Et Tutsi ?

— Tutsi reste avec frère Léon.

Il souriait. Mais j'avais compris.

— Chagrin ?

— Obéissance, dit-il en s'inclinant.

*

Obéissance. Je l'admirais.

Obéissance.

Une qualité que je n'avais pas reçue en partage.

Est-ce que ça s'apprend, l'obéissance ?

Il allait falloir que je me penche sur le sujet. Une qualité. Pas une vertu. Intéressant. Commencer par la base, avec les petits... « Chut ! On se tait ! On écoute ! »

Mais ça, est-ce l'obéissance ?

N'est-ce pas plutôt la discipline ?

Je décidai de leur en parler au prochain cours.

Une surprise m'y attendait.

Castor et Pollux !

Ils étaient tous deux devant le local avec les autres enfants.

Obéissance ? Discipline ?

J'étais d'autant plus furieuse que ça me désolait de devoir les mettre à la porte...

— Non, non, non, les enfants ! Ce n'est pas possible ! Je ne PEUX pas vous accepter !

Mais Pierre me souriait, me tendait une enveloppe.

*À Mademoiselle le Pasteur*

Je pris l'enveloppe, l'ouvris...

*Pardon. OK. Merci.*
*signé : Brice Le Guillou*

Pas de mots inutiles.
Classe formidable. Matin joyeux.
OK. Merci.

\*

J'ai reçu une lettre adressée à :

## Monsieur le Pasteur de Valdeyron

Ça m'arrive assez souvent.

Réclames pour publications pieuses, promotions pour cuisines incorporables, soldes monstres de meubles de jardin...

Mais cette lettre-là était une lettre personnelle.

Elle venait des États-Unis.

D'un *Oiseau Bleu*, perché dans la vallée de l'Hudson.

Intriguée, j'ouvris la belle enveloppe de vélin ivoire et je lus :

*Monsieur le Pasteur,*

*Il n'y a pas une heure, je viens d'apprendre par une lettre de Yad Vashem que la médaille des Justes entre les Nations va être remise, à titre posthume, à mon père, Abraham Mazel.*

*Je dis mon père car, si Abraham ne m'a point engendrée, c'est tout de même à lui que je dois d'être en vie.*

*Cet hommage qui lui est fait, vous vous en doutez, monsieur le Pasteur, me bouleverse. Et puis ce pays, mon pays, la Cévenne, est resté dans mon cœur malgré le temps, l'éloignement et les blessures de la vie.*

*La dernière fut la perte de mon cher mari, Paul Fontaine. C'est à Espériès que nous nous sommes mariés, il y a quarante-deux ans. Espériès où, des années plus tard, lors de la mort de mon frère, le professeur Jean Mazel, je fis la connaissance du pasteur Jérôme Béranger, aujourd'hui également décédé.*

*Je ne sais, monsieur le Pasteur, si vous êtes encore un homme jeune, mais comme il est douloureux, à mon âge, de voir disparaître les êtres aimés!*

*La cérémonie de remise de médaille des Justes n'est pas une cérémonie religieuse, mais, par respect pour la mémoire de mon père, je serais honorée de vous voir y assister et y prendre la parole. Violetta, ma bergère, m'a dit qu'il n'y avait plus de pasteur à Espériès et que celui de Valdeyron était en charge de la paroisse.*

*Par le même courrier, je préviens le consul général d'Israël à Marseille et le président de Yad Vashem pour qu'ils entrent en contact avec vous afin de fixer une date.*

*Avec mes remerciements, je vous prie de croire, monsieur le Pasteur, à l'expression de mon profond respect.*

ESTHER MAZEL.

*P.-S. C'est dans l'Ancien Testament qu'Abraham a appris à lire à la petite juive qui lui avait été confiée.*

– De bonnes nouvelles? me demanda Sarah, me trouvant la lettre à la main.

Je la lui tendis et elle la lut attentivement après avoir sorti ses « lunettes de près », comme elle disait.

– Esther Mazel, tu sais que c'est ma cousine?

– ...?

– Par Gédéon, le grand-père d'Étienne, le berger. Gédéon était cousin de ma mère et cousin de la mémé. Clémence. Clémence Clauzel. La belle-mère d'Abraham. Ce qu'ils ont fait là-haut, pendant la guerre, je peux te dire que ça la mérite, la médaille! À commencer par la petite qu'ils ont cachée, puis adoptée... Je l'ai connue, Esther, elle n'avait pas cinq ans! Elle était mignonne!

250

– Tu vas venir ?

– Je me demande... ces histoires, ça me remue toujours, tu sais pourquoi. Et puis, Esther, elle est simple, c'est vrai, mais elle m'impressionne ! On dit qu'elle voit la reine d'Angleterre quand elle veut ! Qu'elle est à tu et à toi avec le Président... l'Américain, là, pas celui de maintenant, celui d'avant, qui a un nom de raisin...

– Clinton ?

– Oui ! Alors, je ne sais pas. Et pourtant j'ai bien envie de la revoir !

*

Elle n'était pas la seule, à Valdeyron, à avoir envie de la revoir.

Ou de la voir.

À commencer par moi.

J'envoyai dès le lendemain une carte à l'*Oiseau Bleu* :

*Le pasteur de Valdeyron se réjouit de participer à la cérémonie en l'honneur d'Abraham Mazel et vous adresse, Madame, ses très respectueuses pensées.*

Et je signai :

*M. de Walheim.*

Je suis pasteur, oui, mais, Dieu merci, je suis restée farceuse.

*

Branle-bas de combat à Valdeyron.

La cérémonie aura lieu près de la ferme du Mazel. Dans moins de trois semaines...

Le maire d'Espériès et moi-même nous prendrons la parole, ainsi qu'Esther Mazel. Et les officiels représentant Israël.

251

Je suis très émue.

Je pense aux grands-pères, à Marion, aux camps...

Les petites sont dans tous leurs états à l'idée de connaître celle que la presse people appelle la reine Esther.

Tout le monde se prépare.

On ne parlait que de ça chez Pierredon où je suis passée prendre des grillades.

Michel faisait la queue devant moi, il m'a expliqué qu'il n'envoyait jamais Shéhérazade chercher sa viande, même de bœuf, parce que ça la mettait mal à l'aise de voir toute la charcuterie pendue au plafond.

Il a attendu que je sois servie pour sortir avec moi.

— Mélanie sera là jeudi prochain, m'a-t-il dit, radieux.

Puis il a ajouté :

— N'en parle pas, je te dirai pourquoi plus tard. D'ailleurs elle ne logera pas chez moi. Elle descend aux Châtaigniers... parce qu'elle ne vient pas seule. Elle sera avec des amis. Bob et Melchior sont au courant, ils sont les seuls... avec toi !

— Bonjour, monsieur le curé ! Bonjour, mademoiselle !

Une adolescente nous salue.

Michel se retourne et, découvrant la longueur de la jupe de la petite, lui demande :

— Tu n'as pas pu trouver une jupe plus courte, Faustine ?

— C'est que j'ai grandi, monsieur le curé !

Je ris. Elle est trop mignonne, avec ses jambes interminables. Elle rit aussi, gentille. Michel soupire :

— Solidarité féminine, je suis battu !

Faustine s'éloigne avec un petit salut gracieux. C'est vrai que la jupe est vraiment courte... un peu plus, et on ne pourrait même pas la prendre pour une jupe.

Michel la regarde, attendri :

– Je ne peux rien lui dire... c'est elle mon meilleur enfant de chœur !

Il me tend la main pour prendre congé, mais je veux en savoir davantage sur la venue de Mélanie. Combien de temps va-t-elle rester ?

– Juste jeudi soir ! Ils repartent le lendemain matin.

– Elle travaille toujours à la Foir'Fouille ?

Il a un petit rire. Mais qu'est-ce qu'il est mystérieux !

– Qu'est-ce que tu me caches ?

– Moi ? s'exclame-t-il, jouant les scandalisés.

– Oui, toi ! Tu as un air sournois... D'abord, tu ne m'as pas répondu : elle travaille toujours à la Foir'Fouille ?

– Non, dit-il. Elle les a quittés. Mais dans de très bonnes conditions. Tu verras.

*

J'ai vu.

Très exactement à 19 heures 57, le jeudi suivant, aux Châtaigniers.

J'ai vu une jeune femme qui s'avançait vers moi dans le salon, légère comme un elfe. Elle était vêtue d'un justaucorps et d'un collant d'une maille grise très discrète qui gainait un corps menu, des jambes parfaites...

Elle avait le cheveu vert.

Rouge. Bleu. Orange. Mauve et safran.

J'ai dit : « Cracky ! » et elle m'a embrassée en disant : « Il fallait quand même que vous le sachiez ! » tandis que Bob, Melchior et Michel applaudissaient.

– Je ne pouvais pas te dire ça dans la rue, devant chez Pierredon, avec tous ces gens qui passaient et repassaient autour de nous !

Michel rayonne. Bob débouche le champagne. Melchior ne quitte pas Méla... non, Cracky ! des yeux.

Je pense à Johann qui disait :
« Mélanie a de très jolies jambes. »
Je pense aux enfants qui confient à la boîte des petits
bonheurs :

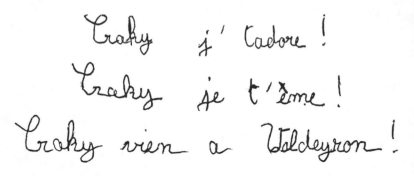

Cracky j' t'adore !
Cracky je t'ème !
Cracky vien a Valdeyron !

Marguerite entre avec des marrons rôtis à l'ail, une
spécialité maison.
Elle aussi est rayonnante :
— Elle est pas belle, notre Mélanie ?
— Marguerite, chut ! Personne ne doit savoir à
Valdeyron ! Personne, vous entendez ! demande
Michel, implorant.
— Ça me fait peine, mais je serai pire qu'un tom-
beau, dit-elle. Dis ! Qu'elle est belle ! puis elle salue les
« amis » qui accompagnent Cracky et viennent de nous
rejoindre : Messieurs, dames !
« Sa » maquilleuse, reine du piercing, sourcils
gothiques dans une face plus pâle qu'une lune
d'hiver.
« Son » coiffeur, crâne rasé, combinaison de cuir
aubergine, diamant à l'oreille gauche, bouc à la
Brantès.
Et puis, Step. « Son » Step, vais-je très vite
comprendre. C'est lui qui l'a rencontrée, découverte,
c'est lui qui a cassé la prison de pierre triste dans
laquelle elle était emmurée. Bravo, Step !
Il raconte modestement comment les choses se sont
passées. À l'entendre, il n'a aucun mérite. Il doit tout
au hasard.

Et au talent de Cracky.

Je me demande combien peuvent coûter les bottes cuissardes de veau velours qui lui donnent, avec son catogan, l'air d'un contemporain de mon aïeul Fulcrand.

— Rien ne serait arrivé sans le mec de la Foir'Fouille, déclare-t-il.

— Un type formidable ! confirme Cracky. Le directeur des ressources humaines, un dingue de musique ! Enfin, pas vraiment le même genre de musique que vous, Bob, dit-elle doucement. Lui, c'est plutôt...

— Entre *slow hip hop* et *urban pop*.

Les sourcils gothiques et le crâne rasé approuvent pieusement l'intervention de Step.

Marguerite revient avec des tartines de brandade chaude.

— Cette petite !... dit-elle en mangeant Cracky des yeux. Je me lasse pas de la regarder !

Et elle reste pour écouter le récit de Step.

Le dingue de *slow hip hop* et *urban pop* entraînait les plus douées des petites vendeuses dans l'espoir d'une hypothétique sélection pour la Star Academy. Mélanie, toujours serviable, lui propose de donner un coup de main. Le fait de ne pas être elle-même dans la compétition la délivre de son inhibition, la fait éclater dans un répertoire qui n'est pas le sien, loin de là, mais où elle s'amuse.

— Et là : le hasard ! Ou un truc à Dieu, monsieur le curé..., dit Step en se tournant poliment vers Michel. Croyez-moi, j'ai jamais mis les pieds à la Foir'Fouille, jamais ! Et j'y entre croyant y trouver un cadeau pour mon filleul. Je le trouve pas, le cadeau ; je vais pour sortir et, sur un mur, je vois quoi ? « La répétition des filles est dans le hangar des expéditions. » Le mot « répétition », moi, ça m'interpelle toujours. Je pousse des portes, je me perds, je m'enfile dans un couloir, j'entends une voix...

Ils se regardent tous les deux.

Et je les envie.

— Alors j'ai poussé la dernière porte... J'ai vu une fille, une vraie folle, une peau de star qui se déchaînait pour montrer à des connes — de vraies connes — comment il faut chanter, bouger ses fesses... C'était si beau !...

Oui, c'était si beau que, cette fois, c'est moi qui ai applaudi.

— On a quand même eu du boulot, après, poursuit Step. Abigaïl et Jules m'ont aidé.

Il désigne les sourcils gothiques et le crâne rasé, qui connaissent l'histoire par cœur mais n'ont pas l'air de s'en lasser.

— On a trouvé le look, on a trouvé le nom.

— Tu m'as écrit les chansons, dit Cracky.

Cracky ?... Oui, Cracky ! définitivement !

— Et vous êtes vraiment obligés de partir demain matin ? demande Marguerite.

Éclat de rire.

Demain soir, Cracky a un *live* à Marseille. Et après-demain, départ pour le Japon où elle est — déjà — l'idole des jeunes.

— Mais je ne pouvais pas partir sans embrasser mon frère et vous revoir tous ! dit-elle.

— Vous êtes au courant depuis combien de temps, Michel ? demande Melchior.

— Un peu avant Noël...

— Et vous ne nous avez rien dit !

— Mettez-vous à ma place ! Cette coquine m'appelle et me dit : « Je te demande le secret de la confession ! » Après ça, j'étais coincé ! J'avais promis ! J'ai cru qu'elle avait tué quelqu'un ! Et pourtant, quand j'ai su, ce n'est pas l'envie de vous en parler qui m'a manqué ! Dis-leur que tu as un disque d'or !

— Mon Dieu ! dit Marguerite éblouie.

– Dis-leur que tu es première au...

– *Hit*! précisent les sourcils gothiques.

– On a surtout beaucoup de projets, fit Step en souriant. Dis-leur tout!

– Et toi, dis-leur donc que tu ne voulais pas venir ici! Ose le dire!...

Step rougit et, embarrassé, s'adressa à Bob :

– C'est vrai. Je n'osais pas, monsieur Dumont. Je vous admire trop. Vous êtes un grand artiste... J'ai tous vos disques... Jeune, je me destinais à la grande musique, et puis... Cracky m'a dit tout ce que vous aviez fait pour elle, alors j'avais peur que vous m'en vouliez de l'avoir prise à Mozart, à Schumann...

– J'ai entendu les vocalises, dit Bob. C'était magnifique!

A capella, au milieu du salon, la voix sublime de Mélanie sortit de la gorge de Cracky. Nous retenions notre souffle...

– Magnifique..., répéta Bob.

*

Je ne dirai pas qu'Abigaïl et Jules étaient intimidés. Ce n'était pas dans leurs cordes d'être intimidés. Mais, devant les boiseries, les tableaux dans le goût romantique, le service au papillon, les verres de cristal dépareillés – ce qui faisait de chaque pièce une pièce unique –, ils devaient se sentir aussi perdus qu'en débarquant chez son petit copain.

Puis, le châteauneuf aidant, on les sentit heureux d'être là, eux, les écuyers de ce petit chevalier en maille grise dont dépendait leur avenir.

Les grands yeux que j'avais connus pleins de larmes étaient toujours aussi beaux.

Cracky mangeait peu et buvait encore moins. Elle nous regardait comme un enfant qui compte ses cadeaux au matin de Noël.

257

– Quel bonheur d'être là! disait-elle.

Et Step racontait que si cette petite halte à Valdeyron n'avait pas eu lieu, la pauvre aurait été incapable de continuer et d'affronter la tournée.

Après le dîner, elle vint s'asseoir près de son frère, glissa un bras sous le sien et posa sa tête contre son épaule.

Michel était ému :

– Quand te reverrai-je, Mélanie? demanda-t-il.

Elle l'embrassa sur la joue et dit avec un petit rire :

– Dieu seul le sait! Et comme je suis sûre qu'Il ne veut rien te cacher!...

Puis, plus sérieuse, elle ajouta :

– Septembre, je crois... N'est-ce pas, Step?

Step approuva, puis il regarda sa montre et poussa un petit cri :

– 22 heures 14! Dans cinq minutes, dodo, Cracky! On se lève demain à 7 heures! On a de la route!

Docile, elle se leva, nous embrassa tous, resta un moment serrée tout contre son frère, puis me prit la main. Je la suivis jusqu'au bas de l'escalier où elle s'arrêta.

– On se connaît peu, Marie... C'est la deuxième fois qu'on se voit! Mais je voulais dire à la sœur de Johann qu'elle était dans mon cœur pour toujours...

– Comme la sœur de Michel est dans le mien!

Les autres nous rejoignaient et, tandis que Cracky gagnait le premier étage suivie de Step, Jules s'arrêtait devant les portraits de la famille Campredon, fasciné.

– C'est des parents à vous? demanda-t-il à Melchior.

– Uniquement par alliance, rassurez-vous!

– Tant mieux!... parce que, dis donc, les tronches!

Puis ils nous dirent poliment bonsoir et nous restâmes seuls tous les quatre.

Non, pas vraiment seuls. Step avait déposé un DVD sur une table du salon et comme, à part Michel, aucun de nous ne l'avait vu, nous nous installâmes devant la télé pour regarder Cracky.

*

J'avais peur de la réaction de Bob.

De nous tous, il était le seul à être professionnellement concerné par le travail de Cracky, lui qui avait encouragé et soutenu Mélanie, au temps des *lieds* et des rêves d'opéra.

Mais – peut-être parce qu'il vivait dans les secrets de la musique – il fut le premier à succomber au charme de la performance.

– Une vraie pro! disait-il avec fierté. Et quelle voix! Quelle tessiture! Du lutin à la fée! Sur un nuage!

Step nous avait dit qu'elle avait eu beaucoup de mal au début à accepter le micro.

– Tu parles! Elle a une voix à remplir le Met! Mais si elle a eu du mal, en tout cas, ça ne se voit pas! Et qu'est-ce qu'elle bouge bien!

C'était vrai. C'était une fête de la voir. Et c'était une fête de voir, pris au hasard dans le public, des gens se lever pour venir chanter avec elle...

– Pas de regrets, Bob? demanda Michel.

– Non!

Il réfléchit en la regardant évoluer sur l'écran, fluo, brillante, éclatante, pailletée, et répéta :

– Non! Elle rend heureux.

*

Johann avait prédit que je retrouverais la Foi...

Johann avait prédit que Mélanie deviendrait belle, qu'elle chanterait :

– D'autres prédictions? me demanda Melchior. Aide-nous, ça peut rendre service!

259

Hélas, je n'étais pas comme Marie Révolte, je ne voyais clair dans les prophéties que quand elles étaient accomplies.

*

Dalila n'attendit pas la fin de sa semaine de repos. Au bout de trois jours, la joue toujours mauve mais le sourire aux lèvres, elle était retournée à l'école.

Les enfants lui avaient fait un triomphe. La boîte des petits bonheurs débordait. Elle voulait m'en lire quelques-uns :

*Dalila est guérie !*

et celui-ci qui me concernait :

*le pasteur ai charmante*

— Il n'est pas signé, ce message, mais je peux te dire qui l'a écrit !

— ...?

— Pierre ! Pierre Le Guillou, le fils du commandant. Le petit Samir et lui t'adorent !

Je la regardais, rangeant ses craies devant le tableau noir, heureuse de retrouver son domaine.

Courageuse.

Je lui demandai :

— Pour... l'autre nuit... tu as vu quelqu'un ? Reconnu quelqu'un ?

Elle secoua la tête.

— Pas reconnu... non.

— Aucun indice ?

— Si. Je suis sûre qu'ils étaient deux... très jeunes...

— C'est tout ?

– Non. L'un était d'ici : l'accent... Et l'autre...
Elle hésita.
– L'autre ?
– Je crois bien qu'il était arabe.
– Il parlait arabe ?
– Non ! C'est juste l'accent !
– L'accent ?...
– Oui, l'accent. Tu vois, Sarah, elle a l'accent du
Midi... Toi, par contre...
– J'ai un accent, moi ?
– Un peu alsacien...
– Moi ?
– Te fâche pas !
– Je ne me fâche pas ! Je suis ravie.
Ravie. Mais surprise.
– Et... Mostafa ?
Son visage s'éclaira :
– Je n'aurais jamais cru que ça pourrait nous
rapprocher... à ce point ! J'avais peur !
Moi aussi j'avais peur, Dalila.
– Tu crois que tout est perdu... tu ne sais pas que la
lumière est là, mais elle est là !
Mon portable sonna. C'était Melchior.
– Tu peux venir, *shatzeli* ? J'ai quelque chose à te
montrer...
Une drôle de voix. Froide.
Je pris congé de Dalila. Comme j'allais sortir, elle
me retint par la main et murmura quelque chose à
mon oreille.
Elle n'était pas enceinte.
Il n'y avait plus qu'une menace à l'horizon.

                              *

Ils m'attendaient tous deux dans la bibliothèque.
Visiblement bouleversés.
Que se passait-il ?

Melchior me tendit un papier griffonné. Un vilain papier, arraché maladroitement à un carnet. Et ce qui était écrit dessus était encore plus vilain.

« Cé Abel le viol. »

Le brigadier de gendarmerie venait de passer. Discrètement. Il avait voulu avertir Melchior avant de commencer une enquête et lui avait confié la dénonciation anonyme à laquelle il ne croyait pas.

D'abord, y avait-il eu viol ?

Et, si viol il y avait eu, qui avait été violée ? Aucune plainte n'avait été déposée.

— Et pourquoi me mettez-vous au courant ? demandai-je.

— Parce qu'on a eu peur pour toi !

— Ce n'est pas toi, *shatzeli*, qui a été...

— Ce n'est pas moi, dis-je gravement. Mais si je ne sais pas qui est le coupable, je sais quand ça a eu lieu, et qui est la victime. Ce n'est pas moi, mais ça n'en reste pas moins très triste.

J'étais émue devant le soulagement qu'ils ne pouvaient cacher.

Comme le brigadier, je ne croyais pas à la culpabilité d'Abel. Il ne sortait jamais que pour accompagner sa mère, n'avait jamais fait de mal à personne...

— Tu sais quand c'est arrivé ?

— Oui.

— Ne nous dis pas le jour, on va regarder ensemble le livre que nous tenons pour la santé des chevaux... c'est le vétérinaire qui nous l'a demandé.

Bob prit une sorte d'agenda noir et l'ouvrit.

— La semaine dernière... voyons... rien à signaler !... Ah, si ! Mardi ! Mardi soir, Abel est venu nous chercher pour Régordane. Elle avait des coliques, ça lui arrive parfois et, dans ces moments, il ne faut pas la laisser seule : elle s'agite et pourrait se blesser. Melchior m'a accompagné. Il était 20 heures 15. Il est reparti vers 21 heures, moi je suis resté avec Abel jusqu'à ce que la jument se soit calmée. Un peu avant 23 heures.

— Bingo! C'est ce soir-là, entre 20 heures 15 et 20 heures 50 que ça s'est passé. À cinq kilomètres de chez vous.

— Tu as une idée de qui ça peut être?

— Ce seraient deux jeunes...

— Deux?

— Oui, mais je préférerais que, pour le moment, vous ne disiez rien au brigadier... Plus tard, peut-être...

Et nous abandonnâmes ce sujet de conversation qui me mettait mal à l'aise.

— Il paraît que tu dois prendre la parole pour la médaille des Justes d'Abraham Mazel? me demanda Melchior.

— Oui. J'ai lu et relu tout ce qui a paru sur Esther Mazel... Enfin, une partie seulement... J'ai un peu le trac!

— Toi!

— Oui, moi!

— Si tu veux, on t'amènera là-haut avec le Tintin?

— Oh, merci!

— On avait même l'intention d'inviter Sarah qui n'a jamais dû voir son pays depuis le ciel!

— Elle sera ravie! Merci pour elle!

Mais quand, deux heures plus tard, je transmis l'invitation à Sarah, elle poussa des cris d'épouvante :

— Moi! Monter dans ce moulin à café? Mais tu rêves! *Jamaï!* Il faut être folle comme toi pour le faire! En tout cas, tu diras bien merci à ces messieurs, je suis très touchée, mais j'ai déjà dit oui à Marguerite qui m'emmènera dans la commerciale. J'aurai assez peur comme ça... crois-moi! Mais pour Esther et Abraham, on peut bien faire un petit effort.

*

263

Tout le monde le faisait, le petit effort.

Même moi, qui décidai de prendre rendez-vous chez le coiffeur.

– Mon Dieu, où je vais vous mettre ? me dit Mauricette, la coiffeuse. Je suis tellement complète que j'ouvre tous les jours à 8 heures ! Bon, je peux vous prendre à moins le quart, le jour des hommes, la veille d'Esther.

Je passai au shampooing au jour dit, quand une voix d'homme, sortant de la mousse du bac voisin, dit :

– Je suis Étienne, fils de Luc, petit-fils de Gédéon.

– Cousin de Sarah !

– Et d'Esther ! fit fièrement le berger en relevant la tête. Je me fais beau parce que je lui prépare une surprise, à la cousine !

– Tout le monde veut se faire beau, dit Fanchon, l'apprentie, en répandant de l'eau sur ma chevelure.

– Devinez qui j'ai à l'heure du déjeuner... parce que je suis tellement complète que je ne pouvais pas autrement, poursuivit Mauricette. Non ! Vous devinerez jamais ! Le marquis !... Enfin, M. Damien, qui se fait tout faire : les cheveux, la barbe, tailler la moustache et les sourcils ! J'aurais jamais pensé le voir passer ma porte, celui-là !

– Clémentine m'a dit que l'usine sera fermée de toute la journée pour Esther !

– C'est la moindre des choses ! Le pays lui doit tant, à cette femme !

– Demain, Valdeyron sera ville morte !

– Y restera que les vieux et les femmes en couches !

– *Viel ou pas viel, i sarai* * !

Il était vraiment vieux, le paysan tout cassé qui sortait d'une main tremblante son porte-monnaie de son pantalon de futaine pour payer Mauricette.

Étienne se pencha vers moi :

* Vieux ou pas vieux, j'y serai !

264

– C'est Gastounet, de la Borie du Pont! Abraham l'a caché pendant la guerre... Ils en ont sauvé du monde, là-haut!

– *Cresiè qu'ero lou journ dels homès \*!* plaisanta Gastounet en me voyant m'asseoir devant une glace.

– Oui, c'est le jour des hommes, dit Mauricette. On prend pas de femme, mais, mademoiselle, c'est spécial : c'est le pasteur!

*

Délicieux départ chaloupé du Tintin qui caresse les toits avant de s'élancer vers le bleu du ciel.

Surprise quand je découvre l'Aigoual coiffé de blanc, scintillant dans la lumière.

– L'hiver finit là-haut quand il veut, en plein été parfois, me dit Bob qui prend de plus en plus de hauteur.

Les tours de l'observatoire semblent celles d'un château fort veillant sur le royaume des neiges.

C'est le dernier observatoire fonctionnant en métropole.

– *Sylvas nubes ventos inter fulgura impavide student \*\*.*

Le Tintin tire sa révérence à l'Aigoual pour mettre le cap sur le Causse derrière lequel se cache Espériès et, plus loin, invisible aux yeux comme il le fut pendant les années noires, le Mazel.

– Regardez! Toutes ces voitures! Ces camions! Ces cars!

Il en vient de partout. On fait la queue sur la route qui monte en lacets. La reine Esther et son père Abraham déplacent le monde... Mais il y a plus beau encore, c'est ce que nous découvrons quand nous survolons le Causse.

---

\* Je croyais que c'était le jour des hommes!
\*\* Devise de l'Observatoire du Mont Aigoual : « Sous la foudre ils étudient sans peur forêts, nuages et vents. »

Un grand troupeau de moutons va vers le lieu do rendez-vous et, à ce spectacle, je pense à une phrase de l'Écrivain :

– ... *sur notre victoire ou sur nos tombeaux, il y aura toujours...*

– ... *des troupeaux pour monter à la montagne chaque fois que l'été sera revenu,* termine Melchior.

C'était ça, la surprise d'Étienne pour sa cousine : l'hommage de son troupeau.

- Cet été, je t'emmènerai visiter les entrailles de la terre, me promet Bob. Nous descendrons au fond de Bramabiau, là où se perd le Bonheur *. Tu n'as pas peur dans le noir ?

– Non !

– Bien, et comme tu n'as pas peur non plus dans les airs, je te ferai voler en planeur et, si nous avons de la chance, les vautours nous accompagneront !

– Les vautours ?

– Ils ont peur du Tintin à cause du bruit, mais ils aiment voler avec les planeurs... comme les dauphins aiment nager avec les bateaux...

Voler avec les dauphins du ciel, se perdre dans le Bonheur ! Quel beau programme !

– Montrez-lui la combe des Septante, demande Melchior.

Et Bob nous emporte dans une jolie courbe, et voilà que nous découvrons *l'oustau negre,* la maison sombre posée comme sur la paume d'une main, et le précipice avec la grotte qui cacha des camisards autrefois, les Septante, puis des maquisards et des proscrits au temps d'Abraham, père d'Esther.

On distingue des gens sur l'herbe rase, des enfants, des gendarmes, un important service d'ordre.

– J'ai bien fait de signaler la venue du cher Tintin, plaisante Bob. Ils nous auraient descendus au *bazooka.*

---

* Le Bonheur . rivière qui prend sa source au pied de l'Aigoual.

Motards devant une voiture... le préfet, sans doute...

Je suis morte de trac.

Mais je ne suis pas sûre que ce soit le trac...

Ce que je ressens au moment où nous atterrissons sur l'herbe hérissée de folie par le vent des pales, c'est bien autre chose que le trac.

Une émotion sacrée.

*

Émotion si forte qu'en descendant de l'hélicoptère je ne remarque ni la foule ni les officiels. Je ne vois que cette femme qui nous regarde approcher, cette femme qui semble ne voir que moi, elle aussi... cette femme qui me sourit... avant d'être masquée par une délégation : préfet en grande tenue, maires ceints de leurs écharpes, anciens combattants porteurs de drapeaux...

Alors seulement j'ai réalisé que j'avais laissé ma robe et ma Bible dans le Tintin.

Bob et moi sommes repartis les chercher en courant, et il a tenu la Bible tandis que je me transformais en ministre du culte sous la protection du gros joujou.

Nous sommes revenus en nous hâtant et, cette fois, le maire d'Espériès nous a présentés à Esther Mazel.

– Le pasteur ? a-t-elle dit sur un ton indéfinissable en me regardant de la tête aux pieds. Le pasteur ! répéta-t-elle en me prenant les mains. Quelle surprise !

Elle faillit me dire quelque chose qui devait être drôle étant donné son sourire mais, ayant aperçu Sarah qui n'osait approcher, elle poussa un cri :

– La cousine Sarah !

Puis elle se pencha vers une petite fille qui se tenait timidement derrière elle :

– Clémence, ma chérie, la maman de cette dame était la cousine de ton arrière-arrière-grand-mère !

– Clémence! répéta Sarah. Vous l'avez appelée Clémence, comme la mémé! C'est trop beau!

Ce qui était trop beau, c'était de voir cette enfant saisir Sarah dans une de ces gracieuses étreintes à l'américaine, le *hug*.

Mon seul échec à Harvard.

Une année d'étude ne m'avait pas permis de réussir dans cette matière.

Présentations, poignées de mains, des noms, des titres volent dans l'air. On va commencer, le silence se fait...

Et, brusquement, les yeux d'Esther se remplissent de larmes. Elle lève une main, écoute... et nous écoutons avec elle.

Bruit de fontaine? Bourdonnement d'une ruche géante?

Tout le monde se tourne vers la montille d'où semble provenir la rumeur... Et le voilà qui arrive, le troupeau, le voilà qui s'arrête sur la hauteur, pas trop loin, pas trop près, et voilà Étienne qui donne des ordres aux chiens et qui vient vers nous entre le bélier décoré de pompons de laine rouge et le doyen des chiens.

– Hommage à Abraham! dit-il à Esther en se découvrant.

– *Sies lou pichot fils de Gédéon \*!*

Elle ne pose pas de question, elle sait. Comme elle sait toujours s'exprimer dans la langue de la mémé.

Le bélier semble très vieux, si vieux qu'on imagine qu'il a marché quarante ans dans le désert.

Il est d'une immense dignité.

Sage.

Mais le chien, sage aussi, semble inquiet. Il regarde son maître, mendiant un ordre.

Et l'ordre vient : « *Vaï! Perdrigal!* » et le chien se précipite, heureux de pouvoir rejoindre son troupeau.

---

\* Tu es le petit-fils de Gédéon!

Étienne rit.

— Il était pas tranquille! C'est son fils qui garde les bêtes, il lui fait pas confiance!

*

Les discours.

Le ton est donné par le maire d'Espériès.

— Esther, a-t-il dit, tu permets que je te tutoie? Je te tutoie, vois-tu, parce que mon père était de ces jeunes qui, sans toi, seraient morts le jour où, petitoune, tu as senti brûler la Borie Poujol et vu les blindés avancer vers la crête. Ces jeunes qui seraient morts si tu n'avais pas couru sur les pierres pour les avertir...

Je regardais la petite Clémence qui serrait la main de sa grand-mère dans la sienne. Elle était belle comme savent l'être les Eurasiennes. Son père se tenait derrière elles et, tous trois, la merveilleuse femme de plus de soixante ans, l'Indonésien et l'enfant de deux continents respiraient du même souffle.

Paul Fontaine avait ramené deux orphelins, le frère et la sœur, d'une jungle du Timor, et Esther et lui les avaient adoptés.

Thomas et Madeleine.

Je cherchai vainement des yeux la sœur et l'épouse de Thomas.

Esther prenait la parole.

— Vous ne m'aidez pas! dit-elle en commençant. Les troupeaux, le jour de la Borie Poujol, l'odeur de la montagne, le souvenir de mon père, de maman Abraham, de la mémé, de mon frère Jean et de Gwen qui fut à Ravensbrück avec ma mère... j'ai bien peur de pleurer! Mais vous ne m'en voudrez pas, n'est-ce pas? Nous sommes en famille, je ne vois que des cousins ici! N'est-ce pas, monsieur le Préfet? N'est-ce pas, monsieur le Président? Monsieur le Consul d'Israël? N'est-ce pas, vous tous?

Puis elle évoqua son père, l'héroïsme tranquille avec lequel il avait traversé l'époque où il cachait dans la grotte Juifs, résistants, républicains espagnols, Allemands antinazis.

– Il m'a tout appris de la vie ! dit-elle en conclusion. Y compris mon métier. En me faisant lire mon avenir dans l'Exode : *Travail de parfumeur...* Mazel... père... chance... Nous sommes tous les enfants d'Abraham, mais moi... je suis sa fille !

On l'applaudit longtemps.

À travers un brouillard de panique, je regardais les gendarmes, les pompiers, BLG en tenue impeccable, Michel qui avait du mal à cacher son émotion, Dalila et sa classe, un très grand Noir à cheveux blancs qui ne quittait pas Esther des yeux...

Puis vint le moment de la remise de la médaille des Justes entre les Nations...

« À Abraham Mazel, d'Espériès, à titre posthume. »

Un portable sonna au milieu de la réprobation générale. Une brebis se permit un bêlement et fut aussitôt réprimandée par le sévère Perdrigal.

Une minute de silence.

Remise du diplôme.

Applaudissements.

C'est à moi.

– Mazel, ce nom cévenol que vous portez, madame, ce nom que l'on rencontre si souvent dans nos vallées et nos montagnes, Mazel, ce mot qui signifie chance en hébreu, Mazel a été notre chance à tous. La vôtre, madame, c'est d'avoir rencontré le salut. La chance d'Abraham, votre père, c'est d'avoir rencontré l'enfant à qui il disait : « Il faut que tu sois fière d'être juive, Esther ! Nous, nous ne sommes que les lecteurs du Livre, les serviteurs... toi, tu es le rejeton et la lignée de David ! Toi, Esther, tu es l'étoile brillante du matin ! »

Je n'avais rien inventé. Esther était une légende. Mais la légende était vraie. Et, pour remercier, je dis :

« Écoute, Israël, l'Éternel notre Dieu, l'Éternel est Un » mais je le dis en hébreu :

* ₄שְׁמַע· יִשְׂרָאֵל יהוה אֱלֹהֵינוּ יהוה|אֶחָד׃

*

Les gens se bousculaient pour approcher Esther. Le service d'ordre était débordé. Mais deux géants, un Blanc et un Noir, veillaient sur elle et la petite. Je devinais l'arme de poing sous la veste bien coupée.
La toujours svelte Esther est une des femmes au monde qui pèse le plus lourd.
Le vieux monsieur noir ne la quittait pas des yeux... je crois bien que lui-même était armé. Aussi grand que les géants, il avait dû être son *body-guard* dans sa jeunesse.
Il nous fit signe de ne pas nous écarter du groupe des officiels qui se dirigeaient maintenant vers d'immenses buffets installés sous des tentes, le long de la draille où, près d'un demi-siècle plus tôt, une petite fille avait couru pour donner l'alarme.
Madame le sénateur, suivie de son petit Lambert, nous dépassa, me gratifia au passage d'un : « Charmante ! » à la Maintenon, et courut vers Esther pour la saluer. Malheureusement pour elle, au même moment, Esther aperçut Gastounet et le prit dans ses bras.
— *Coume vai, Gastounet ** ?*
— *Se fasen viel ! Se fasen viel *** !*
Damien me fit un clin d'œil tandis que le sénateur s'éloignait, altière et boudeuse, avec son petit Lambert.
Pour la circonstance, le marquis avait revêtu son uniforme de la division Leclerc.
Un uniforme de lieutenant.

---

* Shema Israël Adonaï Elohenou Adonaï Ehad (Deut., VI, 4).
** Comment vas-tu, Gastounet ?
*** On se fait vieux ! On se fait vieux !

L'uniforme du jeune officier plein de courage, d'amour et d'illusions qu'il avait été.

Il entrait encore dedans. Avec peine, mais il y était. D'impressionnantes décorations, malgré leur nombre, ne parvenaient pas à masquer le travail accompli par les mites depuis plus d'un demi-siècle.

Je le pris par la main et l'amenai à Esther :

— Permettez-moi, madame, de vous présenter mon cousin Damien d'Escandieu de la Fage...

— Je descends de trois générations d'officiers français, dit Esther. Très honorée de vous serrer la main, monsieur... Votre boutonnière mérite le respect...

— Ma jeune parente m'a raconté votre enfance héroïque dans nos montagnes, et votre réussite à l'échelle mondiale. L'honneur est pour moi, madame !

Des voix fraîches s'élevaient, toutes proches. Les petites, elles aussi, avaient voulu célébrer Esther, à leur façon. On avait transporté l'harmonium derrière lequel était assise Mlle Contrepas. Mostafa et son luth, les flûtes et les tambourins accompagnaient le psaume bien trouvé :

*Éternel, souviens-toi de David,*
*De toutes ses peines !*

Nous ne l'avions encore jamais chanté au temple. C'étaient les petites qui me l'avaient proposé, peu de gens pouvaient suivre... Mais j'eus la surprise de voir que M. et Mme Bentick, un couple joyeux de retraités hollandais qui, installés à la Baraque Neuve, assistaient au culte tous les dimanches, le connaissaient, ainsi qu'un homme que je n'avais jamais vu et son petit garçon. Des Allemands, eux...

— Psaume 132. Psaume des degrés que chantaient les pèlerins en marche vers le Temple de Jérusalem, dit une voix à mon oreille.

Le consul d'Israël, Arie Avidor, s'était approché de moi et prenait mes mains dans les siennes :

– Merci !

– Merci à vous ! Et à vous ! dis-je à Robert Mizrahi.

Président du comité Yad Vashem, il était venu avec sa femme, et tous deux semblaient très émus.

– Nous avons été des enfants cachés, nous aussi, me confièrent-ils.

Il y en avait plusieurs dans l'assistance. J'avais fait leur connaissance à Bréau, au cours d'une rencontre au temple. Déchirante. Les plus jeunes de ces « enfants » avaient la soixantaine, les plus vieux approchaient de quatre-vingts.

Que de blessures dans leurs mémoires et dans leurs cœurs ! Oh oui, Éternel, souviens-toi de David et de toutes ses peines !

– Qui sont ces merveilles ? me demanda Esther à la fin du psaume, en désignait les petites.

– Nous sommes les « soupes de mémé » ! dirent-elles en chœur.

Esther éclata de rire.

– Je savais déjà que les « soupes de mémé » étaient bonnes ! Je ne savais pas, qu'en plus, elles étaient jolies !

Je les laissai l'entourer, heureuses.

– Ce que vous avez dit tout à l'heure...

BLG.

Tout près de moi.

Pour la première fois, il me regardait sans agressivité. Il me sembla même...

– Ce que vous avez dit tout à l'heure, répéta-t-il, c'était...

Mais son portable sonna.

– Tout de suite ! fit-il brièvement après avoir écouté.

Puis il rassembla ses hommes, s'excusa, disparut...

... et je ne sus pas ce qu'il avait voulu me dire.

De loin, la parfumeuse, parée comme un arbre de Noël, avait suivi la scène d'un eye-liner noir.

– *Prima*, notre BLG !

Melchior me tendait un verre, Bob une assiette.

Esther qui posait au milieu des petites pour le *Midi Libre*, les aperçut et vint nous rejoindre après la photo.

Elle regardait Melchior avec insistance.

– Weisendorf... Weisendorf ? attendez... Je crois que j'ai connu votre femme !

– Laquelle ? demanda-t-il.

Melchior me surprendra toujours !

– Amanda Weisendorf ! Une charmante fille rousse qui est venue nous voir à New York au moment où nous lancions *Presque Trop*, Paul et moi. La base du parfum, c'était le ood *...

– Le bois des émirs. Oui, je me souviens. Amanda a fait une étude sur l'*aquilaria agallocha*.

– Peste ! dit Bob.

– Oui, c'est le nom de cette moisissure hors de prix ! Mais vous disiez, madame, « la base du parfum *était* le ood », cela voudrait-il dire que vous en manquez ?

– Que nous risquons d'en manquer.

Melchior sortit un stylo et une carte de visite de la poche de son blouson, écrivit quelques mots et tendit la carte à Esther :

– J'ai gardé de bons amis dans les Émirats, s'il reste un gramme de ood à la surface de la terre, il sera pour vous.

– Quel charme ! me dit-elle comme il s'éloignait avec Bob, pour aller saluer Mme le sous-préfet du Vigan. Quel charme ! répéta-t-elle. C'est un ami à vous ? Oui ? Veinarde ! je voudrais qu'il soit aussi le mien. Vous savez, quand vous êtes arrivés tous les trois, je me suis demandé lequel de ces deux hommes était le pasteur ! Je n'aurais jamais imaginé... Oh ! Tim ! s'écria-t-elle en se retournant vers

* Prononcer « oude ».

le vieux monsieur noir qui ne la quittait toujours pas de l'œil :

– *Tim, tell Mademoiselle what I said when I first saw her* * !

– *Yes, Madam. Madam said :* " *I want this beauty to launch my next perfume* ** *!* "

Elle éclata de rire, me prit par le bras.

– Vous avez vu la tête que j'ai faite en vous voyant revenir vêtue d'une robe de pasteur ! Je me suis dit : « Ma fille, Il a été plus rapide que toi ! »

Depuis un moment son fils me regardait comme quelqu'un qui cherche à attraper un souvenir...

– Ça y est ! cria-t-il. J'y suis ! Harvard ! *Divinity School* ! C'était vous la bombe incendiaire, le phénomène mécréant !

– Thomas !

Esther était scandalisée. Moi, je riais.

– C'était bien comme ça qu'on m'avait présentée pour le Duel.

– Quel Duel ? demanda Esther.

– Le Duel où nous sommes allés avec Deborah ! Deborah, c'est ma femme, précisa-t-il pour moi. Elle est baptiste, d'origine irlandaise, pas du tout la même église que les Campbell ! Vraiment pas du tout ! À propos, qu'est-ce que vous lui avez mis, au Sénateur ! C'était un bonheur de vous voir ! Souviens-toi, Maman, on te l'a raconté.

– Mais alors, c'était vous la jeune fille déchaînée contre les religions !

– C'était moi !

– Et vous voilà pasteur !

– C'est drôle, parce que Deborah me disait : « C'est elle qui a la Foi, pas Desmond ! » Deborah n'est pas venue parce qu'elle doit accoucher dans une semaine. On ne pouvait changer ni la date de la

* – Tim, dites à mademoiselle ce que j'ai dit en la voyant !
** – Oui, Madame. Madame a dit : « Je veux cette beauté pour lancer mon prochain parfum ! »

médaille, ni la date de l'accouchement, c'était risqué de prendre l'avion, elle était désolée...

– Alors, vous connaissez Desmond Campbell ? C'est drôle ! Je retrouve le mari d'Amanda, puis Thomas vous retrouve ! Vous les connaissez bien ?

Voyant que je ne comprenais pas de qui elle voulait parler, Esther précisa :

– Les Campbell... Vous les connaissez ?

Je dis que oui. Thomas se mit à rire.

– C'est surtout la mère qui vaut le voyage ! Terrorisante !

– Courageuse, dit Esther. Ne sois pas injuste !

– Courageuse, d'accord, et tellement triste d'être moins riche que toi !

– Thomas a raison, ça la rend malade ! Mais sa vraie maladie, c'est le syndrome de la mère américaine du Messie. Oui, m'expliqua-t-elle, la mère qui ne pense pas avoir enfanté Jésus, mais le futur Président des États-Unis !

– Reine du gratte-cul, elle rêve aussi de devenir reine-mère ! Tout en restant la reine du *born-again* ! Vous savez la dernière ? On dit qu'elle veut lui faire épouser la fille du révérend Le Sage ! Pour affaires !

– Arrêtons-nous, dit Esther en le regardant fixement. Nous devenons méchants !

J'aurais bien voulu en savoir davantage, mais, de nouveau, Esther découvrait quelqu'un qu'elle ne s'attendait pas à trouver là.

– Wilfried ! Mon Dieu ! Quelle surprise !

C'était lui qui avait chanté en allemand le psaume des degrés avec son petit garçon.

- Mon fils, Martin.

– Wilfried Lavalette, directeur de l'𝓔𝓜 à Berlin, me dit-elle.

Puis, se tournant vers l'enfant, elle demanda :

– Il comprend le français ?

– Oh oui, madame ! dit le petit, scandalisé.

– Tu sais, Martin, ton grand-père m'a sauvé la vie quand j'avais cinq ans...

– « Belle petite huguenote », je sais, madame. Papa me l'a dit.

– Sais-tu aussi ce que son papa à lui avait dit ? « Il ne faut jamais, fût-ce sous la contrainte...

– ... devenir le dragon du Roy. » Oui, madame, il me l'a dit également.

Esther soupira puis, en souriant, avoua :

– C'est trop pour moi, tout ça ! C'est trop de joie... Mais, Wilfried, comment avez-vous trouvé le chemin du Mazel ?

– Nous avons acheté une vieille ferme, ma femme et moi, du côté de Cap-de-Coste... il y a deux ans. Retour aux sources des descendants des religionnaires, dit-il en souriant. Nous serons ce soir à Berlin, mais Martin n'oubliera jamais. Je voulais qu'il voie ça.

– C'est comme Clémence, je voulais qu'elle soit là... Et, surtout, je voulais qu'elle sache qui avait été son arrière-grand-père.

Son arrière-grand-père...

Esther n'était pas la grand-mère de sang de cette petite fille. Elle n'était elle-même que la fille adoptive d'Abraham. Mais le lien entre ceux et celles qui formaient cette dynastie était là.

Puissant.

Et l'enfant, métisse des îles de Timor et d'Irlande, regardait de ses grands yeux de princesse de féerie, cette page de l'Histoire de France que le sang versé avait écrite bien avant sa naissance.

Il avait raison, Léopold Sédar Senghor, quand il prédisait que l'humanité ne serait sauvée que par le métissage.

– Mémé, dit la petite, *it was really beautiful !* J'ai même pleuré !

Les gens se dispersaient. Les officiels étaient repartis, on entendait le bruit merveilleux du troupeau s'éloignant, déjà invisible. Les petites s'attardaient devant le buffet, heureuses. Gastounet racontait le Mazel du temps d'Abraham à Damien... Thomas rendait visite au Tintin, revenait vers nous avec Melchior et Bob :

— Nos amis me proposent un petit tour dans le ciel, en hélicoptère...

— Oh oui! Oh oui! dit Clémence en battant des mains.

— Mais tu n'es pas invitée, petite souris!

— Mais si! Mais si! déclara Bob en la soulevant dans ses bras.

— Mémé! supplia la petite. *Please! Oh! Please!*

Les *body-guards* s'étaient rapprochés...

— *It's OK!* dit la grand-mère, ça non plus tu n'oublieras pas.

Nous les regardâmes aller vers le Tintin, riant de voir Clémence sauter comme une chevrette... Nous les regardâmes embarquer... puis s'élever dans les airs...

Sur la pelouse, toutes les têtes se levèrent...

Esther se tourna vers moi et me prit la main en disant :

— J'avais besoin d'être seule avec vous.

*

Jusqu'au dernier moment on ne pouvait deviner la maison.

Et, tout d'un coup, elle était là, l'*oustau negre*, toute proche par magie.

Une apparition.

Devant la porte, un troupeau de chèvres s'apprêtait à partir en promenade. Une femme les rassemblait, appelait son chien, nous saluait de loin.

Cette femme, d'un certain âge, je l'avais remarquée pendant la cérémonie. Elle avait des yeux admirables et beaucoup de chic.

Une amie d'Esther ?

– C'est Violetta, ma bergère, elle va garder.

– Garder ! Avec des bottes Gucci et un ensemble de Ralph Lauren ?

J'avais envie de rire.

– Elle a eu beaucoup de malheur, alors je la gâte un peu... et puis elle a joué un grand rôle dans ma vie, avec son troupeau. Je vous raconterai.

La porte n'était pas fermée.

Un autre géant veillait à l'intérieur.

Aucune faille dans l'organisation.

La pièce où nous entrons est sombre. Il y a du feu dans l'âtre... C'est une cuisine de paysans. Antique. Vraie. Mais, sur la table de bois usée par des générations de Mazel, s'entassent des e-mails et des messages, dans le renfoncement de l'évier de grès une petite lumière rouge ne cesse de clignoter, et une machine invisible crache des fax dans le noir.

Esther me fait asseoir, demande du thé au géant, repousse de la main la pile de messages et, quand nous sommes seules, me dit :

– Nous vous avons fait de la peine.

Voyant que je ne comprends pas, elle précise :

– Tout à l'heure... en parlant des Campbell ! Il y a eu quelque chose entre Desmond et vous ?... J'ai vu votre visage changer quand Thomas a parlé de la petite Le Sage.

J'ai souri. J'ai dit, qu'en effet, il y avait eu « quelque chose » entre Desmond et moi. Mais je n'avais pas éprouvé de chagrin en les écoutant parler. Je n'avais pas eu de la peine... non, j'avais eu confirmation que tout était fini, et devait l'être, entre le fils d'Eleanor et moi.

Le thé arriva, servi comme au Ritz, avec un rituel princier.

Esther demanda au géant – celui-là était roux, *made in Eire* – de prendre toutes les communications et de ne lui passer que Mlle Madeleine, sister Marguerite ou Mme Thomas, si elles appelaient.

Il s'éclipsa silencieusement, baissant la tête pour ne pas s'assommer au passage de la porte.

Nous étions seules.

J'ai parlé.

*

Ce qui est merveilleux, avec Esther, c'est sa capacité d'échange.

Elle écoute aussi bien qu'elle raconte. Elle donne et elle reçoit. Même ferveur dans l'attente d'une réponse de vous que dans les réponses qu'elle vous fait. Précise et honnête, elle me parla d'Eleanor. Oui, Eleanor était la reine du *born-again*. Oui, depuis des années, elle soutenait la chaîne TV du Révérend Le Sage et, maintenant, cette pieuse activité lui rapportait plus encore que les confitures, pourtant juteuses. Ma conversion, ma « rédemption » comme elle avait appelé mon retour à l'Espérance, avait dû lui paraître une aubaine.

— La « rédemption » de la fiancée du plus jeune Sénateur des States pouvait lui ouvrir la voie vers la Maison-Blanche !

J'éclatai de rire, ce qui la rassura.

— Citron ? Lait ? Sucre ? Miel ?

— Nature !

Le thé était délicieux, comme dans un roman d'Agatha Christie. Le feu se mêlait parfois à la conversation par des chuintements, des soupirs, des éclats joyeux.

Je m'étais habituée à la semi-obscurité de la pièce et je distinguais maintenant une grande photo, en noir et blanc, qui dominait l'évier de grès. Un portrait. Le portrait d'une brebis.

– C'est Ricounette, me dit Esther. Une brebis qui vivait dans le troupeau de Violetta et se prenait pour une chèvre. Elle est tombée dans les rochers de la combe des Septante, et c'est elle qui m'a sauvée...

– Pardon ?

– Qui m'a sauvée parce que je l'ai sauvée ! C'est à elle que je dois ma « rédemption », comme dirait Eleanor. Elle a été le premier témoin de mon *born-again* !

– Moi, c'est une chèvre... Radieuse.

– N'est-ce pas merveilleux, cette ménagerie qui accompagne les héros, les saints, les ermites ? Et même nous !

Le géant roux revint, un portable à la main :

– *Miss Madeleine, Madam...*

Pendant qu'Esther parlait à sa fille, je regardai le portrait de Ricounette.

Premier témoin... Mais son rôle, comme le rôle de l'ours de saint Gall, de la biche de saint Gilles, de l'onagre de saint Sabba, et de ma Radieuse, leur rôle est bien au-delà de celui de premier témoin.

Humbles compagnons qui rattachent l'homme à la Création, leur rôle est celui de premier disciple.

*

– Pardonnez-moi, dit Esther en reposant le téléphone. C'était Madeleine... ma pauvre chérie... J'aurais tellement voulu lui montrer le Mazel ! Mais elle est si fragile...

Une maladie orpheline, très rare, très cruelle. Depuis l'enfance, une faiblesse des os.

Je n'ose poser des questions. Je sens la douleur d'Esther.

– Elle était déjà très malade quand Paul et Marguerite l'ont ramenée d'Indonésie. Sœur Marguerite a pu rester avec nous... heureusement ! Pas seulement pour veiller sur la petite, mais pour veiller sur moi depuis que Paul, hélas, n'est plus là. Chère Marguerite qui, parfois, allume pour moi les bougies de shabbat ! Chère famille où les enfants sont catholiques, la belle-fille protestante et la grand-mère juive ! Ils seront là quand on dira le kaddish sur ma tombe. Abraham aurait aimé ce mélange. Paul adorait... Mais assez parlé de moi ! Parlons de vous ! De vos amours !

– Mes amours ?...

J'ai ri :

– Personne ne m'aime !

– Personne ne vous aime ? Mais j'en ai vu plus d'un, parmi les hommes qui étaient présents à la cérémonie, qui vous dévoraient du regard !

– Par exemple ?

– Tous, sans exception. Les enfants en bas âge, Gastounet, le préfet de région, vos deux très beaux amis, les gendarmes, les maires, les anciens combattants, les « enfants cachés », le lieutenant de Leclerc !

– C'est trop ! dis-je en riant à mon tour. Tant de monde, ça veut dire personne !

– Il y en a un que je ne citerai pas, dit-elle en me reservant du thé. Le bon. C'est à vous de le trouver... Attention !

Elle avait crié « attention ! » en levant la main, comme quand on entend un bruit, comme quand on devine quelque chose...

Mais ce qu'elle voulait que j'écoute, que je devine, ce n'était ni un bruit ni une image. C'était l'odeur victorieuse de la bergerie que tous les parfums d'Arabie ne parviendraient jamais à masquer.

Tout en respirant l'odeur sauvage, elle me regardait en soupirant.

– Comme je vous regrette... pour mon prochain parfum ! Enfin, difficile de discuter avec votre patron !

Quel dommage ! *Seven* vous va bien, mais le *EM 16309-22-12* – il n'a pas encore de nom – vous irait très bien aussi.

– *Seven* était le parfum de Maman...

– Je comprends... J'ai cherché celui de ma mère pendant des années. Sans succès. Et puis, la réponse est arrivée quand il fallait qu'elle arrive. Des années après les camps de l'horreur, j'ai su comment Maman était morte, et j'ai su comment la faire revivre dans un parfum. Son parfum. Celui qu'elle avait quand elle me confia à Abraham en lui disant : « Ne crains pas de lui faire manger du cochon, mais qu'elle n'oublie jamais qu'elle est juive. »

Silence dans la pièce sombre... Soupirs du feu. Odeur de la bergerie, clignotement des alarmes... les réponses arrivent quand il faut qu'elles arrivent.

– Pendant longtemps on n'a pas pu parler. On n'a pas osé se souvenir... Et puis vient un jour, comme le jour d'aujourd'hui, le jour d'un Juste, et le passé, même insoutenable, est inondé de lumière.

Elle me prit la main.

– Vous avez bien parlé de mon cher papa, joli pasteur. Comment vous, si jeune, avez-vous su trouver les mots ?

– Mes grands-pères ont été d'abord au Struthof, puis déportés à Dachau.

– Vos deux grands-pères ?

– Oui. À vrai dire, un seul. L'autre était celui de mon frère... qui n'était pas mon frère, mais...

– Je sais, dit-elle. J'ai eu le même frère.

Ce fut comme si Jean Mazel et Johann Wirth étaient là, avec nous, devant le feu.

– La vie est lourde, murmura-t-elle. Il faut du génie pour vivre. Et pour supporter cette manie de mourir qu'ont les gens qu'on aime. Mémé avait raison quand elle me disait : « *Agripino te a la bartas-*

284

*sino * !* » Parfois, on croit qu'on n'ira pas au bout de la journée... et puis...

Je regardais cette femme si belle, si riche, si célèbre dans le monde entier. Et je pensais que Sarah avait raison quand elle disait de sa cousine : « Esther, la pauvre, elle a eu sa part de malheur, comme tout le monde. »

*

J'étais encore chavirée par cette rencontre quand nous avons repris le Tintin pour regagner Valdeyron. Chavirée. Sous le choc après ce moment d'intimité avec Esther qui suivait l'émotion de la cérémonie, le contact avec la chaleur de cette foule...

Esther.

Au moment de la quitter, j'eus peur de ne jamais la revoir. Comme elle allait me manquer, cette femme avec qui je venais de partager l'essentiel.

Clémence et son père nous accompagnèrent jusqu'à l'appareil. La petite sautait toujours comme une chevrette.

— Quand je serai grande, je serai berger sur la montagne !

— Si tu en es capable ! dit Thomas.

Dernier *hug*... Au revoir !

Adieu, peut-être ?...

Nous ramenions Damien, en pleine euphorie. Il avait fait la fermeture avec Gastounet, serré des dizaines de mains, les petites l'avaient embrassé, le préfet l'avait félicité – il n'avait pas compris pourquoi, mais ça lui avait fait plaisir –, le consul et le président l'avaient invité à leur rendre visite à Marseille, Michel avait enfin fixé la date de la messe en latin, et cette merveilleuse journée allait finir en apothéose grâce au Tintin !

* Cramponne-toi aux broussailles !

Il eut un peu de mal à monter à bord. J'eus peur pour les coutures de son uniforme, mais tout se passa bien. Je l'aidai à s'installer, il éclata de rire :

— La Boulard de la Fage ! Elle l'a eu dans le baba ! La cousine ! Vous avez vu, elle a essayé d'être à côté de Mme Mazel quand la télévision l'a prise ! La télévision américaine ! C'est Clémentine qui me l'a dit. Je n'avais même pas remarqué les caméras.

— Dans le baba ! C'est Gastounet qu'on verra à sa place ! Elle ne risque pas de venir nous chercher noise, cette imbécile, maintenant qu'elle a compris qui nous étions !

Puis il se tut. La beauté du paysage le rendait muet, surtout quand Bob fit un détour pour survoler Fabret, en hommage à celui qui avait été le lieutenant Antoine de Chabalde, tué à l'ennemi le 16 avril 1917.

*

Damien ne retrouva l'usage de la parole qu'au-dessus de la ferme isolée où s'activaient les pompiers.

Le feu était maîtrisé mais il avait dû être rude car une grange fumait encore, quasi détruite. Au bout d'un pré proche de la ferme, un enfant veillait sur trois pauvres vaches affolées...

« Quand je serai grande, je serai berger sur la montagne. »

Un homme en uniforme s'était approché des bêtes et de l'enfant. Même vu du ciel, beau mec. En entendant le bruit de l'hélicoptère il leva la tête et nous salua.

— Il est remarquable, ce jeune commandant ! On voit qu'il a été formé par l'armée !

— ... ?

— Les marins sapeurs-pompiers de Marseille. C'est là qu'il a fait son service... le maire me l'a raconté. Il m'a dit aussi que Le Guillou était demandé partout !

Pas une catastrophe au Mexique, en Afrique ou en Californie, sans qu'on fasse appel à lui! Il a soixante-huit hommes sous ses ordres! Dont treize femmes!

Damien criait très fort à cause du bruit.

— Le pauvre, il est veuf. Il élève seul son petit garçon...

Je criai encore plus fort :

— Son amie était là!

— Qui?... demandèrent Bob et Melchior.

— La parfumeuse!

Des éclats de rire ébranlèrent le Tintin.

— Ce n'est pas son amie! C'est une folle!

— Elle lui court après depuis des années!

— Et lui ne peut pas la voir!

Ça m'a fait plaisir.

*

La journée devait vraiment finir en apothéose : en descendant de l'hélicoptère, un craquement sinistre nous apprit que l'uniforme du lieutenant Damien d'Escandieu de la Fage avait rendu l'âme.

Je lui tenais la main pour qu'il ne tombe pas de l'échelle quand sa fesse gauche apparut à hauteur de mon œil. Il voulut voir les dégâts et, dans l'effort, ce fut sa manche droite qui se déchira.

C'en était trop! j'ai ri. Mais ri!... Aux éclats! Aux larmes! À gorge déployée! À perdre le souffle! J'ai ri! ri! ri!...

Je m'étais appuyée contre le Tintin et Bob, Melchior et Damien riaient de me voir rire. Nous sommes restés là, longtemps, tous les quatre, à rire, rire...

Ce sont des moments comme celui-là qui permettent de prendre des forces pour affronter l'avenir.

*

J'ai trouvé Sarah dans tous ses états.

– Je nous ai vues! Je nous ai vues! répétait-elle en tournant autour de moi quand j'entrai dans la cuisine.

J'eus peur que les fatigues et les émotions de la journée ne lui aient fait perdre la tête.

– Tu nous as vues? Et où ça, ma Sarah?

– Là! dit-elle en désignant d'une main tremblante un coin de la pièce. Dans le poste! expliqua-t-elle d'une voix blanche.

Je la regardai sans comprendre.

– Enfin, dit-elle, retrouvant brusquement toute la force de sa voix, enfin! ne me dis pas que tu n'as pas remarqué toutes ces caméras, ces camions, ces photographes! Le *Midi Libre*! Et France 3! Et même des étrangers! De partout!

J'avais eu trop peur pour remarquer quoi que ce soit...

Je regardais la télé comme si elle avait pu me prouver que Sarah n'était pas folle, qu'elle disait vrai. Mais je ne vis qu'une dame, d'abord désolée et mal coiffée parce qu'elle avait de mauvaises odeurs dans ses toilettes, puis, soudain, radieuse, impeccable et rajeunie à cause d'un diablotin vert pomme qui, d'un coup de fourche, chassait les mauvaises odeurs de la cuvette des W.-C.

– C'est fini... C'est trop tard! C'est passé! dit Sarah. Tu crois quand même pas qu'ils vont faire toute la soirée sur toi!

– Tu nous as VUES?

– Oui! je nous ai vues! Enfin... surtout toi! Et Esther, forcément! Tu veux dîner?

Je fis signe que non, l'embrassai, m'en allai...

– Marie!

Je me retournai.

– Tu sais, dans le poste... C'était bien !

\*

Je rangeai ma robe noire dans la penderie. Je posai ma Bible sur mon bureau, et rouvris mon portable. « Vous avez sept nouveaux messages », dit la jolie voix impersonnelle. J'écoutai.

« Stupéfaction ! Enchantement ! C'est François Wolfermann... Si j'ai bien compris, tu n'es plus mademoiselle Lucifer, mais tu es toujours le plus beau des anges ! C'était superbe de te voir. Je libère ta ligne, mais je te rappelle très vite. Je t'embrasse ! Je veux tout savoir !»

« Ma chérie ! tu étais si belle !... Ton pauvre papa... il ne t'a pas reconnue... »

Régine en pleurs.

Puis le vieux Strich. Puis le pasteur Poujol. Puis Mme Perrier. Puis Dalila. Puis le maire. Tous me disaient bravo.

« Fin des nouveaux messages. »

Je restai pensive, immobile, le portable au creux de ma main.

Des gens risquent leur vie, combattent héroïquement, meurent en sauvant d'autres vies et, un demi-siècle plus tard, on vous félicite, vous, parce que vous avez parlé d'eux « dans le poste ».

Elle ne se trompait pas, Eleanor, quand elle se servait du Net comme d'une arme.

Je le compris le lendemain en ouvrant mon ordinateur :

Message de M. Kasaba, *from* Tokyo.

« C'est un grand honneur de vous avoir vue sur la chaîne NHK. À notre prochain voyage en France, je solliciterai un rendez-vous à la digne descendante du papillon pour lui présenter mes respects. »

Le téléphone sonnait depuis le matin. Même M. Bourgade avait appelé !

Mieux encore, il avait enregistré tout le reportage de France 3, se doutant que je ne serais pas rentrée à temps pour le voir.

– Ah ! Tu me crois, maintenant ! triomphait Sarah. Tu vas voir dimanche, tu feras salle comble ! Et, écoute-moi bien, tu refuseras du monde !

*

Elle avait vu juste, Sarah.

Le temple était plein.

– Vous faites recette ! me dit Mlle Contrepas en s'asseyant derrière l'harmonium.

À la sortie, on me félicita comme si j'avais chanté *Lakmé* à l'Opéra. Quand j'eus serré toutes les mains et que tout le monde fut sorti du temple, quand je m'apprêtai à aller y chercher la clef pour en fermer la porte, je jetai, avant d'entrer, un regard sur le parvis dominant la rivière.

Et je le vis.

Desmond.

Debout contre le parapet.

Superbe. Immobile. Me regardant.

Je savais qu'il était le grand spécialiste des apparitions et des épiphanies en tout genre. Je savais qu'il avait ce don d'ubiquité que donne la fortune et, pourtant, j'avais du mal à en croire mes yeux.

Desmond.

Je restai pétrifiée, changée en statue, debout à la porte du temple, avec ma longue robe noire, ma Bible entre les mains...

Malgré mes protestations d'indifférence quand nous avions parlé de lui avec Sarah, sa présence me bouleversait.

Je le vis approcher lentement.

Il était triste. Il s'arrêta au moment de me toucher.

– Je ne peux pas vivre sans toi ! dit-il.

J'aurais voulu lui dire que, moi aussi, j'avais eu du mal à vivre sans lui, que j'avais longtemps attendu de ses nouvelles après son dernier coup de fil, une visite, un signe... Mais j'étais incapable de parler.

Brusquement, il me saisit dans ses bras, me plaqua contre lui, cherchant mes lèvres. Je me débattis, horrifiée, honteuse... Je regardai autour de moi, craignant que quelqu'un ne nous ait vus, et honteuse de le craindre.

Et quelqu'un nous avait vus.

Un petit garçon qui levait vers moi des yeux désolés avant de se sauver en courant.

Pierre. Le petit Pierre Le Guillou.

Je criai :

– Pourquoi as-tu fait ça, Desmond !

Il cria plus fort :

– Et toi ? Pourquoi me repousses-tu ? Qu'est-ce qui t'arrive ?

Je n'ai pas aimé cette dernière phrase.

Qu'est-ce qui m'arrivait ?

Mais il m'était arrivé bien des choses depuis des mois, et il me semblait qu'il s'en était peu inquiété ! De nouveau il fit un pas vers moi. J'étais au supplice. Derrière chaque feuille de chaque marronnier, je devinais des yeux ouverts sur nous...

– Entrons ! lui dis-je en le précédant dans le temple.

Je m'y croyais à l'abri. Je me trompais.

À peine la porte refermée, il se jeta sur moi et, s'il fut surpris par ma réaction, je le fus autant que lui.

Ce n'était pas moi, Marie, qui me refusais à lui. C'était celle qui avait accepté une mission, celle à qui des gens simples et honnêtes avaient accordé leur confiance.

J'ai dit :

– Ne me touche pas !

Et il a ri.

– Ah bon ! J'ai été remplacé ? Il y a quelqu'un dans ta vie ?

Là, c'était trop. J'ai été méchante. J'ai dit :

– Non, il n'y a personne puisque le révérend Le Sage n'a pas de fils !

C'était à lui d'être blessé.

Il m'a regardée, puis a dit :

– C'est vrai qu'il y a eu... qu'il a failli y avoir quelque chose avec Jaklyne Le Sage... Mais ça n'a pas duré. Ça n'a pas existé ! Tu ne dois pas t'en soucier ! Je t'en prie ! La pauvre petite ! Elle ne fait pas le poids en face de toi, Marie ! Je suis venu te chercher !

D'un geste, j'ai désigné tout ce qui nous entourait : les bancs de cèdre, la chaire d'olivier, le vieux lutrin cassé (le beau est chez le menuisier depuis des mois), l'harmonium de Mlle Contrepas, le tableau mural avec les chiffres des cantiques dans leur cadre de bois, l'énorme Bible ouverte sur l'autel de marbre blanc.

– Je ne peux pas quitter ça, ai-je dit.

Il a haussé les épaules, et m'a parlé comme à un enfant.

– Marie ! Te rends-tu compte de ce qui t'attend si tu pars avec moi ? Tu étais formidable à la TV ! Oui, nous t'avons vue sur NBC !

Nous...

– Quand je pense que tu as refusé de faire l'émission que te proposait Maman ! Elle t'a trouvée magnifique de présence ! À nous deux, on va faire des choses grandioses ! Tu as un... comment on dit ?... un... impact sur le public ! C'est ça ?

– C'est ça.

– Le gouverneur nous a dit en parlant de toi : « Ne la laissez pas échapper ! Cette fille, c'est de l'or ! » Ne fais pas cette tête-là, Marie ! Accepte ta chance !

Puis il a voulu être rassurant.

– Ne t'inquiète pas, chérie...

– M'inquiéter ? Pourquoi ?

– Au sujet de ce que tu as dit à Maman. Elle a tout oublié. Elle est merveilleuse, tu sais ! Elle est même prête à faire des concessions !

Tout doucement j'ai dit :

– Va-t'en, Desmond.

J'avais le cœur déchiré, mais je savais que c'était ce que je devais dire.

Il restait debout devant moi sans comprendre.

J'ai répété :

– Va-t'en !

Il a regardé autour de nous le vieux lutrin, l'harmonium, la Bible... Il a fait l'inventaire de mon royaume, puis il a dit :

– Et c'est pour cette misère que tu refuses un grand destin ?

Eh oui, Desmond. C'est à moi que tu donnes le rôle, et je le refuse pour rester cachée sous mes châtaigniers.

– Alors, c'est fini ?

Je n'ai pas répondu.

Je ne l'ai pas regardé partir. J'ai entendu le bruit de ses pas décroître sur les dalles du sol, le choc lourd de la porte qui se refermait sur lui...

J'aurais voulu avoir la force d'aller jusqu'à l'autel, la force de lire ce qui était écrit sur la Bible là où elle était ouverte. Mais je n'ai pas pu. Je me suis assise et je suis restée immobile, les yeux fermés, me demandant s'il allait revenir.

Mais il n'est pas revenu.

*

Nuit horrible où je me demandais « Comment ai-je pu ? » avant de me demander : « Comment a-t-il pu ? »

293

Si tu m'avais choisie, toi, Desmond, au lieu d'obéir à ta mère, aurais-je tout abandonné pour te suivre ?

Je ne le saurai jamais.

Mais...

La volonté.

Tenir le coup. Donner le change.

Continuer.

Je n'avais toujours pas vu le reportage, nous n'avons pas de magnétoscope au presbytère. Le lendemain de la visite de Desmond, je pris la cassette avec moi pour aller la lire aux Châtaigniers. Auparavant, je passai au temple où je voulais retrouver des documents pour mon prochain culte qui serait très inspiré par la cérémonie autour des Justes.

« Souviens-toi que tu as été esclave au pays d'Égypte. »

Je baignais dans l'odeur de Jérusalem quand la lourde porte grinça, poussée par un visiteur.

Mon cœur a battu... et si c'était ?

C'était Michel. Et, à mon grand étonnement, j'en ai été soulagée.

– Je te dérange ?

– Non ! Non ! Entre, curé ! Tu es ici chez toi !

– Cette odeur ! « Le roi Salomon s'est fait un trône en bois du Liban. »

– « L'intérieur a été brodé avec amour par les filles de Jérusalem * ! » Qu'est-ce qui t'amène ?

– Je ne t'ai pas vue depuis la cérémonie ! J'aurais voulu te dire mon émotion tout de suite mais, une fois de plus, il m'a fallu courir au diable Vauvert porter le bon Dieu au vieux Costelongue, je suis arrivé juste à temps ! Et après, tu sais ce que c'est que notre vie ! C'est pour ça que, quand j'ai vu ta voiture derrière le temple...

* Cant. III, 9 et 10.

– Tu as voulu me dire que j'étais photogénique?
– Mais non! Justement!
– Je ne suis pas photogénique?
– Mais je n'en sais rien! Je n'ai pas vu le reportage!
– Je l'ai avec moi, je file aux Châtaigniers pour le voir tout à l'heure. Viens!
– Pas tout de suite. Je dois rencontrer un jeune couple de fiancés à Taleyrac...
– Viens dîner, alors! Ils seront ravis! Melchior prépare un *baekeoffe*, il y en aura pour dix! Ça leur fera plaisir, on parlera de Cracky!
– Elle casse la baraque à Tokyo! Un triomphe! Elle m'a appelé à l'aube ce matin.
Il rayonnait.
– Je suis ravie!
– Moi aussi! quoique...
– Quoique?...
– Tu as vu les cheveux des filles, maintenant? Quand elles sont jaunes et rouges, ça passe encore! Mais vertes et bleues! Et Faustine qui m'arrive en aube blanche, dans le chœur, radieuse, portant les Évangiles, recueillie comme elle l'est toujours... une mèche fuchsia sur le front! Et quand les petites sauront que Cracky n'est autre que la sœur du curé!...
J'éclatai de rire. Lui aussi.
La porte grinça.
Quelqu'un?...
Quelqu'un qui n'entrait pas, qui se sauvait, laissant la porte retomber lourdement.
– Tu viens aux Châtaigniers, après tes fiancés?
– Je suis confus de m'inviter, mais oui, je viens, on a trop de choses à se raconter.
– Nous, on te racontera les fesses du marquis!
– Tu es sérieuse?
– Très! dis-je en éclatant de rire.
Tenir le coup. Donner le change.
Continuer.

Il faisait moins beau. Peut-être allions-nous avoir ce fameux « rouergue » dont je n'avais pas encore fait la connaissance, cette pluie de printemps qui pique comme un milliard d'aiguilles invisibles quand on se croit déjà à la belle saison.

J'avais toujours ma belle petite voiture rouge, le dernier cadeau que j'avais reçu de Papa. La trouvant un peu voyante pour l'usage que je devais en faire, je m'étais servi un temps de la R5 de Johann, jusqu'à ce qu'elle ait rendu l'âme sur le chemin d'Ardaillès.

Un peu voyante, ma belle rouge, mais bien utile, malgré son allure de voiture de gigolo.

Je la laissai devant le perron et décidai d'aller faire une visite aux chevaux.

Je trouvai Bob en combinaison de mécanicien, en train de finir la révision du Tintin.

Il avait l'air très jeune dans cette tenue.

Ça me frappa.

Un hennissement de Tamerlan lui signala ma présence. Il me fit signe de loin, jeta un dernier coup d'œil au tableau de bord, sortit du cockpit, ferma la porte, sauta légèrement sur le sol...

Je me suis mise à rire, et, lui aussi, rit de confiance.

– Qu'est-ce qui t'arrive ?

– Je pense à Damien !

Nous sommes arrivés dans le salon, riant toujours, et quand il sut pourquoi, Melchior se mit à rire avec nous.

*

Nous n'avons pas attendu Michel pour regarder la cassette.

– On la reverra avec lui ! disait Bob.

C'était un joli reportage, émouvant.

Tout célébrait la mémoire d'un Juste.

Les moutons, la foule...

Esther.

Les magnifiques yeux de sa petite-fille levés vers elle.

Et moi.

Moi, honteusement favorisée par la caméra, aussi gênée de me voir que si j'avais été toute nue. Je dis : « Je me déteste!», et ils levèrent les bras au ciel.

– Oublie que c'est toi et admire ce que tu dis! C'est très beau! se fâcha Melchior.

– En ce qui me concerne...

Bob avait l'air très sérieux.

– ... en ce qui me concerne, je me trouve très bien dans le plan – rapide – où l'on découvre l'amorce de la manche gauche de mon veston de tweed!

De nouveau nous avons ri.

Mais pas longtemps. La sonnerie du téléphone nous a interrompus...

C'était la gendarmerie.

Il y avait un pépin.

Un groupe de jeunes, un peu paumés, faisait du camping sauvage derrière Cabrillac. Si sauvage qu'ils ne s'étaient pas signalés et que, ce matin, la D.D.E., ignorant leur présence, avait fait sauter des rochers sur la route qui menait à leur campement. La route était devenue impraticable. Jusque-là, ce n'était pas grave. Tout serait dégagé d'ici vingt-quatre heures...

– Mais?... avait demandé Bob.

Un des gamins – ils avaient entre dix-sept et vingt ans – était diabétique et avait besoin d'insuline.

– Très vite?

Oui, très vite.

Le brigadier avait contacté la protection civile, mais l'hélicoptère était au-dessus de Remoulins, près de Nîmes, avec, au sol, la presque totalité des hommes du commandant Le Guillou, un incendie de garrigue dans une zone habitée mobilisant toutes les forces disponibles.

– J'y vais, dit Bob. J'ai justement fait la révision du Tintin.

Il ajouta qu'il avait toujours de l'insuline dans sa pharmacie, refusa l'offre du brigadier qui voulait lui envoyer un homme, le temps presse, dit-il en lui demandant seulement d'assurer la liaison avec les campeurs.

Il fut prêt très vite, vérifia la date de péremption de l'insuline, la glissa dans une boîte prête à être larguée.

– J'y vais ! répéta-t-il en souriant.

– Robert...

C'était la première fois que j'entendais Melchior l'appeler ainsi.

– ... faites bien attention !

Les deux hommes se regardèrent.

Je retenais mon souffle.

Bob souriait :

– À tout de suite, dit-il.

*

J'ai couru derrière lui. Je l'ai rejoint comme il montait à bord.

– Je viens avec vous !

– Tu restes avec Melchior !

– Je viens avec vous !

– Va-t'en, *shatzeli*, le Tintin va te décoiffer !

Je m'écartai à regret.

Je le regardai s'élever, survoler les toits du château, prendre de la hauteur. Disparaître.

Je suis revenue lentement à travers l'arboretum. Dans ma tête, je faisais l'appel des arbres : laurier d'Apollon, buddleias, arbre de Judée, naegestremia...

Soudain, quelque chose me glaça.

L'immobilité de la nature.

Son silence lourd.

La montagne semblait retenir sa respiration avant d'accoucher de quelque chose de monstrueux.

Un souffle violent, glacial, me fit frissonner.

... forsythia, mûrier de Chine, lilas...

Des cris inarticulés interrompirent ma litanie des arbres.

Je me précipitai vers l'enclos. Abel tremblait au milieu des bêtes affolées.

– Peur!... disait-il.

Le ciel s'était obscurci. Comme le jour où je m'étais perdue, le jour où j'avais rencontré le frère Jean...

« Volonté de Dieu... »

Je courus retrouver Melchior comme les premières gouttes commençaient à tomber.

Il n'avait pas bougé depuis le départ de Bob. Il regardait le téléphone.

Nous nous sommes assis en silence.

Et nous sommes restés immobiles...

Jusqu'au premier appel.

Tout allait bien, disait le brigadier. Il avait repéré le camp des gamins. Il allait larguer...

Il rappela très vite. Bob avait largué. Les gamins avaient bien réceptionné, le diabétique avait fait sa piqûre...

Nous entendîmes la voix de Bob, joyeuse : « Je rentre! » au moment où la tornade attaqua le château, brisant les vitres de la porte-fenêtre, inondant les tapis, renversant la bergère, fracassant les vases posés sur la console dorée, coupant l'électricité...

Dans le noir, sans nous voir l'un et l'autre, nous étions avertis, et, ensemble, prévenus de la venue de la même horreur.

\*

Nous avons lutté avec le vent pour fermer les volets du salon.

Échevelés, tordus, des arbres souffraient dans la tempête, des ardoises tombaient du toit. La pluie redoublait.

Marguerite, affolée, arrivait avec une lampe torche, nous quittait brusquement pour fermer les fenêtres à l'étage tandis qu'Isaac montait au grenier constater les dégâts.

Nous sommes restés longtemps dans le noir et le retour brutal de la lumière fut d'autant plus cruel qu'aussitôt le courant ramena le téléphone.

Nous nous sommes regardés en entendant la sonnerie.

J'ai avancé d'un pas... mais Melchior a été plus rapide que moi.

Il n'a rien dit. Il n'a fait qu'écouter. Puis il a raccroché. Doucement.

Il s'est assis, toujours silencieux, les yeux fermés... il a eu un bref sanglot.

Et j'ai su que Bob ne reviendrait pas.

*

Michel est arrivé un peu plus tard, dégoulinant de pluie. Il avait dû laisser sa voiture à deux kilomètres des Châtaigniers, sur le bas-côté de la route devenue fleuve.

Il ne savait rien. Il s'ébrouait joyeusement dans l'entrée, quittait ses chaussures trempées, avançait sur ses chaussettes...

— J'espère que le film est bon ! dit-il comme je sortais du salon... parce que j'ai affronté la mort pour venir le voir !

Puis il vit mon visage et se tut.

Je dis :

— Bob...

Il me regardait, horrifié. Et je ne savais pas si c'étaient des gouttes de pluie ou des larmes qui coulaient sur son visage.

300

Il se signa, prit sa tête entre ses mains. Je m'approchai de lui. Il entoura mes épaules de ses bras et nous restâmes ainsi, soudés et pétrifiés dans nos prières muettes.

*

Dans la nuit les gendarmes ramenèrent le corps de Bob.

Corps fracassé. Visage intact.

Rituel implacable de la mort.

Présence soudaine d'inconnus dont la mort est le métier, qui s'activent, adroits, silencieux, rapides, efficaces.

Ils nous ont écartés doucement de la civière qui repose au milieu du salon.

Le salon où Marguerite a ramassé les débris de vitres, de vases, de bibelots. Le salon où elle a voilé les miroirs, arrêté la petite pendule de bronze doré où le cœur de Psyché ne bat plus dans les bras de l'Amour.

Nous avons conduit Melchior dans la bibliothèque. Nous sommes restés avec lui. Il fixait un point dans le vague. Un point précis.

Brusquement il a dit :

– Je voudrais que tous ces gens s'en aillent !

Un ordre.

Qui dut être entendu, car on vint lui dire que nous pouvions revenir dans le salon.

Michel et moi nous n'osions pas le suivre... mais il nous a demandé de le faire.

Nous l'avons laissé approcher, seul, se recueillir longtemps. Puis il a dit :

« Il est beau ! » et il y avait quelque chose d'émerveillé dans le ton de sa voix.

Alors seulement nous nous sommes approchés. Oui, il était beau, Robert-Olivier Dumont, notre Bob.

– Je voudrais... Je voudrais vous demander une grâce à tous les deux. Vous savez que Bob n'était pas croyant et qu'il ne voulait pas qu'on l'enterre...

Sa voix se brisa mais il continua :

– ... qu'on l'enterre religieusement. Mais... mais vous êtes ses amis, vous pouvez peut-être dire... faire...

Michel réagit le premier.

– Melchior, Bob est déjà au cœur de mes prières. Je vais parler pour toi aussi, Marie, parce que je connais ta Foi, mais justement, je sais que ni toi, ni moi, ne tenterons de le... récupérer.

– Je comprends, dit Melchior.

Michel avait raison. J'entendais encore la voix de Bob : « Si quelqu'un osait me porter en terre chrétienne ! », mais, en même temps, je voyais la détresse de Melchior. Il avait besoin d'entendre quelque chose, mais comme les paroles étaient difficiles à trouver !

Je regardais le beau visage endormi. Je revoyais la silhouette, si jeune, sautant du cockpit, joyeuse, puis plus tard me renvoyant.

M'épargnant.

« Va-t'en, *shatzeli* ! »

Et je sus ce qu'il fallait faire.

J'allai vers le piano, le grand piano noir et lustré comme Tamerlan. Je l'ouvris...

*Mi*, *sol*, *fa*, *mi*, *fa*, *sol*, *mi*, *fa*, *sol*, *la*, *sol*...

La petite phrase.

La petite phrase qu'il aimait, qu'il avait si souvent jouée pour moi.

La petite phrase que Johann aimait lui aussi et qui, une fois de plus, allait nous permettre de souffrir.

\*

Michel et moi nous sommes restés avec Melchior toute la nuit.

Un peu avant quatre heures du matin le commandant nous a rejoints.

Il arrivait directement de la garrigue proche de Remoulins. Le sinistre était maîtrisé, mais une grange s'était écroulée sur un pompier de Nîmes. Le malheureux avait brûlé comme une torche.

Lui-même paraissait épuisé, et sa main droite, éraflée, semblait à vif.

Je l'ai emmené dans la cuisine pour lui faire un pansement.

Nous n'avons pas parlé. J'avais peur de lui faire mal. Il ne me regardait pas. Il sentait la fumée et le soufre. Il respirait difficilement, avec de brefs accès de toux.

Quand j'eus fini, il me remercia, me demanda un verre d'eau qu'il but lentement, toujours sans me regarder. Puis il se tourna brusquement vers moi :

– Je voulais vous dire..., se tut et murmura : Pas ce soir, non, pas ce soir...

En silence nous retournâmes auprès de Melchior et de Michel.

Et de Bob. Déjà j'oubliais qu'il était là, lui aussi. Il était vite devenu une ombre.

Seule, une petite lampe éclairait la scène.

Il faisait froid. Marguerite avait éteint la chaudière. Je frissonnai.

— Il y a des plaids de mohair dans l'armoire de l'entrée, dit Melchior sans tourner la tête.

J'allai les prendre et revins pour les distribuer.

C'était le moment de la nuit où tout le monde devrait dormir. Le moment où la fatigue, le froid et le chagrin vous attaquent les os.

J'avais cru prendre quatre plaids, en réalité il y en avait cinq. Le dernier me restait sur les bras.

Bob n'en avait pas besoin.

Il n'aurait plus jamais froid.

Michel priait, je voyais bouger ses lèvres. Melchior regardait toujours fixement devant lui. Brice s'était endormi.

Brusquement. Comme un soldat, comme un marin.

Je posai le dernier plaid sur ses genoux. Il murmura quelque chose de triste, et retomba dans le sommeil.

*

Toute mort est abominable, mais chacune a sa façon de l'être.

La mort de Bob était belle.

La mort du héros.

Et c'était beau ces femmes en noir qui, dès le matin, prenaient possession des Châtaigniers pour « servir ».

Marguerite, Sarah, Pauline...

Depuis toujours, dans cette montagne, les femmes avaient été chargées d'adoucir le moment de la séparation. De veiller à ce que l'on se souvienne qu'il fallait manger un morceau, boire un café, recevoir les voisins, dire aux hommes de se raser...

Les barbes poussent, en une nuit.

Même celles des morts.

Elles savaient aussi, depuis toujours, qu'il ne fallait pas oublier les bêtes. Qu'il fallait les rassurer, leur dire que la vie continuait.

Je suis allée les voir dans l'écurie qu'elles n'avaient pas quittée depuis la veille. Abel pleurait comme un enfant, au milieu de leur chaleur, de leur confusion, de leur désarroi. Elles avaient tout compris, les bêtes. J'ai caressé les crinières et les robes, posé ma tête contre celle de Tamerlan. J'ai embrassé Abel. Je me souvenais de ses cris de la veille quand je traversais l'arboretum. Au moment même où elles lui annonçaient la mort du héros.

*

Oui, la mort de Bob était belle.

Malheureusement, il avait une sœur.

Oh, Betty! Quelle plaie d'Égypte, dans un deuil!

Melchior n'avait pas pu la joindre directement; il avait laissé un long message sur son répondeur, demandé si la date des obsèques lui convenait, proposé de lui envoyer un taxi à l'aéroport, bien sûr il la logerait aux Châtaigniers...

Elle rappela une heure plus tard, plus agressive qu'affligée, obsédée par l'organisation des obsèques : et comment était l'église, et qui officierait, et où Bob serait-il inhumé?

Les réponses de Melchior la scandalisèrent.

— Vous l'aurez détruit jusqu'au bout! cria-t-elle, si fort que je l'entendis à trois mètres de l'écouteur.

À ma grande surprise, Melchior ne se fâcha pas. Il eut même un petit rire en disant :

— Vous n'avez pas changé! je vous retrouve intacte, chère Betty!

Il me raconta comment il avait « failli » avoir une aventure avec elle, comment elle lui avait présenté

Bob, alors en pleine gloire. Elle connaissait les goûts de son frère, elle connaissait aussi ceux de Melchior, elle ne s'attendait pas à ce qui allait suivre.

— Nous non plus, du reste, poursuit Melchior. Nous avons été les premiers surpris !

Coup de foudre.

— Je te raconterai... plus tard.

Puis il me regarde, sourit et me promet :

— Elle va te détester !


Quand je la vis, elle n'était là que depuis quelques heures, et déjà elle s'était fait apprécier.

Je croisai Michel sur le perron. Il avait l'air furieux et, en me croisant, il s'écria :

— Elle fait chier, la sœur !

Michel ! Michel que je n'avais jamais entendu dire un gros mot !

Elle l'avait entrepris sur les obsèques de Bob, menaçant de le dénoncer, lui, Michel, à l'évêché, à la curie, à l'Opus Dei, au Vatican, s'il n'enterrait pas Bob religieusement, en terre chrétienne, après un service à l'église.

— Je n'ai jamais enterré quiconque de force ! criait Michel. Et Bob, en plus ! Il me l'a fait promettre ! Et puis, tu le sais, Marie, Melchior et lui ont toujours dit qu'ils reposeraient un jour, ensemble, dans le cimetière camisard ! Une messe pour Bob, oui, je la dirai... plus tard, de tout mon cœur, mais, pour le moment, au nom du Ciel, respectons la volonté du défunt !

Puis il passa une main sur son front, s'excusa de son emportement, et me dit :

— Va voir Melchior. Il a bien besoin qu'on le soutienne, en face de cette Gorgone !


La Gorgone était une assez jolie femme, encore séduisante, fort élégante dans un grand deuil de carnaval.

À trois mètres du téléphone je l'avais entendue crier, à trois mètres d'elle je sentais son parfum. « Effroyable », de chez Sauve Qui Peut !

Elle était seule dans le salon. Et elle inspectait le mobilier comme un huissier qui fait l'inventaire avant la saisie.

— Bonsoir, madame, dis-je poliment.

Elle se retourna, me dévisagea... et les prédictions de Melchior se révélèrent justes.

Un seul coup d'œil avait suffi.

Elle me détestait.

— Et vous, vous êtes qui ?

— La fille que nous avons eue, Bob et moi, dit Melchior qui entrait, des papiers à la main.

Et il ajouta :

— Que vous soyez odieuse avec moi, je peux le supporter, Betty ! Mais pas avec les gens que j'aime !

— Parce que vous aimez mademoiselle !

— Autant que Bob l'aimait !

— Et elle fait quoi, dans la vie, cette petite ?

— Je suis pasteur de l'Église Réformée de Valdeyron, madame.

J'avais remarqué que l'annonce de ma profession ne laissait jamais personne indifférent.

— Pasteur ! Alors c'est vous qui êtes responsable de la mascarade du cimetière protestant dans le jardin ? Là où vous allez enterrer mon frère comme un chien !

— Betty, dit gentiment Melchior, mademoiselle n'est nullement responsable de ce que vous appelez « une mascarade » ! C'est la volonté de Bob. Tenez, lisez, nous avons tous deux exprimé, chacun de notre côté, notre volonté d'être enterrés l'un près de l'autre dans le cimetière où reposent des gens très bien et, à ma connaissance, peu de chiens. J'espérais que ce serait moi qui partirais le premier. Le sort en a décidé autrement, croyez que je le déplore... Mais, Betty, Bob vient de mourir. Il est là, dans la pièce voisine, dans son cercueil ! J'ai un immense chagrin, vous le savez, alors, je vous le demande, soyons amis... Ne nous disputons pas, pensons à lui et à l'être merveilleux qu'il était ! D'accord ?

Difficile de résister au charme de Melchior, même pour une Gorgone !

À voir les regards qu'elle levait sur lui, elle avait dû en être très amoureuse. Je comprenais qu'elle leur en ait voulu, mais, quand même, se fâcher avec son frère ! Et pendant seize ans ! Ça, je ne pouvais pas le comprendre !

Nous avons dîné dans la cuisine.

– Vous habitez ici ? me demanda-t-elle.

– Non, mais Marie a la gentillesse de bien vouloir rester avec moi pendant ces jours difficiles, dit Melchior en la servant de potage.

– Je vois..., dit-elle en baissant les yeux sur son assiette.

Et quand l'assiette fut vide, elle la regarda avec attention.

– C'est joli, ce service. Est-ce qu'il était à mon frère ? demanda-t-elle.

– Non, dit Melchior en souriant.

Moi, je ne dis rien, mais je pensais qu'elle avait de la chance que je sois devenue la servante du Seigneur.

Quelques mois plus tôt, je me serais levée dans la nuit pour aller chercher de la mort-aux-rats dans l'arrière-cuisine et la verser dans le chocolat de son petit déjeuner.

*

Deux heures plus tard, nous nous sommes retrouvés, Melchior et moi, dans la bibliothèque où le cercueil reposait sur des tréteaux. Jusqu'au lendemain...

Je pensais au jour où je leur avais pris la main à tous deux, au jour où j'étais devenue leur fille, au jour où Bob m'avait demandé : « Ça arrive comment, la Révélation ? »

Maintenant, il savait, lui, ce que nous ne savions pas encore.

Il était mort pour sauver une vie.

Une vie qui, sans doute, ne valait pas la sienne... Mais il avait choisi.

Je posai mes lèvres sur le bois clair où ne brillait aucune croix.

Mais j'avais confiance.

Je dis tout haut : « Comme Tu vas l'aimer, Seigneur ! » avant de les laisser seuls.

*

« N'a pas qui veut le peuple à son convoi. »

Cette phrase de Balzac évoquant les obsèques du maréchal Hulot émergea de ma mémoire quand, depuis le rocher voisin du petit cimetière, je vis la foule affluer pour l'ensevelissement de Bob.

Elle arrivait de partout, silencieuse et grave.

Certains étaient venus par le chemin du béal, ceux-là on les voyait sortir des châtaigniers, rejoindre ceux qui descendaient droit de la montagne, puis d'autres encore, longues files longeant les flancs du château, se mêlant à eux, remplissaient peu à peu la combe où ne se poserait plus jamais le Tintin.

Et cette foule muette et recueillie évoquait celles qui, trois siècles plus tôt, se rassemblaient, là ou dans des lieux semblables, pour prier à l'abri de l'humble et fragile rempart des châtaigniers du Désert.

Melchior s'était appuyé sur moi quand le cercueil était apparu, porté par six sapeurs en grande tenue.

Lentement, ils traversèrent la combe tandis que les gens s'écartaient pour leur laisser le passage, puis, flots humains, se refermaient derrière eux.

Plus de retour possible. Bob s'en allait pour toujours.

Le silence devenait insupportable.

J'avais envie d'ouvrir les bras et d'invoquer l'Éternel comme l'avait fait Marie Révolte au temps de la grande misère des siens.

Et, tout à coup, des voix s'élevèrent... À bouche fermée, sans musique pour les accompagner, sans paroles, les petites chantaient « Que ma joie demeure ».

Elles chantèrent jusqu'au moment même de l'ensevelissement.

La main de Melchior pesait plus lourd sur mon épaule. C'était fini.

Mais non. Brice se tournait vers la foule et disait les mots magnifiques... les mots que nous attendions sans le savoir.

Le premier de ces mots s'adressait à Bob. Il lui disait : Frère... et, ce mot, je le reçus en plein cœur.

Le commandant parlait sans micro.

Lumineusement.

A-t-on besoin de micro dans un lieu où la Parole s'est fait entendre ?

*

Il n'y a pas un an que je suis arrivée à Valdeyron et, déjà, tant de tombes me rattachent à ce sol. Johann. Puis le pauvre maçon qui me fit renouer avec les prières de mon enfance, le petit Olivier, ineffaçable baptême... D'autres, moins proches, mais toujours célébrés dans la Foi.

Et maintenant, Bob.

« Cette manie de mourir des gens qu'on aime... »

Je suis restée au château tant que la sœur a été là. Melchior me l'avait demandé, terrifié par cette phrase, à peine théâtrale, qu'elle lui avait dite en rentrant du petit cimetière :

– Nous pourrions unir nos deux solitudes...

– J'ai besoin de solitude, avait-il répondu sur le même ton.

La lecture du testament avait été l'occasion d'un déluge de larmes.

– Vous m'aurez trahie deux fois ! a-t-elle sangloté en rangeant soigneusement le chèque consolant que Melchior avait préparé pour elle. Elle à qui son frère n'avait rien laissé.

– Lui qui m'avait déjà volé l'homme que j'aimais ! avait-elle crié à maître Courtassol, le notaire.

Le vieil homme était devenu tout rouge, le pauvre, me raconta Melchior le soir où nous nous retrouvâmes seuls.

Il regardait le feu qui s'écroulait dans la cheminée. Je me levai pour mettre une bûche...

— Tout ce qui venait de Bob..., commença-t-il comme s'il établissait un inventaire, les bûches dans le feu... les bougies... les pétales séchés... le vin cherché à la cave... la musique !

— Le musique est toujours là, Melchior ! Tous ses enregistrements...

— Mais c'est de la musique en conserve ! Chaque jour, il m'offrait de la musique fraîche... vivante !

Il me regarda en souriant.

— Heureusement que tu existes, *shatzeli* ! Mais, maintenant, tu vas retourner au presbytère. Je te le demande parce que tout ça a pesé bien lourd sur toi, sur ton travail...

— Moi aussi j'ai pesé bien lourd sur vous, le jour où vous m'avez recueillie dans les nuages !

— Quelle aventure, quelle merveilleuse aventure, que celle de la rencontre de Marie Révolte avec Marie de Walheim ! Quel bonheur d'avoir pu partager cette apparition avec Bob ! Tu vois, tu arriverais maintenant, lui n'étant plus là... le cœur n'y serait pas...

Il resta un long moment silencieux, puis me regarda.

— C'était beau ce que Brice a dit de lui sur la tombe, l'autre jour...

Il avait dit qu'il était l'un des leurs, et que c'était d'autant plus fort qu'eux servaient par devoir, qu'ils DEVAIENT servir, tandis que Bob, lui, servait par amour parce qu'il avait choisi de le vouloir, et que toute la foule qui était là, dans la vieille combe des Assemblées, l'avait compris.

— Si tu savais, *shatzeli* ! Ça n'a pas toujours été comme ça ! Nous étions là depuis deux semaines à

peine, quand nous avons trouvé la voiture taguée...
« Pédés. » Et même pire. Marguerite pleurait en nous
aidant à nettoyer les injures, on avait mal pour elle !
Et puis...
— Et puis ?
— Tout a cessé, très vite, à cause d'une vache.
— Une vache ?
— Le Tintin. Bob a déposé un berger sur le Causse.
Un berger très pauvre. Une vache, sa vache, son
unique vache, avait pris le large. Aucun moyen de la
récupérer. Elle allait droit vers un à-pic... Le Tintin ne
s'est même pas posé, il est resté une minute à vingt
centimètres du sol, le temps pour le berger de sauter
et de retrouver sa fugueuse pour la remettre dans le
droit chemin. Bon ! maintenant tu te sauves et tu vas
travailler !
Je me suis sauvée. J'ai travaillé.
Le temps passe.

*

La mort de Bob a balayé mon propre chagrin.
J'en parlerai plus tard à Melchior.
Pour le moment je ne peux pas. Je ne veux pas.
Lui, il est dans une vraie douleur.
Moi, j'oublie un peu plus chaque jour...
Je n'ai aucun mérite.
Je n'ai plus envie de Desmond.

*

Ma petite vie se déroule entre le temple, les enfants,
la Bible, la boîte des petits bonheurs...
Elle déborde, la boîte ! Elle se répand maintenant
au-delà de la classe, au-delà de l'école, elle a atteint la
mairie, elle gagne l'Église et le Temple, elle décore la
Maison de Pays, elle est célèbre au-delà des limites du
département.

Dalila vient dîner tous les mardis soir. Aucune nouvelle de ses agresseurs... Elle me fait lire les derniers messages des enfants.

Et des grands.

« Mon mari a retrouvé du travail ! »

*On a vu la mer.*
*L'été là !*

Parfois on a le cœur serré :

*Je voudrais que ma maman guérisse*

« Mes enfants viendront cet été ! »

*je suis premier en dicté.*

Elle court, elle court la ribambelle... et, l'air de rien, c'est notre vie qu'elle raconte.

*Le marquis est devenu très jentil*

C'est vrai qu'il est gentil, le ci-devant marquis.

Les réunions de partage sont des moments de joie.

Les petites ont réveillé la belle maison et le vieux sauvage se réjouit de les entendre trotter menu sur ses parquets, ouvrir ses buffets pour sortir des tasses, faire bouillir de l'eau dans la cuisine, changer une ampoule, passer des assiettes de biscuits.

L'autre soir, il m'a retenue après le départ de la compagnie. Air mystérieux... « Il faut que je vous parle, ma cousine... »

Il m'a fait asseoir dans le voltaire défoncé témoin de notre première rencontre, et m'a dit :

— Voilà, Marie ! J'ai appris que Clémentine allait se marier cet été avec Lucien Carles, le garagiste. Un garçon valable qui m'a fort obligeamment réparé mon vélo. Je voudrais leur faire un beau cadeau. Pensez-vous que je puisse leur offrir des pièces du trousseau de ma mère ? Elles sont très belles, brodées... Mais, justement, au chiffre de ma mère et de mon père. Elle était une Juvenin de la Bégude. Est-ce que les initiales et les couronnes ne vont pas choquer ces enfants ? J'ai entendu dire que tous deux votaient fort à gauche...

Je l'ai embrassé sur les deux joues.

Je l'ai assuré que plus on votait à gauche, plus on appréciait le linge armorié.

J'ai demandé à le voir.

Il a ouvert pour moi une armoire gigantesque aux portes tapissées de vieille indienne, si vieille qu'elle partait en lambeaux.

— Les loirs m'ont mangé des nappes, mais ils ont respecté les draps et les taies !

Des merveilles ! Un peu jaunies dans les plis, gardant encore des sachets de lavande évanouie, cueillie cent ans plus tôt. Et ces petites couronnes, ces épis de blé et ces chardons brodés blanc sur blanc, ces piles de linge pleines d'espérance d'une famille arrêtée me rappelaient d'autres témoins d'une autre famille, la mienne, ces papillons qui avaient volé de Cévenne en Wurtemberg, puis avaient franchi le Rhin pour se poser aux pieds de la cathédrale de Strasbourg avant de partir au bout du monde charmer de leur vol immobile l'Empire du Soleil Levant.

— Mais il y a autre chose, me dit Damien en refermant la grosse armoire. Il y a autre chose, vous êtes ma seule parente et je ne voudrais pas vous déposséder de ce qui, de droit, vous reviendra un jour. Quand vous vous marierez...

– Ce n'est pas pour demain ! ai-je dit precipitam-
ment.

– ... quand vous vous marierez, je veux que votre
mariage soit un mariage de princesse ! Digne de celui
de Marie Révolte et de Fulcrand de Chabalde !

N'ayant aucune envie de parler de mon éventuel
mariage de princesse, je profitai de l'occasion pour lui
poser une question sur un point qui m'intriguait depuis
longtemps.

– Pourquoi en voulez-vous autant à Louis XIV,
vous, descendant d'une famille catholique ?

– Ne me parlez pas de Louis XIV ! Il a saigné la
France et enrichi les pays du Refuge ! Il n'a rien
compris ! Il aurait dû, dans l'intérêt du Royaume, se
servir des protestants ! En voulant les anéantir, il a
donné les plus forts, les plus brillants, à nos enne-
mis ! Quand je pense qu'au Chemin des Dames,
Antoine de Chabalde est peut-être tombé sous les
balles d'un descendant des religionnaires ! Quant au
« petit troupeau », comme aurait dit Marie Révolte,
il n'a pas perdu la Foi, vous le savez mieux que
personne, vous qui en êtes la bergère. À propos,
viendrez-vous ?

– Où ça ?

– À ma messe ! Ma messe en latin !

J'éclatai de rire.

– Au fond, mon cousin, vous êtes un révolutionnaire !

Il eut l'air flatté mais dit modestement :

– Révolutionnaire, je ne sais pas... révolté, j'en suis
sûr !

*

J'ai parlé de cette messe à Michel.

Elle lui demande un surcroît de travail parce que, lui,
il est de la nouvelle école. Celle d'après Vatican II,

316

celle de l'*aggiornamento*. Il était bien petit quand on a abandonné le latin à l'église.

Il la dira, cette messe, dans une merveilleuse petite chapelle romane, au cœur d'un bois de châtaigniers, entre Roquedur-le-Bas et Roquedur-le-Haut.

– Tu y seras la bienvenue, Marie ! Cette chapelle a été construite bien avant la Réforme, du temps où tu étais catholique !

– Pas de petites filles à cheveux multicolores pour la servir, cette messe !

– Tais-toi ! Tu ne sais pas ? Les garçons s'y mettent aussi ! Alain, le frère de Jojo, il m'est arrivé l'autre jour avec une crête de dragon sur le crâne ! Bleu et jaune ! Tout ça à cause de ma sœur ! Hier matin, elle me téléphone de Tokyo et me dit que les petits Japonais, c'est pas une mèche ou une crête, c'est toute la tête ! Et Mauricette, à la sortie de l'église, dimanche dernier : « Monsieur le curé, je peux pas dire non à vos enfants de chœur ! Ils seraient trop malheureux ! Mais moi, maintenant, j'ai l'impression que je suis plus coiffeuse, mais marchand de couleurs ! » Là-dessus, Mme Soulier – tu vois qui je veux dire ? – la vieille Mme Soulier, très distinguée, toujours aimable, toujours des gants même en été, ça la fait rire, et elle plaisante : « Si Monsieur le curé voyait cette charmante Cracky, c'est lui, Mauricette, qui vous demanderait des mèches ! » Tu vois dans quelle situation je me trouve ? Quand on saura !...

– Tu auras de plus en plus de monde à l'église !

On a ri. Puis on est parti. Chacun de son côté.

– Tu as fait combien de kilomètres, ce mois-ci, Marie ?

– 2 300. Et toi ?

– Presque 3 000 !

On va, on vient, on prie, on console, on confesse. Enfin, pas moi, lui. Mais on n'arrête pas. On ouvre les bras, on bénit, on commente les prophètes, on épluche les apôtres, on dissèque saint Paul... On enterre les morts sans oublier les vivants. Et tous, Michel, Dalila, Mostafa, Damien, moi, et aussi le commandant, on essaie d'être le plus souvent possible aux Châtaigniers.

Pour Melchior.

Et pour les chevaux.

Je n'ai pas revu le commandant. Mais j'ai revu Pierre à l'École biblique. Il m'a regardée d'un drôle d'air... à la fois triste et soulagé.

– Tu vois, lui a dit Samir, je te l'avais dit qu'elle nous quitterait pas !

*

Le petit-fils d'Esther, le fils de Thomas et de Deborah, est né à New York.

*Seven pounds **.

Abraham.

*

Cette naissance, ce prénom, cet hommage, ça m'a donné envie de galoper !

Je suis allée aux Châtaigniers et j'ai demandé à Abel de me seller Mistralou.

Mais ni Mistralou, ni Régordane n'étaient là.

– ... artis ! disait Abel.

Partis ? Ça m'a troublée.

Melchior les aurait-il vendus ?

Impossible.

Tamerlan, Modestine et David Copperfield venaient à moi, confiants, émouvants... Bisous, câlins, grattouilles...

Puis je suis retournée dans la combe, déserte aujourd'hui.

* 7 livres.

La place du Tintin, au milieu de l'herbe, se voyait encore. Le Tintin qui était parti à la casse une fois sorti du ravin où il s'était écrasé.

Je suis montée jusqu'au petit cimetière. Je me suis assise au bord des tombes.

Valentine Weisendorf née Campredon... Morand Weisendorf... Des tombes plus anciennes... et Bob.

Mais c'était à Melchior que je pensais. À sa solitude.

Vieillir sans l'être aimé, quelle croix !

J'étais si jeune à la mort de Maman que je n'avais rien compris. J'avais cru mon père léger, infidèle, oublieux, alors qu'il était mutilé.

À vie. Une vie qui s'achevait avant terme, dans un brouillard que nous ne pouvions dissiper...

Deux cavaliers arrivaient, sortant de l'arboretum. Je me levai et descendis à leur rencontre. Belle tenue.

– Je vous présente un de mes hommes, me dit le commandant en arrivant à ma hauteur, le sapeur-pompier Bélondrade, notre médecin.

Le sapeur-pompier Bélondrade est une blonde souriante qui me tend la main en se penchant sur l'encolure de Mistralou.

– J'avais très envie de vous connaître, me dit-elle, depuis le temps que j'entends parler de vous ! Pierre et Samir vous adorent et nous savons tout de ce qui se passe à l'École biblique ! Sur Jésus, Moïse, Pierre, Paul... et vous.

Ni parfumeuse, ni étudiante, ni fleuriste... sapeur-pompier.

Sympathique, je dois l'avouer.

Les chevaux étaient contents, comme s'ils avaient su qu'ils n'étaient pas abandonnés.

– Je crois que vous montez aussi ? me disait BLG en débarrassant Régordane de sa selle. Mostafa monte également et, à la caserne, nous sommes cinq ou six cavaliers. Ni vous ni nous n'avons beaucoup de temps disponible mais, à nous tous, nous devrions arriver à garder ces deux bêtes en forme. Ce sera bon pour leur moral... et pour celui de Melchior !

Melchior avait dû entendre les chevaux passant devant le château et venait à nous.

– Merci, commandant ! Merci, docteur ! Vous avez fait connaissance avec Marie ?

Oui, oui... On avait fait connaissance, le sapeur-pompier blonde et moi...

Melchior tentait de les retenir. Impossible, ils devaient retourner à la caserne dare-dare.

– Et toi, me demandait-il, tu m'abandonnes aussi ?

Je restai avec lui.

– Tu veux boire quelque chose, *shatzeli* ?

Non, je ne voulais rien boire.

– Même pas un jus de pommes ?

Même pas.

Je dis :

– Elle est... charmante... cette jeune femme...

– Le docteur ? Mieux que ça ! Elle a été formidable pour le petit Pierre... et pour Brice, quand sa femme a disparu. Triste moment, triste histoire...

Le petit Pierre.

Le petit Pierre qui avait vu Desmond m'embrasser devant le temple. Le petit Pierre qui racontait tout de moi à la jolie blonde et à Brice...

J'ai jeté un œil sur ma montre. J'ai poussé un cri. J'ai inventé que j'avais oublié un rendez-vous, j'ai embrassé Melchior et je suis partie sans oser le regarder dans les yeux.

\*

Depuis quelques jours, Sarah tricote sans relâche.

– Tu tricotes pour l'hiver, Sarah ?

– Non, pour le mois d'août.

– Original !

– Attends de savoir avant de te moquer de moi !
C'est pour la vente du temple, le 15 août ! Je fais des
chaussons pour toutes les pointures, tous les ans ils
s'arrachent tellement ils plaisent !
Elle se tait, puis me demande :
– Tu sais tricoter ?
– Pas du tout !
Ça la fait rire. Ma nullité domestique a le don de la
mettre en joie.
– Ah ! je voulais te dire, au sujet de Radieuse...
– ... ?
– ... je ne la mènerai pas au bouc cette année. Elle
est trop vieille, ma brave chèvre. Je la mets à la
retraite.
À cet instant, la sonnette fil de fer a retenti.
– J'y vais, a-t-elle dit.
Mais j'ai été plus rapide qu'elle, je suis allée
ouvrir.
Un adolescent derrière le portail.
Un adolescent mal à l'aise.
Un gamin qui a besoin qu'on l'écoute.
J'ai dit « bonjour », il a bredouillé quelque chose
d'inarticulé.
– Entre !
Il est entré. Troublé. Pas à l'aise.
– Alors ?
Il a baissé la tête et dit :
– Je voudrais me confesser...
J'ai ri.
– Tu voudrais te confesser ?
– Vouais...
– Eh ben, tu vois, tu t'es trompé de boutique. C'est
le curé qui confesse, pas moi !
– Vouais... Mais c'est vous le curé des protes-
tants...
Ça n'allait pas être facile. Je lui demandai de quelle
religion il était.

– Vouais... je crois qu'on serait plutôt catholiques, à la maison...

– Alors va chez le curé. Tu sais où il habite ?

– Vouais, mais si je lui dis ce que je voulais vous dire, le curé, il me tue !

– Et tu penses que, moi, je ne te tuerai pas ?

– ...

Misère.

– Tu t'appelles comment ?

– Fourastier. Fourastier Marcel, de la Combette. Fourastier...

Il me regardait comme si sa vie dépendait de l'instant où j'allais l'écouter.

De quel crime voulait-il qu'on l'absolve ?

Dernièrement, on avait cassé la vitrine de la Maison de Pays, volé un ordinateur dans l'annexe de la mairie, vidé quelques bouteilles dans la cave de l'hôtel des Voyageurs...

Il me regardait toujours. Buté, lourd, gauche, pataud... C'est son manque de charme qui me décida. Et ma propre curiosité.

– Je veux bien t'écouter, Marcel, mais je dois te dire que, moi, je t'écoute en amie, pas en confesseur. Je ne suis pas tenue par le secret de la confession. Tu comprends ce que je te dis ?

Il hocha la tête puis baissa les yeux.

– C'est moi, dit-il.

– Moi ? Moi quoi ?

– Moi, répéta-t-il.

Brusquement, je sus que c'était plus grave que je ne l'avais imaginé.

Il avait toujours les yeux baissés. Il respirait mal. Je ne bougeais plus : ne pas le brusquer, ne rien faire, ne rien dire qui pouvait l'arrêter sur le chemin de l'aveu...

– L'institutrice, dit-il, c'est moi.

Dieu de mes pères, retiens mon bras !

Je reprends difficilement ma respiration.

— C'est toi qui l'as violée ! C'est toi qui as déposé la dénonciation à la gendarmerie !

— Ah non ! le papier, c'est pas moi !

— C'est qui, alors ?

— C'est Abdul ! C'est lui qui a eu l'idée !

— Qui c'est, Abdul ?

— Le copain... le copain avec moi. Pour la fille, il a rien fait... il a pas eu le temps... à cause de vous... mais c'est lui pour le papier...

« Cé Abel le viol. »

La rage.

Calme-toi, Marie !

Et ce pauvre imbécile qui reste devant moi, tassé sur lui-même, et qui me demande :

— Qu'est-ce que vous allez me faire ?

Je voudrais t'arracher les couilles, petit con ! Les faire rôtir avec celles de cet Abdul qui n'a « rien fait » que dénoncer un innocent ! Doublement innocent !

— Ce que je vais te faire ? Ça dépend de toi. Tu vas revenir ici avec ton Abdul, et vous direz tout ça à l'institutrice ! Sinon, je téléphone tout de suite aux gendarmes ! Choisis !

— Mais qu'est-ce qu'elle va dire, l'institutrice ?

— Tu verras bien !

Il est parti. Je me suis demandé si je le reverrais... Je suis allée boire un verre d'eau à la cuisine.

— Ça va, Marie ? Tu as l'air toute retournée !

Je lui ai dit que ça allait, qu'elle ne s'inquiète pas, et je lui ai demandé si ça lui disait quelque chose, le nom de Fourastier.

— Oh oui, peuchère ! La mère est morte, le père boit, et les petits s'élèvent comme ils peuvent ! Pourquoi ?

Je n'ai pas répondu. Elle n'a pas insisté. Elle a tout compris, le soir, quand, après Dalila, les deux gamins sont arrivés.

*

Visage très pâle, encadré plus sévèrement que jamais par le foulard.

Quand elle vient nous voir, Sarah et moi, Dalila délivre ses cheveux.

Ce soir, elle cache sa chevelure à ses agresseurs.

Elle regarde à peine Marcel.

Elle s'adresse à Abdul, à son frère de race. Véhémente et glacée, elle lui parle en arabe. C'est beau, violent, terrible.

Je voudrais parler cette langue. Je devine les reproches qui finissent par une interrogation. Une question directe, brutale.

Qui reste sans réponse.

Un long silence. Elle le regarde.

Au bout d'un moment, Abdul dit :

– Je parle pas arabe, madame. J'ai rien compris...

Elle est restée sans voix, pétrifiée. Elle m'a regardée, désemparée, puis elle s'est retournée vers lui :

– Et le français, tu comprends ?

Il a haussé les épaules, vexé comme si elle lui manquait de respect.

– Sûr ! a-t-il répondu.

– Quel âge as-tu ?

– Seize.

– Et toi, Marcel ?

– De même !

De nouveau elle m'a regardée :

– Dis-leur de partir, Marie. Je ne veux plus les voir !

Je les ai conduits jusqu'à la porte.

Tête basse, sans un mot, ils ont disparu dans la nuit comme des rats.

Dalila n'avait pas bougé. Elle était toujours debout au milieu du bureau. Toujours aussi pâle. En me voyant entrer seule, elle a défait son foulard. Ses boucles soyeuses couvrent ses épaules. Elle me tend les bras, se serre contre moi, au bord des larmes.

— Seize ans ! dit-elle. Il va falloir s'occuper d'eux !

\*

Le test HIV s'est révélé négatif.

Dieu est grand !

Dalila aurait pu tout simplement essayer d'oublier, ne pas donner suite, enterrer l'affaire.

Non. Elle a voulu les aider.

Michel était sidéré. Ébloui. Parce que Mostafa lui avait tout dit.

Il avait été discret sur le crime commis. Mais il lui avait demandé de venir au secours de deux mômes paumés, deux mômes qui avaient fait du mal à la femme qu'il aimait.

— On croit avoir le privilège du pardon des offenses, me dit Michel. On se trompe. Tu sais ce qu'il m'a répondu, Mostafa, quand je lui ai demandé pourquoi il voulait aider les gamins ? Il m'a dit : « Le Miséricordieux aime l'homme qui se repent et bénit celui qui sait pardonner. » Depuis, je cherche une solution, ce n'est pas facile... mais j'ai peut-être trouvé.

Sarah était moins éblouie.

— Je les aurais envoyés au bagne ! disait-elle, furieuse. Enfin, si ça vous plaît de jouer aux saintes, c'est votre affaire ! En tout cas, moi, je veux plus les voir !

J'ai tout dit à Melchior.

Non pas pour disculper Abel, nous savions depuis le début qu'il était blanc comme neige, mais pour lui dire qu'on savait qui étaient les coupables.

Je crois qu'il avait deviné qui était la victime, mais nous n'avons pas prononcé son nom.

Par contre, ces confidences l'ont poussé à m'en faire, lui.

Il m'a parlé d'Amanda, sa femme, spécialiste de l'*aquilaria agallocha* entre autres moisissures et parasites des arbres. Une personnalité ! Marrante ! Ils avaient déjà divorcé quand il avait rencontré Bob.

Il rit :

— Là, j'étais sur le point de céder à Betty !

— « Céder » ?

— Oui. Je dis bien « céder ». Tu peux comprendre, maintenant que tu la connais... Et, il y a dix-sept ans, elle était encore plus déterminée qu'aujourd'hui.

— Pourquoi avez-vous divorcé ?

— Amanda était charmante, séduisante, intelligente... mais tellement directive qu'un jour j'ai eu envie d'être libre. Mais nous nous sommes bien quittés. On s'écrit, on s'appelle de temps en temps... tous les deux ans.

— Et l'autre ?

— Quelle autre ?

— Quand Esther vous a dit : « J'ai connu votre femme », vous lui avez demandé : « Laquelle ? »

— Mais dis donc, tu écoutes bien !

— Je m'intéresse à vous.

— Merci ! dit-il en me baisant la main. Eh bien, l'autre, était une chipie. Une vraie. Ça n'a pas duré longtemps ! Ça te suffit ? Tu ne veux rien savoir d'autre ?

— Si. Qui vous a donné David Copperfield ?

Il devint grave soudain. Je le sentais ému.

— Tu es redoutable, Marie !

Il resta silencieux un moment, puis me dit :

— La femme qui m'a donné David Copperfield... est un très joli souvenir. En réalité, elle ne me l'a pas « donné », mais « légué ». Par testament. Nous nous sommes connus il y a longtemps. Quelques semaines à peine... Et puis, un jour, j'ai reçu une lettre me disant qu'elle n'était plus de ce monde, mais qu'elle avait souhaité que je recueille ce petit être chevelu. Nous sommes partis en Écosse, Bob et moi, et nous l'avons ramené.

Long silence.

Il me sourit, puis redevient grave.

– Tu sais, Marie, en Alsace, quand j'ai vécu seul au milieu des arbres, avec le fusil de chasse de mon père comme compagnon, c'était parce que... j'ai vu fusiller mon père et ma mère. Alors je suis parti. Je ne mettais personne en danger, puisque je n'avais plus personne !

– Et votre oncle ?

– Il était à Londres depuis juin 40. Il nous croyait tous morts... Et n'oublie pas qu'il était fâché avec mon père ! Je n'avais plus personne, mais je n'étais pas seul... j'avais les arbres !

Puis, brusquement, il change de sujet.

– Puisque tu veux tout savoir de moi, écoute ça ! Tu vas rire ! La parfumeuse... la parfumeuse du Vigan ! Tu sais, celle qui se dit l'amie de Brice ! Eh bien, il y a quelques années, elle nous a dragués, Bob et moi. Carrément ! Elle nous disait, en même temps qu'elle nouait une faveur sur *Héritage* ou *Habit Rouge*, « Nous pourrions vivre quelque chose de très intense, tous les trois ! » Pauvre femme !

Silence. Il me regarde et je ne suis pas étonnée de l'entendre me dire :

– Et Desmond ?

Je ne veux rien lui cacher, mais je n'arrive pas à trouver les mots. Alors, il m'aide :

– On m'a dit qu'il était venu, un dimanche, à la sortie du temple...

Je fais oui de la tête, toujours muette.

– Je suppose – puisque tu es toujours là – que ça ne s'est pas bien passé ?

Je fais encore oui de la tête.

– Tu es malheureuse, *shatzeli*?

J'ai fait signe que non.

Et c'était vrai.

– Mais tu l'as été?

Oui.

Mais c'est fini, et voilà que je retrouve ma voix. Voilà que j'ai besoin de tout lui raconter et, surtout, cette chose extraordinaire, incroyable, cette rupture qui vient au moment où plus rien ne semble nous séparer!

– Ça ne pouvait pas marcher, dit Melchior. Ni lui, ni toi, vous n'étiez disposés à accepter la vision du monde de l'autre.

– Je ne comprends pas...

Il a ri. Il m'a regardée, il a doucement caressé ma joue et m'a dit :

– De vous deux, l'ambitieux, c'est toi!

\*

J'aurais voulu lui parler de Brice.

Mais Brice n'est pas libre.

Brice aime un de ses hommes...

Une jolie blonde à qui le petit Pierre raconte tout de moi.

J'ai préféré me taire.

\*

Première mort après celle de Bob.

La vieille Augustine Fesquet du mas de la Fageole. Elle passa à l'heure où le soleil disparaissait comme une pierre qui tombe derrière la montagne.

J'étais montée là-haut par une route effrayante, je m'étais perdue mais j'étais arrivée à temps. J'avais pu prendre ses mains dans les miennes, j'avais dit : « Le Seigneur est avec vous » et elle m'avait souri.

Augustine Fesquet était la première de mes paroissiens que j'accompagnais jusqu'au bout du chemin. Elle était très âgée, une toute petite lumière vacillante, des yeux bleus incroyablement doux dans un visage ridé comme un fruit de l'été oublié dans le grenier. Elle ne parlait plus depuis des jours, et moi, je n'ai jamais entendu le son de sa voix, mais j'écoute encore tout ce qu'elle a voulu me dire dans son silence.

Elle s'éteignait sans épouvante. Elle était prête pour le rendez-vous...

Je la regardais et je voyais la Foi.

Puis ce fut fini.

Je suis restée longtemps à cause des enfants. Ils étaient si vieux ! Si émouvants dans leur chagrin ! Le fils m'avait dit : « J'ai passé les septante depuis une belle poignée d'années ! » Sa femme ne devait pas être bien loin derrière lui. Je les connaissais peu, mais je les avais vus au temple tous les dimanches, je crois, depuis que j'étais là. Il conduisait prudemment une antique voiture bâtarde dont je n'avais jamais pu identifier la race. En août, c'étaient les petits-enfants, et les enfants des petits-enfants qui les accompagnaient à Valdeyron dans des véhicules plus récents et surtout plus confortables, ce qui permettait à la vieille Augustine d'assister au culte quand il faisait très beau. Assise au premier rang, elle me souriait, entourée de joyeux petitous...

Ils seraient tous là demain, on les avait prévenus que c'était la fin pour la mémé.

Ils auraient de la peine d'arriver trop tard...

– Ça compte, la famille, soupirait l'orphelin septuagénaire.

Seulement, Frédéric était professeur de français-latin à Brest, et Sylvie, qui habitait moins loin, elle, à Perpignan, était veuve avec trois enfants...

– Le temps de s'organiser, disait sa mère, mais ils vont venir. Ils seront là...

Je suis restée longtemps pour ne pas les laisser seuls tous les deux. Ils me disaient merci d'être là. C'était moi qui aurais dû le leur dire.

Pour la beauté de cette mort.

Pour le vent qui pleurait leur peine dans les châtaigniers.

Pour le silence tombé sur la maison quand la belle-fille avait fermé les yeux bleus de la belle-mère. Comme dans la Bible.

J'étais le Pasteur.

Je n'étais *que* le Pasteur.

Ils étaient la descendance, l'alliance, le sang et la race de la morte.

Je n'étais *que* le Pasteur, mais des siècles de dialogue avec Dieu faisaient qu'ils avaient besoin de ma présence.

Humble passeur de Sa Lumière, j'étais là.

J'avais pris le Livre avec moi. Habitude, rituel. Précaution inutile : dans les fermes de nos montagnes, point n'est besoin de s'armer de sa Bible. Elle est partout. Sur les lourdes tables en bois de châtaignier, dans les cachettes innocentes qui datent du temps des dragonnades, au coin des âtres et des fenêtres, près de la corbeille à ouvrage... Elle vous attend. Fidèle.

Aussi est-ce la Bible de mariage posée au chevet de celle qui venait de nous quitter que j'avais ouverte.

Augustine, Esther, Marguerite Berthézène avait épousé Jules, André, Gédéon Fesquet le 7 mai 1921 devant le Pasteur Clauzel.

Je n'avais pas eu à choisir le verset que j'allais lire, Augustine, Esther, Marguerite me l'avait désigné elle-même par un signet de soie rouge.

Et je lus :
– *Célébrez le Seigneur, car il est bon,*
*et sa fidélité est pour toujours !*
*Qu'Israël le redise :*
*« Sa fidélité est pour toujours ! »*
*Que la maison d'Aaron le redise :*
*« Sa fidélité est pour toujours ! »*
*Que ceux qui craignent le Seigneur le redisent :*
*« Sa fidélité est pour toujours* \* *! »*

Je regardais autour de moi et je m'émerveillais devant cette vie et devant cette mort.

J'étais dans une vraie maison de vrais paysans. Pas dans une résidence secondaire, une fermette aménagée ou une coquette villa. Non. Pendant des siècles, ici, on avait labouré les pierres, porté le blé à dos d'homme le long des pentes pour le semer, face au ciel, irrigué les jardins volés à la montagne avec l'eau détournée des torrents, fraternisé avec des générations de chèvres farceuses, des dynasties de chiens de bergers au grand cœur... et on avait célébré le Seigneur car il est bon.

\* Psaume 118.

Merci, Augustine, Esther, Marguerite, merci d'avoir été toi.

Je ne saurai jamais comment le Livre entra dans les Cévennes et y fit respecter sa Loi. Ce mystère fait partie de mon tourment. Et de ma joie depuis que je sais qu'un fil de sang invisible me relie à elles par la grâce de l'amour qui unit jadis le seigneur de Chabalde à Marie Révolte.

J'ai aidé les Fesquet à voiler les rares miroirs de la maison, à arrêter dans sa course le balancier de cuivre de l'horloge de parquet.

Je pensais à Bob.

Silence. On n'entend plus les battements de cœur du Temps...

Silence.

Ils voulaient me faire manger, rite funéraire. J'acceptai une tasse de café et un biscuit sorti d'une boîte de fer.

On a parlé doucement auprès d'Augustine.

– Elle était brave, a dit le fils en regardant sa mère endormie.

Brave, ça veut tout dire. Surtout quand c'est un homme qui le dit d'une femme.

Surtout quand c'est un fils qui parle de sa mère.

Bonne, gentille, généreuse, courageuse...

Brave.

« *Qu'Israël le redise.* »

Avant que je parte, on s'est levés pour réciter le *Notre Père*.

Je me sentais bénie. Rendue à moi-même par cette rencontre.

La route était toujours terrifiante. Moins qu'à l'aller quand même, parce que, dans la nuit, on n'y voyait rien. Par respect j'avais laissé mon portable dans la voiture. Je l'avais oublié. J'ai roulé un moment sans penser à voir si j'avais des messages.

J'en avais.

Dalila qui voulait me montrer les dernières perles de la boîte des petits bonheurs, Fournier qui me disait que le lutrin du temple était réparé. Au bout de six mois ! Bravo ! Enfin, le message qui m'a fait froid dans le dos : « J'ai besoin de te parler, Marie. J'ai besoin de toi. Le plus vite possible. Ça ne va pas. Pas du tout. » Il y avait un silence avant la signature : « Michel. »

J'ai foncé.

*

Je n'ai regardé l'heure que quand je suis arrivée sur la place, devant le presbytère. Il était vingt-deux heures trente-sept. Le message était daté de dix-huit heures quarante. En roulant vers Valdeyron j'avais refait le numéro. Occupé. Je n'avais pas insisté parce que j'allais un peu vite et que j'avais intérêt à faire attention.

Qu'est-ce qu'il avait, Michel, pour que sa voix seule – pas besoin de mots – appelle au secours ? Était-il arrivé quelque chose à Cracky ? Mon Dieu ! Il aime tant sa sœur ! Un accident ? Avion ? Santé ? Quelque chose de grave ? Pour elle ? Pour lui ? D'épingle à cheveux en virage dangereux, de chaussée affaissée en absence de marquage, je crois bien avoir imaginé tous les scénarios catastrophes qui pouvaient l'avoir frappé.

Tous. Sauf le bon.

Le village était assoupi dans les lumières sourdes de la télévision.

C'était l'heure tranquille où les séries nous piègent...

Plus angoissée qu'observatrice, je frappai à la porte de Michel avec le joli petit marteau de bronze en forme de dauphin. Rien. Je frappai à nouveau... Rien. Inquiète, j'appelai : « Michel ? Michel, tu es là ? », de plus en plus fort. Enfin il ouvrit, assez défait, en survêt de sport et vieilles espadrilles, et je fus confuse d'arriver si tard. Mais il m'avait déjà saisi la main, fait entrer. Il refermait la porte et me disait : « Merci d'être venue ! » avant d'ajouter : « Pardonne-moi ! » et de fondre en larmes.

*

Jamais je ne vis larmes si brèves et si violentes. Il s'était repris et me tendait une lettre.

– Lis !

Je lus. Et, en lisant, j'avais le cœur déchiré et plein de tendresse devant la misère de Michel. Il n'était pas question de Cracky, elle n'était pas malade, lui non plus, il n'était pas question de malheur, non, c'était l'annonce d'un bonheur qui venait de lui déchirer le cœur. Rémi, son meilleur ami du séminaire, lui annonçait qu'il avait rencontré une jeune femme, qu'il l'aimait, et qu'il quittait les ordres pour se marier.

– J'ai lu cette lettre et tout s'est écroulé, disait Michel.

Je ne savais que dire. *Terra incognita*. Jamais je ne vivrais ce qu'il était en train de vivre. Ce cas de figure ne me serait pas infligé. J'avais droit à l'amour, au mariage, aux enfants... Pour le moment, c'était plutôt mal engagé pour moi mais c'était le fait de mon destin, c'était peut-être ma faute, et nullement celle d'une règle imposée.

Je ne savais que dire, mais j'étais décidée à l'aider. Parce que j'étais son amie, parce qu'il m'avait tirée du gouffre noir un jour de désespoir – ne jamais oublier l'herbe à Robert au bord des tombes – parce que, malgré nos différences et l'impartageable Eucharistie, nous faisons le même métier. Ne servons-nous pas le même maître ?

Nous étions entrés dans la seule pièce que je connaissais, le bureau où il recevait les fidèles qui avaient une fiancée à lui présenter ou un nouveau-né à lui faire admirer, bref, tout ce qui lui était interdit à jamais.

Il m'avait fait asseoir puis il s'était assis en face de moi, de l'autre côté d'une jolie table aux pieds fins. Sur les murs, une Madeleine repentante me regardait d'un air désolé, comme si tout était perdu d'avance, auprès d'un archevêque du siècle avant-dernier aussi consterné qu'elle. Quelle différence avec les murs nus du mas de la Fageole ! Quelle différence entre un mur catholique et un mur protestant, dans ces montagnes ! Heureusement je me retournai et vis un petit Jésus blondinet qui me souriait, complice, réconfortant, et le courage me revint.

Le même maître ! N'oublie pas, Marie !

Michel ne bougeait pas. Il regardait la lettre qui était posée sur la table, entre nous.

Je lui ai demandé de tout me dire et il m'a tout dit.

L'amitié avec Rémi, ça, je savais déjà, mais pas tous ces fous rires, toutes ces blagues de gamins, toutes ces questions partagées, tous ces doutes pulvérisés ensemble, et ce bonheur d'aller tous deux dans la même direction, vers la certitude invincible...

Il m'a tout dit parce que je lui ai posé beaucoup de questions. Je n'avais pas peur d'être indiscrète, je savais que ça faisait partie du traitement. J'ai même eu la main un peu lourde, délibérément, du genre : « La chasteté te pèse-t-elle plus qu'avant ? », « T'a-t-elle toujours pesé ? », « Es-tu en ce moment amoureux d'une femme que tu voudrais épouser ou simplement sauter ? »

Il restait muet devant moi, je le sentais furieux et ça me semblait rassurant. J'étais sur la bonne voie. Je le regardai dans les yeux :

— As-tu couché avec Rémi ?

Là, il explosa :

– Et si je te demandais avec autant de pudeur, d'élégance et de délicatesse, si tu as couché avec Johann ?

Je répondis honnêtement :

– Une fois, une seule fois, je lui ai attrapé le zizi.

Ça, ça l'a déstabilisé, désarçonné.

J'ai précisé :

– J'avais trois ans...

Alors il éclata de rire. Alléluia ! et j'envoyai un baiser invisible au petit Jésus du mur qui le méritait bien.

Il allait mieux, Michel. Il s'était levé, me souriait, faisait quelques pas de la Madeleine à l'archevêque et me disait :

– En réalité, il ne s'agit pas de moi, il ne s'agit même pas de Rémi... Non, il s'agit de l'Église.

Là, on était mal barrés ! L'Église, ça ne me regardait pas, je ne voulais pas m'en mêler. J'ai dit bêtement :

– Un jour l'Église acceptera le mariage des prêtres.

Il a répondu :

– Certainement ! Dans mille ans... et il a ajouté doucement : Tu ne peux pas comprendre, Marie. Toi, tu peux te marier demain !

Qu'est-ce qu'ils avaient tous à me parler mariage ! Je n'étais pas prêtre mais, moi aussi, j'étais accrochée à mon église par une chaîne de fer.

Je me suis mise en colère. J'ai dit :

– J'ai rompu avec un homme que j'aimais, alors, je t'en prie, stop sur le chapitre des noces !

Il m'a regardée en silence. Puis il a dit :

– Et, depuis, tu n'as rencontré personne qui...

– Si !

– Tu veux qu'on en parle ?

– Non !

J'étais toujours en colère, mais j'eus peur de lui avoir fait de la peine. Alors j'ai dit :

– Tu ferais mieux de me donner à boire et à manger ! Je meurs de faim et de soif !

*

Je cherche des mots pour évoquer cette nuit si belle et je trouve communion, innocence, partage, prière, bonheur... Oui, bonheur ! et châteauneuf-du-pape ! daube bien noire ! pélardon dans tous ses états ! reste de tarte aux prunes !...
J'exagérais à peine en disant que je mourais de faim et de soif, en réalité, je mourais du besoin de choquer mon verre contre un verre ami. *Il y a un Temps pour tout*, a dit l'Ecclésiaste. Il avait raison, même s'il a oublié de parler du temps où l'on partage la daube et le châteauneuf !

*

Côté cuisine, je suis toujours nulle. Tout le monde le sait, et maintenant c'est établi. Tout le monde préfère me nourrir plutôt que de manger mes œuvres. Je les comprends. Pourtant, depuis que je vis chez Sarah, j'ai fait des progrès. Je mets la table, je débarrasse, je me rends utile. Mais, avec Michel, ce fut comme avec Melchior :
– Tu t'assieds, Marie, et SURTOUT ! tu ne touches à RIEN !
Aussi Michel m'a-t-il tout de suite fait asseoir dans la petite cuisine cévenole et fonctionnelle que je ne connaissais pas. Il a mis une cocotte de fonte noire comme l'Enfer à réchauffer sur une plaque vitrocéramique, il a sorti le châteauneuf, le tire-bouchon, les verres, tout ça en râlant contre Shéhérazade qui n'avait pas rangé la vaisselle et le faisait devenir *nessio*.
– *Nessio ?*

– Fada, cinglé, chèvre ! Le gros problème avec Shéhérazade, vois-tu, c'est... non, le gros problème c'est qu'il y en a plusieurs, de gros problèmes, avec Shéhérazade. Un : elle veut me convertir à l'Islam ! Deux : elle m'a pété la machine à laver ! Trois : à peine arrivée, elle disparaît ! Et tu sais où ? À l'église ! Elle passe la moitié de son temps dans la chapelle de la Sainte Vierge ! Elle en est folle, de la Sainte Vierge ! Elle lui apporte des fleurs ! Elle l'époussette ! Elle lui parle en arabe ! Et quand je viens la chercher avec mon linge troué et pas repassé dans les bras, je la trouve prosternée au milieu des cierges et elle me dit : « Tu sais, monsieur le curé, qu'elle est montée tout droit au paradis d'Allah, ma gazelle bleue ! Vois comme elle est belle ! Comme elle porte bien le foulard ! » Tu trouves ça drôle ? Pas moi ! Parce que moi, je paie ces dévotions en heures de ménage ! En chèques service ! Qu'est-ce que tu dis de ça ?

– *Allah ouak bar !*

Il a ri. Il guérissait. Il avait mis le couvert sur une table de châtaignier, coupé le pain et le saucisson, sorti un bocal d'olives, versé le vin dans les verres. Et puis il a dit :

– Et je l'aime bien, Shéhérazade... Elle est pénible, mais je l'aime bien.

J'admirais. Pas seulement les vertus ménagères de mon hôte, mais son cœur. Je joignis les mains ; ne pas oublier de rendre grâce. Pas ce soir. Surtout pas ce soir.

– Seigneur, merci de nous permettre de vivre ces moments où nous nous retrouvons en Jésus-Christ. Bénis ce repas, bénis cette amitié qui nous lie et, ce soir, accueille dans Ton royaume l'âme d'Augustine Fesquet, notre sœur, afin de la garder dans Ta Lumière et dans Ta Paix. Amen.

– La vieille Augustine est morte ? demanda Michel, bouleversé. Il se signa, resta un moment silencieux, le regard perdu, puis il sourit : Dans son jeune temps, elle était fileuse avec ma grand-mère Adeline ; c'était l'époque où on leur interdisait de bavarder, à la Fabrique... mais elles avaient le droit de chanter des cantiques. Les catholiques chantaient les psaumes de David avec les protestantes, et les protestantes chantaient « Je suis chrétien, voilà ma gloire » avec les catholiques. Sans le savoir, ces jeunes filles étaient des annonciatrices.

Annonciatrice... quel joli mot ! Il allait bien à Augustine et il devait en être de même pour Adeline.

– Elle était brave, ma grand-mère, a dit Michel.

Brave. Ça veut tout dire.

*

– Je crois que ça y est, pour les deux gamins, dit-il en me resservant de daube. L'abbé Gilbert va peut-être me les prendre dans sa ferme. Tu sais ? le salut par les bêtes.

– Tu le connais ?

– Non, mais j'ai pu le joindre. Il a compris à quel point ils étaient paumés. Il en a sauvé plus d'un !

L'abbé Gilbert, blouson de cuir, bagues, cheveux longs, figure stupéfiante et lumineuse... et toutes ces bêtes, chevaux, moutons, sangliers, chèvres et lapins, ses disciples, médecins des âmes et des corps.

– Je pense aux grand-mères fileuses, me dit Michel, et aux petites de l'*EM* qui chantent au temple comme à l'église. Je pense à ce soir de partage, ce soir où la vieille Mme Volpellière a évoqué le maquis... le miracle du maquis ! Tu te souviens ?

Si je m'en souvenais ! Comment aurais-je pu oublier que, sans ce miracle d'une communion dans le sang et le courage, nous ne serions pas là, Michel et moi, à parler de ce qui nous rassemble !

L'amour du prochain.

Le refus du massacre des Innocents.

Rencontre de l'abbé Alary, curé d'Arre, et du pasteur Gillier, de Mandagout, fondation du premier maquis, paroles héroïques du pasteur Peloux dans son temple plein d'Allemands, visite nocturne d'un gendarme au pasteur Muller qui croit qu'on vient l'arrêter... non, le gendarme lui fait cadeau d'un revolver : « Vous pourriez en avoir besoin », dit-il avant de disparaître pour toujours.

Et cet abbé, l'abbé Albert Simond, qui apprend que les Allemands vont saccager la synagogue et qui, de nuit, va voler les rouleaux de la Torah et les gardera dans son église jusqu'au jour de la liberté *.

Grand chambardement des habitudes.

Découverte de l'Autre.

Bénédiction.

— Et nous voilà, un demi-siècle plus tard, moi le curé, toi le pasteur, moi un homme, toi une femme, et je n'ai pas envie de te faire abjurer, et tu n'as pas envie que j'abandonne l'église, puisque tu es là, ce soir, pour me dire de rester avec elle.

— J'ai gagné ?

— Tu as gagné.

— Modestement, je crois que le gagnant c'est le Grand Scénariste, ainsi que l'appelait Johann.

Nous nous sommes tus.

Nous étions heureux.

Le Grand Scénariste aussi, sans doute.

— On fait du bon travail, tous les deux ! dit Michel. Toi surtout ! Quand je pense que tu as dompté le marquis !...

— *Dompté* me déplaît, je préférerais *charmé*, dans la tradition d'Orphée ! À propos, ça se prépare, sa messe en latin ?

— Ça avance. L'abbé Duplantier me donne un coup de main. C'est une expérience intéressante pour moi...

---

* *Dictionnaire des Justes de France*, Yad Vashem, Jérusalem.

– Qu'en pense ta hiérarchie ?

– Tu parles de mon évêque ?

– Oui.

– Il faudrait que tu le connaisses, mon évêque ! Il te plairait !

Il éclata de rire soudain.

– Dans une vente aux enchères, j'ai failli acheter une croûte centenaire, malheureusement elle était au-dessus de mes moyens ! Imagine deux évêques bedonnants, adipeux, gras, servis par des laquais et attablés devant des bourriches d'huîtres, des pâtés en croûte, des flacons de vin, des pièces montées gargantuesques...

– Il est comme ça, ton évêque ?

– Le contraire ! Je vais parfois dîner avec lui, à l'évêché...

– Ah, quand même !

– Il est plus sobre que toi, ma belle ! Il boit très peu, se sert de son petit micro-ondes pour réchauffer des plats préparés. Je lui ai déjà parlé de toi, de ton rôle dans le retour du marquis à l'Église. Depuis, il a très envie de te connaître. Tu verras la simplicité, la modestie de cet homme... Oui, il te plaira !... Et je suis sûr que tu lui plairas aussi !

La tarte aux prunes était un délice.

J'étais bien. J'ai demandé :

– Ça va, Michel ?

Il a pris ma main et dit :

– Ça va très bien, Marie. Jamais je n'oublierai ce que tu as fait pour moi ce soir. Ce que tu es pour moi !...

On s'est souri. C'était magnifique. Il m'a demandé :

– Tu es toujours aussi malheureuse de ne pas pouvoir poser de questions à Jésus ?

J'ai ri. J'ai dit :

– Je ne sais pas si j'arrive à lui poser des questions, mais je sais qu'il me répond.

Joli silence dans la petite cuisine.

Mais, quand même... il y a une réponse que Jésus ne m'a jamais donnée.

— Pourquoi, dans ces montagnes, catholiques et protestants se sont-ils haïs si fort, et surtout si longtemps, après les dragonnades ?

Michel n'a pas besoin de réfléchir. Il connaît l'inventaire par cœur.

Respect des traditions, puissance de l'habitude, manque de réflexion de part et d'autre, moment douloureux pour les catholiques lors de la séparation de l'Église et de l'État...

— Les enfants de l'école libre criaient : « Protestants ! Gorges noires ! Oreilles collées ! »

— Sans rire ?

— Sans rire du tout ! Et les enfants de la laïque criaient : « Catholiques ! Culs blancs ! Fils du Pape ! Royalistes ! » On vous reprochait de tutoyer Dieu ! De ne pas aimer la Sainte Vierge !

— Ce doit être parce qu'ils ne l'aimaient pas que mes parents m'ont fait baptiser Marie !

— Ne te fâche pas !

— Je ne me fâche pas, je suis anéantie par tant de bêtise ! Elle n'est pas votre propriété, la Vierge Marie ! Ni la nôtre ! Ni celle de Shéhérazade ! Qu'est-ce qui te fait rire ?

— Toi ! Je voudrais qu'un ange sorte, lumineux, du placard à balais et nous dise : « Je suis heureux de voir que vous êtes d'accord ! »

Moi aussi j'aurais bien aimé qu'un ange se joigne à nous, mais j'avais beau scruter le placard à balais, aucune créature céleste n'apparaissait...

— Et ta Controverse ? Tu me la donnes à lire ?

Non. Je n'avais envie de la faire lire à personne. Je dis :

— Je crois que je vais la brûler...

Ça a mis Michel hors de lui.

– La brûler ? Tu es folle ! La brûler ! Un autodafé ? Toi, brûler ce que tu as écrit ! Confie-la-moi si tu veux, mais ne la brûle pas !

Sa fureur m'a donné envie de me relire. De savoir d'où je venais et par quels chemins j'étais passée pour arriver à ce que j'étais aujourd'hui.

– Johann m'en a souvent parlé de ta Controverse...

– Il ne l'a jamais lue !

– Aucune importance ! Il disait qu'elle était nécessaire. Qu'elle était une passerelle qui te conduirait à toi.

Johann ! C'est à cause de lui qu'à ce moment-là on a décidé tous les deux de préparer la soirée de partage du mercredi suivant par un exercice autour des surprises de la Foi.

Alors on a mis les assiettes et les couverts dans l'évier, on a pris les feuilles et les stylos, et on a foncé dans l'étude de l'Impénétrable Volonté.

Quand j'ai regardé ma montre, il était trois heures moins vingt !

Nous n'avions pas vu le temps passer. Mais quels moments heureux !

Sur le pas de la porte, Michel m'a dit merci. Moi aussi je lui ai dit merci. Pour la confiance.

Valdeyron *by night*. On parle à mi-voix pour ne pas réveiller ceux qui dorment.

Ma voiture était tout près. Il m'a fait signe de baisser ma vitre comme je démarrais.

– Sois prudente !

\*

Il y avait de la lumière à la maison.

Ça m'a inquiétée. Pourvu que Sarah ne soit pas souffrante !

Elle n'était pas souffrante mais furieuse.

— Te voilà enfin ! Mais d'où sors-tu ? Où étais-tu ? Je me suis fait un sang d'encre ! Tu aurais pu téléphoner !

— J'étais chez le curé.

Ça l'a estomaquée, comme elle dit.

— Chez le curé ? Toute seule ? Tout ce temps ?

— Et alors ?

— Quelqu'un t'a vue ?

— Mais je n'en sais rien !

Tant de sollicitude et tant de questions commençaient à m'agacer, mais Sarah s'assit et dit :

— Il y a des gens méchants, tu sais... avec tant de tendresse que je me mis à genoux tout contre elle, fermant la liseuse mauve qu'elle avait jetée sur sa chemise de nuit de pilou à fleurs.

Je lui embrassai les mains, lui caressai le front, l'entourai de mes bras. Elle frissonnait et j'eus peur qu'elle n'ait pris froid en m'attendant. Je lui ai fait une bouillotte. Je l'ai accompagnée jusqu'à sa chambre, je l'ai mise au lit puis je suis restée un moment à lui tenir la main en lui racontant la belle fin de la vieille Augustine, et la belle soirée avec Michel.

Sans lui dire qu'il m'avait appelée au secours.

C'était son secret. À lui. Pas à moi.

Enfin, bâillant, morte de fatigue, mes yeux se fermant, je suis enfin allée me coucher en pensant que j'avais beaucoup de chance.

*

Le lendemain, j'ai reçu une lettre de Yoken.

« Je t'écris, chère Marie, parce que je veux te dire ma joie de t'avoir vue à la télévision avec Esther Mazel, mais je veux te le dire *à l'ancienne*, sur du papier à lettres, à travers mon écriture, et pas par courrier électronique ! »

Et il ajoutait qu'il savait déjà tout de moi quand j'écrivais la Controverse. Il attendait.

« Sous ta violence, je voyais le papillon prêt à prendre son vol ! » disait-il.

Moi aussi, à travers mon écriture, et pas par courrier électronique, j'allais lui répondre *à l'ancienne*, sur du papier à lettres.

J'avais vraiment beaucoup de chance.


Je le crus jusqu'au matin, trois jours après, où Sarah, blême et muette, me tendit une enveloppe ouverte.

Elle l'avait trouvée dans la boîte en prenant le courrier.

J'ouvris l'enveloppe. Je lus :

*Le curé et le pasteur sont ensemble.*

Sarah pleure.

— Je te l'avais dit qu'il y a des gens méchants !

J'essaie de la réconforter.

— Tu ne vas pas prendre ça au sérieux ?

— Jamais de la vie ! crie-t-elle.

Mais elle pleure...

J'appelle Michel... Je n'ai pas eu une minute pour lui passer un coup de fil depuis notre soirée. La préparation des obsèques d'Augustine Fesquet et l'École biblique ont pris tout mon temps. Je l'appelle chez lui.

Ça sonne...

« Vous êtes bien au presbytère catholique de Valdeyron. Je suis absent pour le moment. Vous pouvez me laisser un message après le bip. En cas d'urgence, vous pouvez joindre l'abbé Duplantier au numéro... »

J'appelle Michel sur son portable...

« Vous êtes bien au presbytère catholique de... »

Que se passe-t-il ?

Je regarde ma montre. Je n'ai plus le temps de m'arrêter chez lui si je ne veux pas arriver en retard pour l'ensevelissement d'Augustine. Les Fesquet avaient demandé qu'il ait lieu là-haut, dans l'intimité de la famille.

Ma Bible, ma robe... J'embrasse Sarah, je plaisante pour qu'elle ne s'inquiète pas.

Mais elle pleure.

*

La route était toujours aussi effrayante.

J'étais très attentive. À la fois concentrée sur la conduite, et sur ce que j'allais faire à la Fageole.

Je m'efforçai de ne penser qu'aux paroles et aux prières que je dirais sur la tombe d'Augustine, mais, parfois, le texte de la lettre reçue par Sarah revenait me blesser comme la lanière d'un fouet.

*Le curé et le pasteur sont ensemble.*

Une écriture comme on n'en voyait plus. À l'encre violette. Sergent-Major ? Peut-être bien. En tout cas, ce n'était pas quelqu'un de jeune qui avait écrit ces mots. Mais qui ?

« Seulement la famille », avaient dit les Fesquet, mais ça faisait déjà beaucoup de monde qui attendait devant la maison. Et tout ce monde, même ceux que je n'avais jamais vus, m'accueillit et m'embrassa comme une des leurs, des grands-parents aux petitous.

Cette chaleur, cette simplicité, cette confiance me faisaient mal parce que je me demandais si, longtemps encore, j'allais y avoir droit.

Je me souvenais de la mort du mari de Pauline, de ma peur d'être sacrilège en jouant un rôle qui n'était pas le mien... Pourtant, de l'automne au printemps, je l'avais tenu, ce rôle, et j'y avais cru !

J'avais passé ma robe, je tenais ma Bible entre mes mains et j'avançais lentement, derrière Augustine portée par les jeunes hommes de la famille.

L'enclos du cimetière était proche.

À l'abri de la prière, j'ai oublié la laideur du monde. Il fallait que cette famille garde un souvenir lumineux de ce moment, même si c'était un moment de deuil.

Quand la terre fut tassée sur la tombe :

– Vous avez bien parlé, me dit le fils – enfin, le grand-père – en essuyant ses yeux d'un revers de manche.

Ce n'est pas difficile de bien parler dans un tel paysage, devant une telle famille. Ce n'est pas difficile de croire en de telles circonstances. Ce qui est plus difficile, c'est de faire croire à son innocence quand on vous accuse à l'encre violette...

– Vous restez avec nous ?

Hein ? Quoi ? Rester ? Pourquoi ?

– Le repas ! Le repas... on compte sur vous ! Restez, mademoiselle !

J'avais envie de partir, de me sauver au bout du monde pour essayer de comprendre, mais, en les voyant tous autour de moi, pressants, affectueux, je n'ai pas eu le courage de leur dire non.

Je suis restée.

Un vrai repas de paysans. Les femmes allaient et venaient. Jamais assises en même temps, les plats circulaient. Deux fois on me changea mon assiette. On avait assis le professeur à côté de moi. Le premier intellectuel de la famille. Une petite fille vint s'asseoir sur les genoux du grand-père pour manger le dessert. Une, plus grande, prit la grand-mère par le cou et lui embrassa les cheveux...

Le café.

On parlait d'Augustine, de la filature où les filles avaient les mains ébouillantées pour tirer la soie...

Je pensai à la grand-mère de Michel.

Qu'allait-il se passer pour lui ? J'aurais dû me méfier, comprendre que Valdeyron était un village et que, dans un village, tout le monde surveille tout le monde. Pauvre Michel...

Le chat Erasme et le pasteur Poujol m'avaient fait confiance. Ils avaient cru que le postulant que j'étais serait à la hauteur du défi...

– Encore une tasse ? me demandait la fille, celle qui habitait Perpignan : Sylvie, la veuve qui avait trois enfants.

– Je vous sers ? disait-elle, la grande cafetière bleue à la main.

J'ai remercié. Je me suis levée. J'ai embrassé tout le monde une fois de plus, mais dans l'autre sens, celui du départ. Ils m'ont raccompagnée à ma voiture.

– Elle est belle, disait le cousin de Sommières.

Lui, Marcel, il était garagiste.

– Vraiment belle, répétait-il.

Ça me gênait qu'elle soit rouge, ma voiture. Mais c'était trop tard maintenant. J'avais tout faux.

J'ai démarré... Ils se sont mis à crier, les plus jeunes à courir derrière :

– Partez pas par là ! Pas par là ! Vous allez tomber dans plus de route ! Pas par là, ça mène nulle part !

J'ai ralenti, j'ai dit : « C'est juste pour voir le paysage ! » et je suis partie en agitant la main.

\*

Dès que je fus seule, dès que j'eus passé le premier tournant, la lanière du fouet revint me cingler.

Mais ce n'était plus du chagrin que je ressentais, c'était de la rage.

Rien ni personne ne me ferait renoncer à des gens comme ceux avec qui je venais de partager une si grande douleur et une si grande espérance.

Rien ni personne ne me ferait renoncer à mon amitié si claire pour Michel. Ni à ce que nous construisions ensemble. À ce qui existait déjà. Je me revoyais, dans son église, prenant la parole au milieu des images de saints et de martyrs pendant la semaine de l'Unité. Et je le revoyais, lui, au temple, s'adressant à mes paroissiens devant l'énorme Bible posée sur l'autel de marbre blanc.

Je me battrais, s'il le fallait, pour lui, pour moi, mais rien ni personne ne me priverait de l'odeur de Jérusalem et du sourire des enfants de l'École biblique, et je me battrais jusqu'au bout pour essuyer toute larme des yeux de Sarah.

Je me sentis mieux...

La route qui menait à nulle part était plus longue que je ne l'avais imaginé. Une route magnifique qui montait pendant des kilomètres entre des touffes de genêts, des rochers, des talus d'herbe rase et des plantes superbes que je n'avais jamais vues ailleurs, et dont Melchior seul devait connaître les noms savants et communs. Et, brusquement, au détour d'un tournant, on y était... arrivés à nulle part.

Un petit cirque de falaises.

Pour aller au-delà, il aurait fallu faire sauter la roche. Creuser dans la montagne.

La lumière était somptueuse, éblouissante. Je suis descendue de voiture. La pureté de l'air était grisante.

Quitter ça ? *Jamaï !*

J'ai pris une grande respiration... et j'ai entendu hurler.

D'abord, j'ai eu du mal à voir d'où venaient les hurlements, à cause du soleil. Je courais vers les falaises en criant :

– Où êtes-vous ? Où êtes-vous ?...

Puis j'ai vu la femme, plaquée sur un éperon rocheux, vingt mètres au-dessus de moi.

Elle se tenait à un petit tronc, un épineux sorti des pierres. Elle semblait à moitié folle... j'eus peur qu'elle ne lâche prise et ne tombe dans le vide. « *Agripino te a la bartassino !* » Elle pleurait et criait de plus en plus fort, car elle m'avait vue.

J'avançai en la regardant, j'essayai de la rassurer...

— Lucien! Lucien! cria-t-elle. Il est tombé! Au secours!

Je faillis lui shooter dedans, à son Lucien. Je ne le vis qu'au dernier moment. Il ne criait pas, lui. Il gémissait faiblement, là où il avait atterri sur un lit de rochers au pied de la falaise.

Je crois n'avoir jamais eu aussi peur que lorsque je me suis trouvée entre cette femme hurlant au bord du vide et ce garçon qui, à voir la position de sa jambe droite, avait au moins une fracture.

J'ai sorti mon portable — pourvu que ça marche! Pourvu que ça passe! — j'ai fait le numéro de la caserne...

— Sapeurs-pompiers du Vigan, je vous écoute!

— Je voudrais parler au commandant Le Guillou... C'est urgent!

— Le commandant est en mission à Nîmes.

— Alors au docteur, au docteur Bélon... Bélon...

— Bélondrade! je vous la passe!

Contact. Elle est nette, ses questions rapides : les lieux? Les dommages? Les blessés?

Je dis qu'on ne peut atteindre la jeune femme que par le haut de la falaise, l'escalade est impossible. Le garçon a dû tomber en s'accrochant à des pierres.

— Roches friables, dit le docteur. Tenez bon, Marie! On arrive!

Ça m'a fait du bien qu'elle m'ait appelée Marie.

J'ai crié à la malheureuse, toujours accrochée à son arbre, sur le petit balcon que, maintenant, je savais friable, que les secours arrivaient.

— Froid..., a dit Lucien en claquant des dents.

J'ai couru à ma voiture chercher la couverture que je garde toujours dans le coffre. Je n'avais rien pour glisser sous sa tête. J'ai pris ma robe de pasteur, ma belle robe allemande, qui avait été celle de Johann.

– Bon..., a murmuré Lucien quand j'ai installé cet oreiller de fortune, sent bon...

J'ai dit :

– *Seven!*

Je lui tenais la main, je lui parlais doucement, puis je criais pour rassurer sa femme qui hurlait de plus en plus fort.

Mon portable a sonné. C'était le docteur :

– On approche. On est là dans cinq, six minutes. Ça va, Marie, vous tenez le coup?

Bruit infernal du rotor dans mon oreille.

Elle me parle, elle ne me lâche pas. Elle sait que ça fait peur, un blessé, à qui n'a pas l'habitude! C'est vrai que j'ai peur de ne pas savoir comment rassurer cet homme à demi conscient et cette femme affolée sur le point de tomber dans le vide! Je n'ai jamais sauvé personne, moi! Je ne sais pas!

Le docteur parle toujours, calme, rassurante, puis elle dit :

– Ça y est! On vous a repérés!

J'avais les yeux pleins de larmes parce que je pensais au Tintin, à Bob. Je cherchais l'hélicoptère des yeux. Je l'entendais sans le voir à cause de mes larmes...

Enfin je l'ai vu!

Il tournait maintenant au-dessus de la falaise, larguait un homme, un autre... du matériel.

Puis il reprenait de la hauteur, faisait un grand cercle dans le ciel avant de descendre se poser pas loin de nous dans le cirque.

J'ai pris la main de Lucien.

– Tout va bien! Les secours sont là! On s'occupe de votre femme!

J'ai entendu courir. On amenait la civière, le docteur se penchait sur le blessé...

Je me relevai. Désemparée. Inutile au milieu de l'agitation générale. J'entendis une voiture qui arrivait à toute allure par le chemin qui mène à nulle part. Je ne me retournai pas, je regardais les sauveteurs...

C'était magnifique de les voir soulever le blessé, le poser doucement sur la civière, toujours avec ma couverture sur lui et ma robe en oreiller sous sa tête. Puis, une fois qu'il a été installé dans l'hélicoptère, tous ont levé la tête vers la falaise où se jouait le sauvetage de la jeune femme.

Elle ne criait plus. Elle pleurait, ramassée sur elle-même autour du tronc providentiel. Petit arbre courageux sorti du roc et d'une poignée de terre, il avait résisté aux vents sauvages, à la pluie, à la neige, à l'ardeur du soleil, à l'usure de la pierre. Depuis des années il existait dans ce creux de rocher, programmé par le Grand Scénariste pour sauver une vie un jour de printemps. Il tenait bon, le petit arbre cévenol, tandis qu'un homme commençait à descendre le long de la paroi, assuré par celui qui restait sur la falaise...

Des pans de schiste pourri se détachèrent, risquant de blesser la naufragée. L'alpiniste s'écarta de la perpendiculaire, voltigeant plus loin pour descendre à son niveau et l'attraper enfin dans un bond... Bruit d'un énorme mousqueton qui se ferme... et remontée légère du sauveur et de la sauvée.

J'aurais voulu applaudir mais je tremblais, glacée.

Alors quelqu'un a entouré mes épaules d'un grand papier doré... comme si j'étais un chocolat. J'ai eu chaud.

— Sapeur-pompier Marie de Walheim, a dit une voix, le Saint-Père est content de vous.

*

Brice.

J'ai dit :

— Mais vous êtes à Nîmes !

— J'en arrive ! À temps, je vois !... Allez, Marie, on embarque ! On va les ramasser, là-haut !

Il m'a soulevée, je me suis trouvée à bord, on s'est envolés... J'ai demandé :

— Mais qu'est-ce que je fais, là ? Ma voiture est en bas !

— La mienne aussi, ne vous inquiétez pas !

— C'est un très bref voyage. On vous redescendra dès qu'on aura récupéré la rescapée et ses sauveteurs, a dit le docteur.

Puis elle a ajouté en riant :

— Vous n'allez quand même pas refuser de faire la connaissance de mon mari ?

Brice a dit :

— Le capitaine Bélondrade est, comme vous avez pu le constater, un as de la voltige. C'est lui qui a récupéré la malheureuse. Ah ! nous nous sommes posés.

Il a sauté le premier.

Il m'a tendu les bras pour m'aider à descendre...

Il m'a reçue contre lui, toujours dans mon papier doré, avant de me déposer doucement sur le sol.

J'ai fait la connaissance du mari.

Je l'ai trouvé follement sympathique ! Je l'aurais embrassé, l'as de la voltige !

Je lui ai serré la main, je l'ai félicité. Puis je me suis approchée de la rescapée, enrobée d'or comme moi. Je voulais lui dire à quel point j'étais heureuse que l'aventure finisse bien.

Elle aussi j'avais envie de l'embrasser ! Mais elle m'a écartée brutalement, elle était furieuse. Elle criait aux pompiers :

— Et la moto ! La moto ? Vous allez pas la laisser comme ça ? En pleine montagne ! Vous savez ce que ça coûte une moto comme celle de Lucien ?

À la place de ses sauveteurs, je crois que je l'aurais jetée dans le vide... pour aller la rejoindre, la moto de son Lucien ! Mais son agressivité n'eut pas l'air de les gêner. Tout doucement, sans se fâcher, ils l'ont fait monter à bord, l'ont installée comme si elle était infiniment précieuse...

— Ah ! petit problème..., a dit le capitaine. On est en surcharge.

— Pas grave, a dit sa femme. On fera une rotation...

— Pas grave du tout, a répété le commandant. Filez vite à Saint-Louis, nous, on vous attend !

Il se tourna vers moi, rassurant :

— Ils vont à la clinique de Ganges, ce n'est pas loin !

Ils avaient déjà tous bouclé leur ceinture. Malgré les casques et les micros, il me sembla qu'ils se retenaient de rire avant de larguer mes affaires et un petit container.

— Un pack de survie !

— Au cas où on ne reviendrait pas !

Et, dans un mouvement gracieux, l'hélicoptère s'éleva dans les airs.

\*

Nous sommes restés immobiles en les regardant s'éloigner.

L'heure était ruisselante de lumière, comme cela arrive parfois quand le soleil pense qu'il va devoir nous quitter.

— J'arrive de chez vous..., dit Brice, et je me retournai vers lui.

— ... j'arrive de chez vous, et j'ai beaucoup de choses à vous raconter.

\*

Il avait ramassé mes affaires, étalé la couverture en l'adossant à un rocher, avait secoué puis soigneusement plié ma robe en prenant soin de lisser les Tables de la Loi avant de la poser par terre, au carré. Je le regardais. J'attendais...

– J'ai passé la nuit chez le curé, dit-il.

Là, j'éclatai de rire.

Lui aussi se mit à rire et s'assit près de moi.

– Je ne sais pas par quel bout prendre les choses...

– Vous avez passé la nuit chez le curé, repris-je, mais saviez-vous ce que vous risquiez?

– Justement! C'est parce que je l'ai su que j'ai voulu passer la nuit chez lui. Bon, je vais commencer par le commencement, c'est plus simple. Et le commencement, ça me concerne. Le commencement, c'est le signalement d'un sinistre à Valdeyron, hier soir, vers 23 heures. Sinistre mineur, de peu d'ampleur. On dépêche quatre hommes, la routine... Mais à peine sont-ils partis que je les suis dans ma voiture : le feu s'est déclaré dans une vieille maison, toute proche de celle de Michel. Il y a beaucoup de fumée et on ignore si le presbytère n'est pas atteint lui aussi. Bref, je veux voir de mes yeux ce qui se passe. Je fonce. Quand j'arrive, le feu est déjà maîtrisé. Une installation électrique vétuste, des fils à nu, un court-circuit... on a l'habitude! Je trouve Michel avec mes hommes auprès de sa vieille voisine, visiblement en état de choc. Elle a l'œil fixe, elle tremble. On appelle Mme Perrier, vous savez, cette femme si gentille qui n'exerce plus, au grand désespoir des gens âgés de Valdeyron... En l'attendant, on essaie de mettre un peu d'ordre dans la pièce où nos tuyaux ont fait quelques dégâts. On ramasse une chaise, des papiers épars... et c'est là que, brusquement, je vois Michel pâlir... Oh, regardez! Regardez vite! Le soleil s'en va!

J'avoue n'avoir jeté qu'un regard distrait sur la splendeur incandescente qui disparaissait au couchant, nous laissant dans une autre lumière, plus froide. Plus nette, aussi.

Je voulais connaître la suite de l'histoire qui commençait par des flammes...

Brice n'avait pas perdu le fil.

— ... je le vois pâlir, sortir une enveloppe de sa poche, l'ouvrir, et me tendre un papier où était écrit à l'encre violette...

— *Le curé et le pasteur sont ensemble.*

— Oui ! Mais ce qui l'avait fait pâlir, c'était ce qu'il venait de découvrir sur la table. Une bouteille d'encre violette et des enveloppes déjà écrites au nom de M. Bourgade, du pasteur Poujol, du maire, de l'évêque... Avec plusieurs feuilles portant toutes le même texte...

— Sarah en a reçu une ce matin.

— Je sais, elle me l'a dit. Michel, lui, avait trouvé la sienne hier au soir dans sa boîte. C'est du reste à ce moment-là qu'il a senti une odeur de brûlé et qu'il a donné l'alerte. Je crois bien qu'il a sauvé la vie de cette malheureuse !

Je suis effondrée. Parce que je ne comprends pas. Qui est cette femme ?

— Elle s'appelle Mme Vénician. Elle est veuve, sans enfants. Michel m'a dit que vous l'aviez vue au cimetière, le jour de l'enterrement de ce petit garçon...

Je me souviens. Elle était accroupie, sinistre, auprès d'une plante vénéneuse... Je m'en veux !

— J'avais dit que je m'occuperais d'elle... puis j'ai oublié. Tout ça est ma faute !

Brice a éclaté de rire.

— Il ne faut pas culpabiliser, Marie ! Et il faut accepter de ne pas être aimée de tous ! Mme Perrier nous a parlé d'elle · il n'y a rien à faire ! Elle aussi

356

culpabilisait, Mme Perrier, de ne vous avoir rien dit ! Depuis longtemps elle avait remarqué que cette femme vous détestait, mais elle n'avait pas osé vous le dire. Mme Vénician guettait tous vos gestes, prétendait vous avoir surprise, un jour, au temple avec Michel, sur le pont avec un chauffeur de minibus... alors, vous pensez, quand elle vous a vue sortir du presbytère à près de 3 heures du matin !

— Mais pourquoi me détestait-elle ?

— Parce que les gens vous ont adoptée ! Parce que vous êtes venue changer la couleur du temps, parce que vous avez apprivoisé le marquis, parce que vous êtes l'amie d'une Arabe, parce que vous êtes belle, parce que vous sentez bon et, peut-être aussi, parce que mon petit garçon est amoureux de vous !

J'ai relevé la tête. Je l'ai regardé dans les yeux.

— Il est... vraiment ce que vous dites, votre petit garçon ?

Il a fait signe que oui.

Je me suis sentie à la frontière du bonheur... mais je pensais à Michel. J'ai dit :

— Imaginez que l'évêque ait lu ces mots : « Le curé et le pasteur sont ensemble » !

— Mais il les a lus ! C'est même moi qui les lui ai apportés ! Oui... je raconte mal, il faut que je reprenne au moment où nous laissons Mme Perrier avec la dame corbeau. Elle nous dit de ne pas nous inquiéter, elle va dormir là et, demain, s'occuper de faire admettre la malheureuse à la maison de retraite où elle sèmera la colère, la tempête et la discorde. Nous, on va au presbytère, et Michel me raconte tout : Rémi qui se marie, votre visite tardive après la mort de la vieille Augustine, comment vous l'avez guéri de son désespoir, comment vous lui avez rendu l'espérance, votre dîner – à propos, j'ai fini le reste de daube –, votre travail pour le partage... et, résultat des courses, des mots de fiel !

— Mais pourquoi les avez-vous apportés à l'évêque ?

— Parce que, très tôt, Michel et moi nous sommes partis pour Nîmes dans ma voiture, avec les deux gamins... Vous savez, les deux misérables que l'abbé Gilbert a bien voulu accueillir. Michel a pris le train pour Nice avec eux, moi j'avais à faire à Nîmes, et il m'a chargé d'aller voir l'évêque et de tout lui raconter.

— Tout ?

— Tout !

— Et alors ?

— Alors... tout va bien !

— Tout va bien ! L'évêque a lu *Le curé et le pasteur sont...*

— ... *ensemble*, et ça lui a beaucoup plu. Il a dit que c'était la plus belle phrase œcuménique qu'on n'ait jamais dite. Que ça voulait tout dire, le curé et le pasteur sont ensemble ! Il a trouvé ça très beau. Il a même dit : « Le diable porte pierre, un saint n'y aurait pas pensé ! » Du coup, il a hâte de vous voir et compte venir à votre réunion de... mercredi prochain, je crois ?...

Il allait bientôt faire nuit.

Une nuit claire.

À la frontière du bonheur...

— Quant à Sarah, rassurez-vous, elle ne pleure plus, je lui ai tout raconté quand je l'ai vue si inquiète. Je croyais vous trouver chez vous... Elle vous adore, Sarah... Elle m'a dit où vous étiez, et c'est sur la route, en venant, que j'ai reçu le message de l'hélicoptère.

L'hélicoptère...

J'ai demandé :

— Ils vont bientôt venir nous chercher ?

Il y avait encore assez de jour pour que je le voie sourire.

— Je ne pense pas..., a-t-il dit en m'entourant de ses bras.

*

Des lèvres très douces qui me surprennent.

Je n'avais jamais pensé qu'à sa force, à son courage, je n'avais jamais imaginé que ses lèvres puissent être aussi douces...

Vraiment très douces...

Passage de la frontière du bonheur...

Une sirène stridente me fait tressaillir contre lui.

— N'ayez pas peur, Marie, ce sont les gendarmes, dit-il. Ils viennent chercher la moto, la-moto-de-Lucien-qui-coûte-si-cher et que les vilains pompiers ont laissée là, toute seule dans la montagne !

Nous sommes allés jusqu'au bord de la falaise et les gendarmes nous ont vus.

Ils avaient un porte-voix. Ils ont fait hurler les échos du petit cirque :

— Besoin d'aide ?

... d'aide ?... d'aide ?... d'aide ?... répétaient les rochers.

Nous avons crié que non !... non !... non !... Tout allait bien !... bien !... bien !...

Vacarme dans les rochers.

Je pense aux petites bêtes terrifiées qui attendent le retour du silence.

Comme nous.

On a regardé les gendarmes charger la-moto-de-Lucien-qui-coûte-si-cher. Ils ont essayé de nous téléphoner mais, visiblement, ça ne passait pas.

Ils ont repris le porte-voix et nous ont souhaité une bonne soirée !... rée !... rée !... rée !... et ils sont repartis emportant dans leur besace tout le bruit !... bruit !... bruit !...

Quand le calme a été de retour, Brice a dit :

– Devinez ce qui sera écrit en lettres violettes demain, dès l'aube, sur les murs de Valdeyron ?...

– Dites-le, vous...

– Le commandant est avec le pasteur.

Il avait toujours les lèvres aussi douces.

On se voyait encore... mais pas pour longtemps, l'ombre s'épaississait.

Il a dit :

– Quand il fait nuit, l'hélicoptère ne sort qu'en cas d'urgence...

– Et il n'y a pas urgence ?

– Qu'en pensez-vous ?

– Je pense que je suis victime d'un coup monté, d'un enlèvement, d'une séquestration...

– Il y a du vrai dans vos suppositions...

– Vous n'avez quand même pas inventé l'incendie, l'encre violette, l'évêque...

– Je n'ai rien inventé. Je n'ai fait que suivre ce que vous appelez... l'Impénétrable Volonté... c'est ça, hein ? Je ne suis ni croyant, ni pratiquant, mais ça m'a plu ! C'est l'Impénétrable Volonté qui a poussé Rémi à quitter les ordres, désespéré Michel au point qu'il vous a appelée au secours, qui a fait écrire les méchantes lettres, pété les vieux câbles électriques, alerté les pompiers, et vous a menée, le cœur blessé, jusqu'à ce nulle part où deux imbéciles qui se croyaient alpinistes vous ont transformée en secouriste... Enfin, c'est l'Impénétrable Volonté qui nous a réservé ce tête-à-tête après tant de rendez-vous manqués, de malentendus... Vous m'écoutez, Marie ? parce que je ne vous vois plus du tout !

La température descendait, mais c'était pour une autre raison que je me serrais contre lui. C'était parce que j'y étais bien.

Je demandai :

– Et vous avez fait quoi, vous ?

360

– J'ai suivi mes hommes. J'ai fait mon métier. J'ai écouté un ami... On a beaucoup parlé de vous tous les deux en finissant la daube... Je me suis confié à lui, j'ai vu un évêque, et je me suis décidé à vous parler !

– Il vous en a fallu, du temps !

Il s'est fâché. C'était délicieux !

– Vous croyez peut-être que vous êtes facile d'accès ? Vous me rentrez dedans ! Vous êtes insolente ! Vous vous foutez de moi ! Et puis, vous n'étiez pas libre !

Il me secouait dans le noir, et j'avais envie de rire. Puis il me lâcha brusquement et murmura :

– Pierre a eu un tel chagrin quand il a vu cet Américain qui vous embrassait devant le temple...

Sur le même ton, j'ai dit :

– Parce que, Pierre, lui, il est amoureux de moi ?

– Oui. Lui aussi.

J'ai levé la tête vers le ciel, et j'ai vu qu'il y avait des étoiles.

Brice est revenu vers moi et, tous deux, on a regardé cette immensité noire qui s'éclairait rien que pour nous.

– Le Chariot, Cassiopée, La Chevelure de Bérénice..., a-t-il dit en caressant la mienne.

– Je ne connais pas le nom des étoiles...

– Ça fait plaisir de savoir qu'il y a quelque chose que vous ne connaissez pas !

– Et celle-là, la belle, la très brillante ?

– L'étoile du Berger...

Il a embrassé mes cheveux et dit :

– Je t'apprendrai le nom de toutes les étoiles, le soleil ne se lève qu'à 4 heures 59...

– Et on va passer tout ce temps-là ensemble ?

– Je ne vois pas bien comment nous pourrions nous évader de notre prison sans le secours de mes hommes !

– Ils vous sont très dévoués, vos hommes...

– Oui. Surtout les femmes !

– C'est avec vos femmes que vous avez manigancé ce tête-à-tête ?

– Il s'est manigancé tout seul... dans l'action ! Je n'y suis pour rien !

J'ai sorti mon portable, j'ai appuyé sur une touche, et une lumière verte assez forte pour éclairer nos visages et nos silhouettes a jailli de l'écran, faisant de nous deux extra-terrestres perdus sur une planète inconnue avec un pack de survie.

J'ai expliqué :

– Il me faut prévenir quelqu'un ! On va s'inquiéter pour moi !

Il a ri.

– Vous avez vu, tout à l'heure, quand les gendarmes ont essayé de nous joindre... ça ne passe pas, ici ! Nous sommes coupés du reste du monde...

C'était ignorer les capacités du petit monstre électronique, reste de ma splendeur passée, que j'avais au creux de la main. J'ai fait un numéro. J'ai entendu sonner... longtemps... sans succès... On ne répondait pas... Ah si ! enfin !

J'ai crié :

– Allô ? C'est toi ? C'est toi, mon chéri ? C'est Marie ! Il ne faut pas que tu t'inquiètes...

Face à moi, l'extra-terrestre me sembla encore plus verdâtre. Alors j'ai dit :

– Tout va bien, mon amour. Je suis au sommet d'une montagne... avec ton papa.

*

J'ai appris le nom de dix-neuf étoiles.

À la vingtième, on s'est arrêtés...

Pour faire connaissance.

Mais, avant, on avait envoyé quelques « faire-part » comme disait Brice.

À Sarah, à Melchior, à Michel...

On les avait entendus rire au bout du fil. Heureux. Comme s'ils avaient su... avant nous.

On avait aussi reçu un appel.

Un petit garçon qui m'avait dit :

— S'il te plaît, Marie, passe-moi Papa... c'est pour Samir. Je lui ai dit que vous étiez ensemble sur une montagne mais il veut pas me croire... Alors, dites-lui tous les deux !

On lui a dit.

Et Samir a trouvé que c'était cool.

Nous aussi.

\*

Nous nous sommes réveillés dans un brouillard aussi blanc que celui qui m'avait accueillie le jour où Melchior et son cheval noir m'avaient fait entrer dans ma vérité.

Allongés sur ma couverture, enrobés de papier doré, un peu affamés malgré les barres chocolatées trouvées dans le pack, nous devinions le soleil derrière les éblouissantes nuées qui nous avaient engloutis.

Nous nous sommes dit bonjour, dans ce refuge invisible du reste du monde.

Je me serrais contre Brice et, pour la première fois de notre vie, il me demanda :

— À quoi penses-tu ?

— À la femme de Lucien...

Ça l'a fait rire.

— Et pourquoi penses-tu à cette idiote ?

— Parce qu'elle est idiote ! Parce qu'elle n'a pas dit merci à ses sauveteurs, et parce que j'ai trouvé le mot que je cherchais, hier, en voyant tes hommes l'installer auprès de son Lucien à bord de l'hélicoptère...

– Et ce mot ?...

– C'est la tendresse. On vous caillasse, on vous insulte, on vous crache dessus... mais vous ne vous découragez jamais !

– Et toi, tu te décourages ?

– Tout le temps ! Mais je continue ! Avec l'aide de Dieu !

– Ça t'ennuie que je ne croie pas en Lui ?

– Ce n'est pas mon problème ! Il sait ce qu'Il fait, Il se débrouille très bien tout seul !

– On dirait, a dit Brice, et sa voix tremblait.

Puis il s'est tu longtemps et, à mon tour, j'ai demandé :

– À quoi penses-tu ?

– À nous... Moi, je m'occupe de sauver la vie des gens sur la terre. Toi, tu t'occupes de leur vie éternelle... bel équipage ! Les méchants... la tendresse... on a évoqué tout ça avec l'évêque, hier... La tendresse... lui, il appelle ça le pardon des offenses. Sans la méchante Mme Vénician, tu ne serais pas dans mes bras...

– Merci, méchante Mme Vénician !

– Tu sais ce qu'il m'a dit encore, l'évêque ? Il m'a dit : « Il ne faut jamais oublier que sans Judas on ne peut pas jouer la pièce. »

Le brouillard s'évanouit brusquement. Le brouillard s'évanouit, nous rendant le paysage, le jour neuf et le ciel immense et pur...

Odeur du matin, fraîcheur de l'herbe, une petite fleur inconnue nous regarde... Un grand rapace surveille la vallée depuis l'empyrée, quelque chose de vivant bouge dans le creux d'un rocher...

Naissance du jour. De notre premier jour.

Un gros insecte de velours jaune et noir bourdonne sa joie d'être là...

On va venir nous chercher, nous rendre à la vie, aux autres, aux méchants, à la tendresse...

Rien ne presse puisque nous sommes dans les bras l'un de l'autre.

Le vieux paysage n'a jamais été aussi beau, aussi solennel, comme si, depuis des siècles, il attendait cet instant où Brice murmure à mon oreille :

— Qu'est-ce que tu dirais d'un mariage au Désert ?

Je remercie les Cévennes.

Je remercie Marie Révolte, mon ancêtre du Mazaribal.

Je remercie Mesdames les Pasteurs Claudette Marquet et Fabienne Ambs.

Monsieur l'Abbé Christian Salendres.

La communauté des sœurs de la Paix-Dieu à Cabanoule.

Le frère Jean (Gascuel).

La Fondation de l'Œuvre Notre-Dame à Strasbourg.

Monsieur Francis Gueth, conservateur général de la Bibliothèque de la ville de Colmar.

Monsieur Arie Avidor, consul général d'Israël à Marseille.

Monsieur Robert Mizrahi, président du Comité Yad Vashem pour le sud de la France.

Le docteur Mostafa Moumen.

Le professeur Mel B. Yoken, University of Massachussetts at Dartmouth.

Monsieur Lucien Affortit, maire de Saint-Jean-du-Gard, qui a ouvert pour moi la Vallée des Camisards.

Le commandant Pagès.

Le commandant Nicolas Coste et les sapeurs-pompiers du centre de secours principal au Vigan.

Paul, Alice, Victor, Alexandre et Anaïs, mes petits-enfants à qui je dois les fôtes exceptionnelles des petits bonheurs.

Enfin je remercie mes éditeurs Olivier Orban et Muriel Beyer qui, bien que non-croyants, ont cependant voulu croire à cette histoire.

*Cet ouvrage a été composé et imprimé par la*
*SOCIÉTÉ NOUVELLE FIRMIN-DIDOT*
*Mesnil-sur-l'Estrée*
*pour le compte des Éditions Plon*
*76, rue Bonaparte*
*Paris 6ᵉ*
*en mars 2005*

*Imprimé en France*
Dépôt légal : mars 2005
N° d'édition : 13887 − N° d'impression : 72724